T5-AOB-403

COLLECTION FOLIO

Salvatore Basile

Petits miracles au bureau des objets trouvés

*Traduit de l'italien
par Anaïs Bouteille-Bokobza*

Denoël

Titre original :
LO STRANO VIAGGIO DI UN OGGETTO SMARRITO

Garzanti S.r.l., Milan – Groupe éditorial Mauri Spagnol.
© Salvatore Basile.
Droits de publication établis en accord
avec Laura Ceccacci Agency.
© Éditions Denoël, 2017, pour la traduction française.

Napolitain, Salvatore Basile vit à Rome où il travaille comme scénariste et réalisateur. Best-seller en Italie, *Petits miracles au bureau des objets trouvés* est traduit dans une dizaine de langues.

*C'est une folie de haïr toutes les roses
parce qu'une épine vous a piqué,
d'abandonner tous les rêves
parce que l'un d'entre eux ne s'est pas réalisé,
de renoncer à toutes les tentatives
parce qu'on a échoué...
Il y aura toujours une autre occasion,
un autre ami, un autre amour, une force nouvelle.
Pour chaque fin il y a toujours un nouveau départ.*

Antoine de Saint-Exupéry.

— Maman…
La femme se retourne, surprise.
— Michele…
L'enfant sourit. Il porte son sac en bandoulière, il est légèrement essoufflé.
— Nous sommes sortis une heure plus tôt, la maîtresse ne se sentait pas bien…
La femme acquiesce, évite son regard.
L'enfant s'approche, il voudrait lui dire qu'il a couru à en perdre haleine pour rentrer à la maison et qu'il a vu la mer agitée et le drapeau rouge qui flottait au vent, bien qu'on soit en novembre et qu'il n'y ait personne sur la plage.
Mais il voit le cahier rouge dans les mains de sa mère.
— Tu ne vas pas lire ce qu'il y a écrit dedans? C'est mon journal intime…
— Je sais, ne t'inquiète pas.
La femme fait mine de le lui rendre, mais elle retire sa main.

— *Si je te promets de ne pas le lire, tu me laisses le garder ?*

Michele ne comprend pas : si elle ne veut pas le lire, pourquoi le garder ? Mais il sait que quand on a sept ans il y a tout un tas de choses que les grands comprennent et nous pas encore.

— *Mais ensuite tu me le rends ?*

La femme acquiesce.

— *Promis ?*

Elle hésite.

— *Promis ? insiste l'enfant.*

— *Promis.*

La femme glisse le cahier rouge dans sa valise et la referme. Michele remarque le bagage.

— *Qu'est-ce que tu fais, tu pars ? Tu vas où ?*

Elle ne répond pas.

Ou peut-être que sa voix est couverte par le bruit de ferraille d'un train à l'arrivée. Michele est habitué à ce son rythmé et métallique, à ce vent chaud soudain qui, poussé par la locomotive en plein freinage, envahit les pièces quand les fenêtres sont ouvertes, à l'étrange sensation que le train peut entrer dans la cuisine et s'arrêter dans le couloir. Les passagers qui descendent à la hâte pourraient lui voler ses jouets, s'il dormait.

La femme saisit sa valise et son profil se dessine, encore une fois, devant les yeux de l'enfant. Son nez fin, légèrement retroussé, ses yeux comme deux puits de pétrole, les vagues de ses cheveux châtains, l'essence cerise de ses lèvres : tout plonge dans la pénombre des stores baissés, tandis qu'elle se dirige vers la sortie.

— *Tu reviens quand, maman ?*

Elle inspire profondément, dévore l'air qui envahit ses poumons jusqu'à chasser tout résidu de faiblesse, tout regret. Les remords, non. Les remords, elle sait qu'elle devra les emporter, comme un bagage qui ne pourra jamais être défait ni mis en consigne.

— *Je reviens... dès que je peux, murmure-t-elle.*

Puis elle franchit le seuil et la lumière du soleil l'éblouit.

Michele la suit.

Elle monte dans le train.

L'enfant ne la perd pas de vue, son sac d'école toujours en bandoulière il la suit des yeux en avançant sur l'unique quai, tandis qu'elle traverse les wagons à la recherche d'une place assise.

Puis il voit son père, dans son uniforme de chef de gare, qui porte le sifflet à sa bouche pour envoyer le train au loin.

Pourquoi lui et maman ne se sont-ils pas dit au revoir ? Pourquoi papa siffle-t-il, maintenant ? Ne sait-il pas qu'ensuite le train va partir et que, dans le train, il y a maman ?

1

Ils étaient tapis dans la pénombre de la pièce. Ce dernier jour de novembre, le train interrégional de 19 h 44 en provenance de Piana Aquilana entra en gare de Miniera di Mare parfaitement à l'heure.

Silencieux, immobiles, ils attendaient. Les seuls bruits étaient les soupirs de la locomotive et le grincement métallique des freins sur les rails. Ils ne bougèrent pas, même quand les lames de bois du plancher tressaillirent, secouées par le coup de frein final et par le souffle puissant du moteur qui plongeait dans le repos.

Plus tard, la porte du petit appartement s'ouvrirait et l'homme du train ferait son entrée.

Comme chaque soir.

Entre-temps, les passagers descendirent des wagons. Michele, debout sur le quai, les regarda se diriger vers la sortie, puis vers chez eux ou on ne savait où. Il connaissait par cœur cet air «d'arrivée» des voyageurs, cette façon de regarder autour d'eux comme s'ils découvraient leur vie pour la première fois, comme si chaque retour le soir était une renaissance, un miracle inattendu.

Puis il s'approcha du dernier wagon et vit le reflet de son visage de jeune trentenaire dans la vitre. Il observa ses cheveux châtains qui se raréfiaient sur les tempes, ses yeux noirs comme des flaques de pétrole. Et sa veste de cheminot qui, depuis quelques mois, lui était un peu large au niveau des hanches.

— Michè...

Il se tourna vers la voix qu'il connaissait bien : c'était celle du contrôleur, qui venait à sa rencontre avec le vieux machiniste.

—Tu ne voudrais pas m'offrir tes congés en retard? On m'a dit que tu en avais une centaine. Tu pourrais me laisser les prendre, non? Tu ne crois pas? poursuivit le contrôleur avec un sourire ironique, quasi insolent.

Michele acquiesça à peine, mal à l'aise.

— De toute façon, qu'est-ce que tu en ferais? Tu es toujours ici..., ajouta le machiniste.

— Il les garde précieusement, tu ne savais pas?... C'est un collectionneur de jours de congé non pris, reprit le contrôleur avec un clin d'œil.

— On voit que ce garçon n'est pas doué pour le divertissement..., ajouta le machiniste, plein de sous-entendus.

Les deux hommes rirent, complices. Puis ils s'éloignèrent vers la sortie de la gare, qui resta déserte.

Michele poussa un soupir de soulagement : le train était enfin tout à lui.

Comme chaque soir. Jusqu'au lendemain.

Il ouvrit la dernière porte du wagon de queue et retint son souffle.

La perspective des neuf voitures qui se succédaient en ligne droite s'offrit à son regard. Il prit une grande inspiration et entama la lente traversée du soir qui le conduirait jusqu'à la locomotive.

L'odeur de métal mélangée à celle du faux cuir des sièges lui envahit les narines. Il aimait cette senteur, plus que beaucoup d'autres choses. Elle était toujours similaire et pourtant chaque soir différente. En effet, au métal et au faux cuir du vieux train se mêlait celle, âcre, de la sueur et des vêtements des passagers qui s'étaient succédé dans les voitures pendant toute la journée ; celle de la nourriture consommée pendant le voyage ; la fumée des cigarettes aspirées furtivement devant les petites fenêtres ouvertes le long des couloirs ; les notes persistantes des médicaments, du café des thermos.

Et il y avait le silence, qui le rassurait. Aucune voix, aucun visage. Rien, ni les odeurs ni les restes de nourriture, ne retenait dans ces wagons les personnes qui avaient occupé le train. Dans ce silence il ne restait que la réverbération de leurs vies mystérieuses. Personne ne le verrait déambuler dans les voitures, personne ne le mettrait dans l'embarras en le forçant à expliquer le pourquoi de sa vie solitaire.

Quand il atteignit la locomotive, à l'autre bout du train, il y entra. Il ramassa des déchets au sol, deux gobelets en plastique qui avaient contenu du vin, un papier humide qui sentait encore la charcuterie.

Puis il se tourna vers la queue du train et commença son voyage de retour vers le dernier wagon. Passer en revue les places assises constituait la partie finale de son travail, celle qu'il préférait. Les sièges moelleux conservaient l'empreinte des passagers. Plongé dans sa solitude, il pouvait l'examiner tranquillement.

Arrivé à la troisième voiture, du côté gauche, à la place 24, il vit quelque chose. Il s'approcha avec une légère émotion, comme souvent dans ces cas-là.

C'était une petite poupée, grande comme la paume de la main, en caoutchouc épais, un peu abîmée, avec un visage joufflu d'où sortaient deux yeux bleus grands comme des lunes. Elle portait une robe en coton rêche, verte, parsemée de fleurs blanches et jaunes : des marguerites et des tournesols.

Michele la prit dans ses mains et sourit.

— Content de t'avoir trouvée, lui susurra-t-il avant de la glisser dans la poche de sa veste.

Les objets n'avaient pas bougé quand, quelques minutes plus tard, Michele ouvrit grand la porte de chez lui.

— Excusez mon retard, murmura-t-il d'un air fatigué.

Il alluma les lumières et la pièce s'éclaira. Il se dirigea vers la table, au centre, sortit la poupée de sa poche.

— Nous avons une nouvelle venue, annonça-t-il en montrant la poupée et en caressant du regard les objets qui remplissaient le salon, rangés le long des murs sur des étagères et des tables basses. Des objets perdus dans le train, que Michele avait trouvés au fil des ans et qui faisaient désormais partie de sa vie : des douzaines de parapluies, des cannes, des lunettes de soleil et de vue, des livres en tout genre, des bérets et des chapeaux, des montres, des briquets chromés, des blousons, des vêtements de différentes tailles et matières alignés sur des cintres, des petites radios, des vieux appareils photo, un petit enregistreur, quatre lecteurs de cassettes, deux vieux autoradios, un portable à l'écran cassé, plusieurs pelotes de laine avec leurs aiguilles à tricoter, six tournevis, un gant de boxe, des gourdes, un vieux clairon, des douzaines d'harmonicas, des lance-pierres et des pistolets jouets, un guidon de vélo, des sacs à dos et de vieilles valises vides.

Michele s'approcha d'une étagère et posa la poupée à côté d'autres jouets qui étaient là depuis longtemps : un ours en peluche, un petit Pinocchio en bois, un vieux Batman en caoutchouc à qui il manquait un bras, un robot métallique. Il observa l'ensemble, sans bruit, puis son regard se posa sur une photo encadrée accrochée au mur : un homme d'une quarantaine d'années, le regard triste, en uniforme de chef de gare, posait à côté d'une jeune femme aux cheveux châtains qui, plongée dans le clair-obscur d'un octobre nuageux, tenait par la main un enfant au sourire radieux et aux yeux noir pétrole. La photo avait été prise devant la petite maison qui donnait sur le quai de la gare ferroviaire de Miniera di Mare.

À l'intérieur de cette maison, juste à cet instant, le ding dong d'une pendule résonna. Michele se secoua, regarda le cadran. Il était 20 h 30, l'heure du dîner. À 22 heures pile il irait se coucher, pour se lever à 6 h 15 et être prêt pour le départ du seul et unique train. Il avait organisé sa vie autour des horaires de la gare dont il était le gardien. Une vie liée aux départs et aux retours de l'interrégional, qui quittait chaque jour la gare de Miniera di Mare à 7 h 15 en direction de Piana Aquilana, où il arrivait à 12 h 45 après une matinée de trajet. Trois arrêts étaient prévus : Solombra Scalo à 7 h 38, Prosseto à 8 h 15 et Ferrosino à 9 h 20. À 14 h 15 précises, le même train repartait pour accomplir le même parcours en sens inverse et revenir à Miniera di Mare à 19 h 45.

Michele le regardait partir dans la lumière du matin pour l'accueillir ensuite au crépuscule, l'été, ou dans le noir, l'hiver. Puis il en prenait soin. Et tout cela lui procurait un sentiment de sécurité.

Il se dirigea vers la cuisine, ouvrit le réfrigérateur, sortit deux œufs et une assiette qui contenait un reste d'épinards bouillis. Il mit un peu d'eau à chauffer, y ajouta un demi-cube de bouillon de légumes.

Il étendit une nappe sur la table de la cuisine, y disposa l'assiette avec les épinards, un verre, une bouteille d'eau minérale, une serviette en papier, une fourchette et une cuiller.

Puis il cassa les deux œufs dans un bol, y ajouta du sel et les battit à la fourchette. Quand le bouillon fut chaud, il y versa le mélange et remua à peine.

Il compta trois minutes de cuisson pour obtenir un consommé de la bonne texture.

Tandis qu'il observait les œufs coaguler lentement, il entendit un son léger mais insistant : on aurait dit le cliquetis du bec d'un oiseau cognant sur la vitre. Ce n'aurait pas été la première fois qu'un rouge-gorge têtu tapotait, mais cela arrivait toujours en plein jour, quand les reflets du soleil sur les fenêtres pouvaient tromper un oiseau de passage et lui laisser entrevoir, dans la lumière aveuglante, une flaque d'eau ou une ouverture. Or dehors il faisait noir et la nuit les rouges-gorges dorment. Aucun doute là-dessus. En plus, les volatiles ne s'entêtaient que quelques secondes. Pourtant le cliquetis persistait, de plus en plus insistant, son volume augmentait et on aurait dit que l'auteur, qui qu'il soit, allait bientôt défoncer la vitre. Quand une voix féminine résonna à l'extérieur de la maison, Michele eut la confirmation qu'il ne s'agissait pas d'un rouge-gorge.

— Il y a quelqu'un ? S'il vous plaît... Il y a quelqu'un ?

Il sursauta : jamais personne ne s'était aventuré dans la gare à une heure aussi tardive, et de toute façon personne n'était susceptible de frapper à la porte de chez lui. Jetant un œil à ses œufs qui continuaient de cuire, il se reprocha de ne pas avoir fermé les accès au public comme il le faisait chaque soir. Certes, il s'en occupait généralement après le dîner, avant d'aller se coucher, mais il aurait pu anticiper l'opération. On n'est jamais trop prudent, disait son père. Et à sa façon il avait raison, même si toute cette prudence ne lui avait servi ni à vivre vieux, ni à retenir sa femme, qui était partie en train par une tiède matinée de novembre, quand Michele n'avait que sept ans, pour ne jamais revenir.

Il se promit de fermer les accès au public avant le dîner, à partir du lendemain. Mais en attendant, la voix féminine insistait et peut-être, à force de taper sur la vitre, risquait-elle vraiment de la briser.

— Il y a quelqu'un ? Je sais qu'il y a quelqu'un, les lumières sont allumées..., poursuivit-elle plus fort.

Michele soupira, calcula que les œufs seraient cuits dans une minute et demie et qu'il lui faudrait quelques secondes pour atteindre la porte d'entrée. Ensuite il expliquerait à l'intruse que le premier et unique train au départ de la gare était prévu à 7h15 le lendemain et il lui indiquerait gentiment la sortie. Il lui resterait quelques secondes pour éteindre le feu. Ensuite, plus rien ne l'empêcherait de savourer son dîner en paix. Seul. Et donc en sécurité.

Il traversa la pièce des objets perdus, se dirigea vers la porte, l'ouvrit et se retrouva nez à nez avec une jeune fille en survêtement. Elle n'avait pas vingt-cinq ans, ses longs cheveux noirs étaient attachés en queue-de-cheval et ses yeux ronds d'un gris inhabituel émettaient des petits éclairs verts à la lumière des ampoules. Elle avait les traits réguliers et n'était pas maquillée. Pas très grande non plus : elle lui arrivait à peine à la hauteur du menton. Michele, lui, frôlait le mètre quatre-vingts. Elle n'était pas particulièrement belle mais son sourire était désarmant.

— Salut… c'est-à-dire, bonsoir. Je suis Ele. Elena, en fait, dit-elle comme si elle voulait s'excuser de son prénom.

Michele tenta d'anticiper ce que la jeune fille aurait pu vouloir dire d'autre.

— Il n'y a pas de train avant demain 7h15, et…

— Oui, je sais. Je connais les horaires du train, je le prends tous les matins, l'interrompit Elena.

Michele fut surpris. Il ouvrit la bouche pour répondre mais la jeune fille fut plus rapide.

— J'ai un abonnement, voiture 3, place 24. Je pars tous les jours de Solombra Scalo et je descends à Prosseto. Je travaille là-bas. Ensuite, l'après-midi, quand j'ai fini je rentre à Solombra.

Mais ce n'est pas très important. J'ai perdu quelque chose dans le train, aujourd'hui... et vu que ceci est le terminus, je me demandais si, peut-être... Bref, aurais-tu trouvé une petite poupée?

Michele était de plus en plus abasourdi. En presque dix ans de service, jamais personne n'était venu réclamer quoi que ce soit. Il s'agissait presque toujours d'objets sans importance, les gens renonçaient à les récupérer, à moins qu'ils ne soient fondamentaux. Or cette poupée usée ne lui semblait pas d'une importance fondamentale.

— Alors? Tu as vu Milù, par hasard?
— Milù?
— Oui, la poupée... elle s'appelle Milù.

Michele hésita. Ce n'était pas la procédure standard : il avait fini son travail, il était chez lui. Certes sa maison était située à l'intérieur de la gare, mais ce n'était pas une raison pour la considérer comme un bureau; le lendemain il lui faudrait inventorier l'objet et il ne pourrait le rendre à sa propriétaire légitime que pendant ses horaires de travail. Il essaya d'expliquer tout ça rapidement.

— Hum... oui, j'ai peut-être trouvé une poupée mais...

Il ne parvint pas à terminer sa phrase : Elena se jeta dans ses bras en criant de joie. Elle lui planta un baiser sur une joue, avant qu'il puisse se rendre compte de ce qui lui arrivait. C'était la première fois que quelqu'un le serrait dans ses bras depuis que sa mère était partie. Le premier baiser qu'il recevait depuis ses sept ans. Et comme si ça ne suffisait pas, c'était la première fois dans l'absolu qu'il était enlacé et embrassé par une femme autre que sa mère.

Il resta paralysé. Elena s'en aperçut et recula, tout en continuant à sourire comme si le monde était vraiment quelque chose de merveilleux.

— Excuse-moi... Je suis trop expansive, je sais. Tout le monde me le dit. Mais quand je suis heureuse je n'arrive pas à me freiner. C'est... comment l'expliquer ? C'est comme une décharge. Électrique. Voilà.

Michele la regarda fixement, pétrifié.

— Mon Dieu, tu ne sais pas à quel point je suis contente... Où est-elle ?

— Hein ?

— Milù. Où est-elle ? Je peux la reprendre ?

Michele estima qu'il valait peut-être mieux se moquer des procédures et lui rendre sa poupée au plus vite, plutôt que d'expliquer à cette espèce d'ouragan humain qu'il lui fallait revenir le lendemain, avec toutes les conséquences possibles et imaginables.

Il lui fit signe d'attendre.

— Je vais la chercher, ensuite on s'occupera de la reconnaissance.

Avant qu'Elena puisse répondre, il lui tourna le dos et rentra dans la maison.

Il avança jusqu'à l'étagère des jouets et s'apprêtait à prendre la poupée quand il entendit la voix d'Elena dans son dos.

— Oh mon Dieu !!!

Michele se retourna brusquement, comme un voleur pris sur le fait.

Elena se tenait au centre de la pièce et regardait autour d'elle, émerveillée.

— Mais c'est... c'est le Bureau des objets trouvés ?

«Sors tout de suite de chez moi», eut envie de dire Michele, mais il n'avait pas le souffle pour articuler ces mots. Depuis que son père était mort, depuis l'enterrement, personne n'avait mis les pieds dans cette maison. Cela faisait presque onze ans. Il comprit qu'il n'était plus habitué aux relations humaines. Et, surtout, il n'était plus habitué à des présences qui ne soient pas celles de ses amis inanimés. Quand cela était-il arrivé ? Depuis combien de temps la solitude avait-elle pris le dessus sur tout le reste ? Depuis combien de temps le silence, la routine et l'absence d'autres vies que la sienne étaient-ils devenus la condition de sa survie ?

En attendant, Elena déambulait dans la pièce en observant les étagères et en parlant sans s'arrêter.

— Mais comment est-il possible que les gens oublient toutes ces choses ? Et ne reviennent pas les chercher ? Regarde ça... je n'ai pas vu de lecteur de cassettes depuis mon enfance... Des autoradios ! Je me rappelle que mon père en avait un comme ça et chaque fois qu'il garait la voiture il le rangeait sous le siège. Une fois on lui a cassé sa vitre et on le lui a piqué quand même.

Elle prit le gant de boxe et y glissa la main.

— Grandiose ! s'exclama-t-elle en mimant un combat, moulinant ses poings dans les airs. Tu sais que j'aurais voulu faire de la boxe ? Et puis j'ai eu peur de me casser le nez et j'ai choisi le Pilates. Ensuite j'ai arrêté. Je ne suis pas constante. Je devrais trouver un objectif, quelque chose qui me passionne vraiment et m'y consacrer. Mais bon, qu'est-ce que j'y peux ? Il y a trop de choses qui me plaisent alors je les essaie toutes. Et je finis par ne plus rien faire. Sympa, ce blouson... Je peux l'essayer ?

Michele leva la main, comme pour l'arrêter, mais elle avait déjà enfilé le blouson à moitié. Elle n'arrivait pas à le mettre entièrement à cause du gant de boxe, qui empêchait son bras de rentrer dans la manche.

— Quelle idiote... j'aurais dû commencer par retirer le gant. Tu me donnes un coup de main... Excuse-moi, comment tu as dit que tu t'appelais ?

— Mi... Michele.

— Oh, salut, Michele, enchantée. Je t'ai dit que je m'appelais Elena, non ? Bon. Tu me l'enlèves, ce gant ?

Elle s'approcha de Michele et lui tendit sa main emprisonnée. Alors il découvrit qu'il tremblait. Il essaya de le cacher par des gestes nerveux, décidés, et finit par réussir à retirer le gant. Elle sourit et enfila enfin le blouson. Il était léger, d'un vert automnal qui se mariait à merveille avec ses yeux.

— Comment il me va ? demanda-t-elle en tournant sur elle-même.

Michele n'aurait jamais imaginé que ce blouson puisse être aussi élégant.

— Si tu veux... tu peux le garder, murmura-t-il.

En prononçant ces mots, il eut l'impression que ce n'était pas lui qui avait parlé. Il s'en étonna encore plus qu'Elena, qui ouvrit grand les yeux et dont le sourire éclaira toute la pièce. Michele se demanda comment diable il avait pu dire ça : c'était probablement pour se débarrasser de l'intruse le plus vite possible et retourner à sa solitude tranquille. Puis Elena se jeta à nouveau à son cou, dans une étreinte qui exprimait une joie sincère, irrépressible.

— Michele, mais tu es fou ? C'est un cadeau magnifique ! s'exclama Elena avant de lui planter un autre baiser sonore sur la joue.

Michele avala sa salive en regardant la jeune fille s'admirer dans le blouson, heureuse, avant de prendre un air perplexe.

— Mais si quelqu'un vient le réclamer ? Comment tu feras ? Qu'est-ce que tu inventeras ?

— Ne t'inquiète pas... personne ne viendra plus le chercher, répondit-il gêné.

Puis il tourna les talons et se dirigea vers l'étagère des jouets, avant qu'elle l'embrasse à nouveau. Il attrapa la poupée et la lui montra.

— Milù ! s'exclama-t-elle en la prenant dans ses mains et en coiffant de ses doigts ses cheveux synthétiques. Heureusement que tu l'as retrouvée... Milù aurait été très triste. Je t'explique :

Milù, c'est ma sœur. Ce n'est pas la poupée, même si elle s'appelle Milù aussi, je veux dire *la poupée*. C'est-à-dire, ma sœur s'appelle Milù et la poupée aussi s'appelle Milù. Bref, elles ont le même prénom. La poupée et ma sœur. En tout cas elle tient énormément à Milù. Ma sœur, je veux dire. Et vu que je l'ai prise sans le lui dire, si ce soir j'étais rentrée sans Milù, ma sœur Milù ne m'aurait pas laissée dormir de toute la nuit. Tu as compris ?

Michele acquiesça, épuisé. Il lui tendit la main, comme pour la congédier. Elle la lui serra, enthousiaste. Elle le remercia encore, puis prit un air interrogateur en reniflant.

— Michele, mais… ça sent le brûlé, non ?

Michele pâlit. Puis courut vers la cuisine.

Les œufs n'étaient plus qu'un petit amas de carbone séché au fond de la casserole, plongés dans le bouillon végétal qui s'était transformé en un brouillard noir et dense de fumée. Michele saisit les poignées de la casserole, la retira du feu et se dirigea vers l'évier, ses mains ne pouvant supporter la chaleur. Mais à mi-chemin il jura et lança le tout dans l'évier. Puis il agita les doigts en l'air pour les rafraîchir.

— Tu t'es fait mal ? demanda Elena, inquiète, au centre de la cuisine.

Michele soupira. De toute évidence cette jeune fille n'avait pas la moindre idée de ce que signifiait entrer dans la maison et la vie des autres sans demander la permission.

— Ce n'est rien, grommela-t-il, maintenant il vaut mieux que tu t'en ailles et…
— Montre-moi.
Avant que Michele ait le temps de répondre, Elena lui avait pris les mains et les observait avec attention.
— Oui, tu t'es brûlé. Tu vois ce doigt? Et cet autre? Si tu ne mets rien, ils vont gonfler.
Michele retira ses mains.
— Je vais les passer sous l'eau…
— Tu es fou? L'eau, c'est pire. Il faut une crème pour les brûlures. Tu as ça?
— Non mais ne t'inquiète p…
— Alors un peu d'huile d'olive. Extra-vierge, si possible. Où tu la ranges?
Le regard de Michele se posa instinctivement sur le buffet à côté de la gazinière. Elena alla sortir la bouteille de sa cachette, prit la serviette en papier qui se trouvait sur la table dressée et versa de l'huile dessus. Puis elle invita Michele à s'asseoir et s'installa sur une chaise en face de lui.
— Je vais m'en occuper, donne-moi tes mains, dit-elle en souriant, très douce.
Michele eut une sorte de vertige. Il abandonna ses mains dans celles d'Elena, tandis que le souvenir arrivait, tout droit sorti d'un soir de mai, tant d'années auparavant.

— *Donne-moi tes petites mains, on va soigner ce bobo…, murmure sa mère.*
Et le petit Michele tend ses mains blessées. Tandis qu'elle désinfecte les petites plaies sur les doigts, elle lui

raconte que les guerriers d'antan étaient fiers de leurs blessures. Et qu'ils montraient leurs cicatrices lors des batailles, comme ça les adversaires comprenaient que ces guerriers avaient combattu mille autres guerres, mais qu'ils ne s'étaient jamais rendus. Les larmes du petit garçon sèchent, ses pleurs cessent, tandis que sa maman l'invite à être comme un guerrier. À ne pas cacher ses blessures. Et à ne jamais céder.

— Ça va mieux?

Michele se secoua. Il se laissa aller à ce frisson, retira les mains et se leva. Il céda, pour la énième fois de sa vie, en mentant et en disant que ça allait très bien, qu'il ne sentait aucune douleur et qu'il n'était pas blessé. Il céda en espérant qu'Elena s'en aille le plus vite possible. Avant qu'il puisse commencer à espérer qu'elle revienne. Parce que personne ne revient, même s'il l'a promis. Surtout s'il l'a promis.

2

Quand la lumière du matin éclaira la maison, même les objets trouvés, témoins silencieux d'une nuit inhabituellement tourmentée, semblaient fatigués et endormis.

Michele aperçut leur reflet dans le miroir de la salle de bains, à travers la fente de la porte entrouverte, pendant qu'il se rasait. À ce moment-là, il se coupa sous la pommette gauche. Il n'eut pas mal mais il vit une goutte de sang couler lentement le long de sa joue et teindre de rouge la mousse à la hauteur du menton non encore rasé. Il comprit que ses mains avaient conservé un peu de leur tremblement de la nuit précédente.

Il était allé se coucher sans dîner et avait passé une nuit agitée. De temps à autre il plongeait dans le sommeil et se réveillait peu après avec de brefs sursauts, surtout quand le visage d'Elena affleurait dans le territoire de ses rêves.

Il l'avait regardée partir, enveloppée dans le blouson vert qu'il lui avait offert, sa poupée dans les mains. Avant de sortir de la gare elle s'était retournée pour le saluer, mais il s'était empressé de se cacher derrière les rideaux. Il s'était efforcé de se sentir soulagé. Il avait lavé la casserole brûlée, rangé la cuisine puis, comme chaque soir, il s'était consacré aux objets qui remplissaient la maison, les seules présences en qui il avait confiance.

Il avait remonté les montres, se laissant draper par le tic-tac rythmé qui lui rappelait le bruit de la pluie sur les voies, quand il attendait le train les soirs d'hiver, debout sur le quai. Puis son regard s'était posé sur le gant de boxe qu'Elena avait laissé sur la table. Il l'avait pris pour le ranger, mais il n'avait pas résisté à la tentation de le passer. Sa main, à l'intérieur de la doublure tiède, avait trouvé celle d'Elena. Alors il l'avait retiré avec rage, s'éloignant d'un plaisir qu'il ne pouvait et ne voulait s'accorder.

Durant la nuit il s'était levé plusieurs fois et vers 3 heures il s'était préparé une camomille, dans l'espoir de trouver le sommeil. Il avait regardé par la fenêtre la silhouette du train qui évoquait un énorme serpent endormi. Il avait eu envie de sortir de la maison, d'aller sur le quai, de profiter du sommeil du train pour monter dans le wagon où il avait trouvé la petite poupée et s'asseoir, enfin, à la place qu'Elena occupait chaque jour. Il s'en souvenait bien : c'était le siège 24 de la voiture 3. Mais il avait chassé cette idée absurde et plongé le sachet de camomille dans l'eau bouillante, espérant se rendormir et colmater cette brèche soudainement ouverte dans le mur de sécurité qu'il avait construit au fil des ans, avec patience et détermination.

Il avait allumé la télévision, un vieux modèle à tube cathodique, et avait pris *Quand Harry rencontre Sally* à la moitié. Il l'avait déjà vu plusieurs fois. En sirotant sa camomille, il s'était aperçu que les expressions drôles de Meg Ryan lui rappelaient vaguement les mimiques d'Elena. «Ça ne doit pas devenir une obsession», avait-il pensé. Dans le fond, Elena était juste la première femme qui lui avait parlé après tant d'années de silence, la première personne à être entrée chez lui et à avoir brisé, d'un coup, sa solitude. Il ne devait pas se laisser troubler, il devait dormir et oublier. Il avait éteint le téléviseur au moment où Meg Ryan mime un orgasme au restaurant. L'idée que les femmes aient le pouvoir de feindre jusqu'au plaisir le dérangeait et renforçait ses défenses. Dans le fond, sa mère n'avait-elle pas fait semblant de l'aimer, jusqu'à son départ? Et lui, il était tombé dans le panneau. «Je ne sais pas distinguer le vrai du faux», avait-il constaté avec amertume en finissant sa camomille. Puis il avait repensé à la scène finale du film, quand Billy Crystal déclare son amour à Meg Ryan. Il l'avait vue au moins quatre fois. Et chaque fois il avait été ému aux larmes, comme si tout était vrai. Morale : il n'arrivait même pas à distinguer une histoire inventée de la vie réelle. Mieux valait retourner au lit, éteindre la lumière et ses pensées.

À 6h15, quand le réveil avait sonné, il luttait

encore contre l'insomnie et avait accueilli ce bruit avec soulagement. Il s'était levé en vitesse, impatient d'affronter la journée et de reprendre ses habitudes.

À la lumière du jour, les premiers voyageurs se dirigeaient vers le train qui allait partir. Il s'agissait presque exclusivement d'habitués se rendant au travail, plus quelques touristes et un groupe scolaire en sortie avec ses enseignantes. Michele vit le machiniste monter dans la locomotive, tandis que le contrôleur, sur un ton paresseux, invitait les passagers à prendre place dans le train. À 7 h 15 précises, comme chaque matin, l'interrégional démarra puis, après la ligne droite initiale, affronta son premier virage en sifflant contre le vent et se dirigea vers l'horizon des montagnes lointaines, dont il émergerait le soir venu.

Toute la journée, Michele goûta à une solitude nouvelle. Il expédia son travail sur le terminal informatique, contrôla le bon fonctionnement de la billetterie automatique, lut les faits divers sur le vieil ordinateur du bureau, respira l'air humide de la salle d'attente qui, après la réduction du trafic ferroviaire en transit à Miniera di Mare, était devenue totalement inutile. Le temps passa lentement, linéaire, vide. Jusqu'au crépuscule.

Plongé dans ce vide programmé, Michele reprit confiance. Il sentit les émotions de la veille au soir s'estomper en même temps que les contours des peupliers qui entouraient la gare et qui, au fur et à mesure que le soleil effectuait son arc dans le ciel, allongeaient leur ombre sur le pavé et sur son énième après-midi de solitude.

Le train revint, parfaitement à l'heure, avec la nuit. Michele regarda le groupe scolaire se diriger à la hâte vers la sortie avec les maîtresses, les travailleurs regarder autour d'eux avec leur air habituel, le machiniste et le contrôleur rentrer chez eux après l'avoir salué à la va-vite.

Puis, enfin, il monta dans le train. Il chercha dans l'air l'odeur de métal et de faux cuir, qui courut à sa rencontre et envahit ses narines comme un ami retrouvé.

Tandis qu'il avançait vers la tête du train, il ramassa çà et là quelques papiers roulés en boule et des déchets en tout genre. Mais il était distrait, il parcourait les wagons plus vite qu'à l'ordinaire et il savait pourquoi, même s'il essayait de se le nier à lui-même : il avait hâte d'arriver à la voiture 3, place 24. Il essaya d'ignorer le battement de son cœur qui accélérait tandis qu'il approchait de son but puis, quand il franchit enfin le seuil de la voiture 3, il sentit un parfum particulier qui s'insinuait parmi les odeurs du train. C'était le parfum de la peau d'Elena. Michele s'arrêta. L'odeur était devenue quasi palpable. Tendu, incrédule, il avança à nouveau et aperçut une ombre à la place 24. Il frissonna en distinguant les contours d'une personne. Il retint son souffle. Avança encore.

Puis il la vit.

Elle était assise à sa place, son blouson vert

dans les mains, comme si elle l'attendait. Quand leurs regards se croisèrent, Michele sentit ses jambes fléchir et il fut obligé de s'asseoir.

— Mais... qu'est-ce que tu fais ici ? demanda-t-il d'un filet de voix.

Elena soupira, sembla rassembler les morceaux d'un discours longuement préparé. Puis elle lui tendit le blouson.

— Michele, je suis désolée mais je dois te le rendre, dit-elle sur un ton blessé, presque douloureux.

Il la regarda, interdit. Il n'avait même pas la force de saisir la veste qu'Elena lui tendait. Elle prit son courage à deux mains, lui posa le blouson vert sur les genoux et parla sans interruption, comme la veille au soir.

— C'est-à-dire, tu as été très gentil de me l'offrir, mais ce matin j'ai fait une recherche sur Internet. Soyons clairs : pas parce que je ne te fais pas confiance, pas du tout. C'est que j'avais envie de comprendre comment fonctionnait ton travail. Bref, ces objets perdus que tu conserves, tout ça... Voilà. Alors j'ai découvert que tu ne peux pas garder toutes ces choses que tu trouves dans le train. C'est-à-dire, tu ne peux les garder que quinze jours, ensuite tu dois les remettre à la police. Ensuite la police les envoie au Bureau des objets trouvés, qui les conserve pendant un an. Puis, si personne ne les réclame, ils les mettent aux enchères. Et n'importe qui peut les acheter.

— Je sais, dit Michele, blême.

— Ah, tu le sais ! Alors pourquoi tu les gardes ?

Il y a peut-être des gens qui les cherchent, qui n'ont pas eu l'idée de venir demander ici, comme moi.

— En effet, tu as été la seule à le faire..., acquiesça Michele, comme hypnotisé.

Elena soupira et ajouta sur un ton sincèrement triste :

— Michele... écoute, tu as l'air d'être quelqu'un de bien et c'est pour ça que je pense que tu devrais remettre tous ces objets à la police. Peut-être que si tu leur en apportes un peu à chaque fois, ils ne te poseront pas de questions et tout sera réglé. C'est-à-dire, je ne vais pas te dénoncer, mais ce n'est pas juste que tu les conserves. Voilà.

Michele la regarda fixement. Son air inquiet la rendait encore plus belle. Et cela lui procurait une douleur insupportable. Il ne voulait pas qu'elle ait une mauvaise opinion de lui. Il n'avait pas prévu de donner des explications au sujet des objets qu'il conservait, mais à vrai dire il n'avait pas non plus prévu qu'Elena débarque à l'improviste chez lui et dans ses pensées. Il était de plus en plus déterminé à l'éloigner de sa vie, de même qu'il avait éloigné, avec le temps, toutes les sources d'illusion et de prévisible, inévitable douleur. S'il lui mentait, s'il lui confirmait qu'il s'était emparé illégalement de tous ces objets et qu'il n'avait pas l'intention de les rendre, elle disparaîtrait de sa vie. Mais, au fond de son cœur, il ne voulait pas qu'elle disparaisse de cette façon. Il ne voulait pas qu'elle le juge pour ce qu'il n'était pas. Alors il rassembla ses forces. Et il parla.

— Je... Je les ai déjà rendus. Tous.

Elena le regarda, surprise et contrariée. Puis elle bondit sur ses pieds.

— Ah oui? Tu les as rendus? Quand? Ce matin? Je demande à voir...

Puis elle se dirigea d'un pas décidé vers la sortie de la voiture. Michele la suivit, hébété, le blouson dans les mains.

Elena entra chez lui et découvrit le salon plein d'objets, comme la veille. Elle soupira puis regarda Michele, blessée.

— Ils sont encore tous ici. Pourquoi m'as-tu menti? Pourquoi m'as-tu dit que tu les avais rendus? Tu aimes bien te moquer des gens?

Michele lui fit signe d'attendre et se dirigea vers un tiroir, dont il sortit une pile de feuilles qu'il tendit à Elena.

— Regarde..., dit-il simplement.

Elle prit les feuilles, les examina. C'étaient des reçus délivrés par le Bureau des objets trouvés. Un reçu pour chaque objet présent dans la pièce.

Elena regarda autour d'elle, ébahie. Michele eut l'impression qu'elle procédait à un rapide inventaire, le confrontant aux reçus.

— C'est-à-dire... Tu... tu as repris tout ça au Bureau des objets trouvés?

Elle eut l'air de se le demander à elle-même, plus qu'à Michele.

— Seulement les objets que j'avais trouvés dans le train, admit Michele.

— Mon Dieu, Michele, tu pourrais m'expliquer, s'il te plaît?

Michele soupira.

— Je trouve les objets, au bout de quinze jours je les remets à la police, comme le veut le règlement, puis j'attends un an... et si personne ne les a réclamés... voilà, bref, j'ai une connaissance au Bureau des objets trouvés qui me les envoie avant qu'ils s'en débarrassent...

— Mais... au bout d'un an les objets trouvés ne sont pas vendus aux enchères? demanda Elena en plissant le front.

— Seulement ceux qui ont une certaine valeur. Les autres... ils les offrent, ou bien ils les jettent. Alors moi je les récupère, répondit Michele.

Elena sourit. Son sourire ressemblait à une caresse.

— Pourquoi tu fais ça?

Elle s'approcha de lui, comme si elle voulait l'étudier du regard.

— Je ne sais pas, répondit Michele, sincère.

Il s'aperçut qu'il aurait voulu rendre son étreinte à Elena : elle le serrait avec sa fougue habituelle, irrépressible. Mais il resta immobile, y compris pendant qu'elle l'embrassait sur la joue.

— J'aurais dû y penser. Je fais toujours la même erreur. Je juge trop vite. Milù me le dit toujours : réfléchis bien avant d'arriver à une conclusion. Elle a raison, bon Dieu. Mais apparemment ça me sort de la tête. Bref, excuse-moi, je retire tout ce que j'ai dit. Mais tu sais, je n'aurais pas pu imaginer que tu sois aussi... aussi... spécial.

Michele ne s'était jamais senti spécial et, justement pour ça, la crainte qu'Elena se moque de lui le paralysa encore plus. Mais elle était comme un fleuve en crue.

— Et maintenant, qu'est-ce qu'on fait ? Comme je venais en train, je me suis mise d'accord avec mon père pour qu'il vienne me chercher en voiture dès que j'en aurais fini avec toi. Je veux dire, «fini avec toi», c'est une façon de parler. Disons dès que j'étais prête à rentrer. Quoi qu'il en soit... Je peux aussi l'appeler plus tard, comme ça on passe un moment ensemble, si ça te va. Ça te va ? Et même, vu qu'hier soir je t'ai fait brûler ton dîner, je vais me faire pardonner. Je te prépare quelque chose et on dîne ensemble, d'accord ? Je sais cuisiner, hein ? Je me débrouille bien. Il y a quelque chose qui te plaît en particulier ?

Il aurait voulu dire que c'était elle, qui lui plaisait en particulier. Et que pour cette raison elle lui faisait peur. Une peur qu'il n'arrivait ni à vaincre ni à supporter.

Mais il se tut. Il la regarda ouvrir le frigo et rire aux éclats parce qu'elle n'y trouva que des œufs, des bouillons cube, quelques légumes et de l'eau minérale. Pas de vin. Pas d'alcool.

— Michele ! Tu ne peux pas manger comme un retraité ! Bon, à partir de maintenant je m'occupe de toi.

Elle lui dit qu'il y avait un supermarché près de la gare, elle l'avait aperçu du train. Il n'était qu'à quelques minutes à pied, elle allait acheter le nécessaire pour préparer le dîner. Michele essaya timidement de l'en dissuader, mais elle ne voulut rien entendre.

— Je dois me faire pardonner…, dit-elle en souriant. Toi, attends-moi gentiment ici. Compris ?

Elle attrapa le blouson vert, l'enfila et se dirigea vers la porte. Puis elle hésita, se retourna et revint sur ses pas, regardant Michele d'un air curieux.

— À propos. Toi, de quelle couleur tu es ?

Michele ne comprit pas.

— Qu'est-ce… qu'est-ce que ça veut dire ?

— Ça veut dire que chacun de nous, quand on y réfléchit, se sent d'une couleur. Qui peut changer selon la journée ou le moment. Je te donne un exemple ? Je te donne un exemple. En venant ici, je me sentais violet foncé. Facile de comprendre pourquoi, non ? Maintenant, je me sens… orange. Et ça aussi c'est facile à comprendre, vu que je suis heureuse et que l'orange est une couleur heureuse. Du moins pour moi. Bref, Michele, il est important de savoir de quelle couleur on est, comme ça on ne s'approche que des couleurs qui vont avec la nôtre. C'est-à-dire… si tu te sens bleu, n'approche pas du marron, ils ne vont pas bien ensemble. Donc le jour où tu te sens bleu tu évites les personnes qui te semblent marron. Simple, non ? Maintenant, pour tout dire je n'arrive pas à comprendre de quelle couleur tu es, c'est pour ça que je te le demande. Et c'est bizarre, parce qu'en général je n'ai pas de mal à voir les couleurs des personnes. Donc… il faut que tu me dises de quelle couleur tu es. Réfléchis, si tu ne sais pas. Quand je reviens tu me le dis. Et n'essaie pas de t'en tirer avec le fait que tu te sens noir, parce que le noir n'est pas une couleur, comme le blanc, du reste. Ce ne sont que des contenants de couleurs. Le noir est sombre. Le blanc est la lumière. Mais les couleurs, c'est autre chose… Une fois j'ai lu qu'en réalité n'importe quoi qui a une couleur contient toutes les couleurs de la lumière. Et la couleur qu'on voit n'est que la couleur que cette chose repousse. C'est-à-dire, cette veste verte est faite de toutes les couleurs, mais elle repousse le vert alors nous la voyons verte. C'est drôle, non ? Bon, j'y vais avant que ça ferme, sinon je ne pourrai pas te préparer le dîner.

Elle sourit. Et sortit.

Michele se retrouva seul et reformula mentalement la question d'Elena : « De quelle couleur es-tu ? »

Il n'avait pas de réponse. Il regarda autour de lui, plongé dans le silence des objets qui l'entouraient. Il scruta leurs ombres et, pour la première fois, se rendit compte que, exactement comme lui, elles n'avaient pas de couleur. Dans le fond, pensa-t-il, tous les objets dont il s'était entouré n'étaient autres que des sceaux apposés sur les serrures de la vie qui, une fois ouvertes, auraient libéré la douleur ; des petites barrières que lui-même avait érigées autour de sa solitude pour la rendre supportable et, par conséquent, plus sûre. Maintenant, tout cela risquait de céder sous les coups terribles du sourire d'Elena. Sa présence le laisserait à nouveau sans défenses, comme quand il était enfant. Parce que l'amour donne de l'espoir. Et l'espoir, comme disait son père, rend faible et vulnérable.

Sur la table de la cuisine, devant laquelle il était resté assis en attendant Elena, la peur refit surface. La peur qu'elle ne revienne pas, que ce soir, ou bien tôt ou tard, elle le laisse là, attendant en vain qu'elle revienne avec les courses pour lui préparer le dîner, jour après jour, nuit après nuit.

Quand, les minutes passant, la peur devint une certitude, Michele se leva et sortit de chez lui.

Il parcourut le quai, passa à côté de la salle d'attente, se retrouva à l'entrée de la gare. Il souleva le loquet de sécurité sur le battant droit du portail, puis fit mine de soulever celui de gauche, mais il se rendit compte qu'il était coincé. Il tira avec force, ignorant la gêne procurée par ses doigts brûlés, mais le loquet ne bougea pas d'un millimètre. Il soupira, jura, réessaya. Le loquet semblait cloué dans le trou creusé dans le métal. Tendu, il était en nage. Le temps passait, implacable, d'un moment à l'autre Elena pouvait arriver et le prendre sur le fait. Il tira de toutes ses forces, en vain.

«C'est peut-être un signe», pensa-t-il. «Peut-être que le loquet coincé, qui ne s'était jamais coincé avant, *bordeldedieu*, veut me faire comprendre que je ne dois pas fermer ce portail, que je dois l'attendre. Peut-être que tout ceci veut dire que je devrais me donner une chance... et peut-être lui donner une chance, à elle aussi.»

Il regarda en direction de la rue qui menait au supermarché. Pas l'ombre d'Elena.

Il ressentit une déception qui l'alerta encore plus, parce qu'elle ressemblait au vide qu'il sentait dans son estomac, enfant, quand il attendait le retour du train et que sa mère n'était pas dedans.

«Tu vois comme il a suffi de peu pour se faire des illusions et se faire du mal?» pensa-t-il en observant le loquet qui ne voulait pas se soulever pour le mettre en sécurité.

Puis il s'aperçut qu'il n'avait pas retiré la barre de sûreté au-dessus. Il la fit tourner et le loquet se souleva, à nouveau docile.

Il ferma enfin le portail.

Si Elena revenait, elle trouverait l'accès au public clos.

Et elle comprendrait que Michele lui avait barré l'accès à sa vie.

3

— Allô, papa... tu viens me chercher?
— Oui, ma chérie. Où es-tu?
— Devant la gare de Miniera di Mare. Je t'attends.
— D'accord, ma chérie. À tout de suite.
— À tout de suite.

Elena raccrocha et rangea son téléphone portable dans son sac à dos. Puis elle regarda à nouveau le portail fermé de la gare ferroviaire, derrière lequel on apercevait la silhouette du train éclairé par des lumières artificielles. Elle eut un pincement au cœur. Elle imagina Michele enfermé chez lui avec ses objets perdus et son silence. Michele qui l'avait empêchée de revenir, elle qui avait acheté du vin blanc frais et des gambas à lui cuisiner. Michele qui restait de marbre quand elle le serrait dans ses bras. Michele qui cachait le tremblement de ses mains par des gestes rapides et brusques. Michele qui, avec sa timidité et ses silences, lui donnait un sentiment de sécurité jamais éprouvé. Michele que, ce soir-là, elle avait peut-être perdu pour toujours.

Une voiture s'arrêta à sa hauteur. Le jeune homme au volant la regarda avec un sourire aguicheur et lui demanda s'il pouvait la déposer quelque part, comme un chasseur qui demande à sa proie comment elle préfère être capturée. Elena secoua la tête et se dirigea vers une petite rue latérale. La voiture repartit sur les chapeaux de roue et le bruit strident des pneus sur l'asphalte résonna dans le silence comme un juron vulgaire.

Elena continua à marcher; elle avait encore un peu de temps avant que son père arrive et elle pensa qu'il serait plus prudent de ne pas rester sur le parvis de la gare, éclairé mais désert.

À ce moment-là, elle entendit le bruit de la mer. En avançant encore, elle se retrouverait sur la plage. Elle distingua parfaitement la lente succession des vagues sur les rochers, la claque douce de l'eau salée sur la pierre. Elle s'arrêta à quelques mètres de la rive et se laissa submerger par le vent qui sentait le sel.

«Viens-tu parfois regarder la mer, Michele?» pensa-t-elle. «Son appel arrive-t-il jusqu'à ta maison? Tu as peut-être oublié qu'elle est si proche. Tu l'aimais peut-être tellement que tu as décidé d'arrêter de la chercher...»

Pour la première fois depuis longtemps, tandis qu'il versait ses œufs dans son assiette, Michele sentit l'appel de la mer. Un petit vent parfumait les choses de sel, entrant furtivement par la fenêtre fermée. Depuis combien de temps n'avait-il pas regardé la mer? Depuis combien de temps n'avait-il pas senti son appel? Soudain il se souvint qu'enfant, les soirs d'été, sa mère l'emmenait sur la plage. Ils se promenaient à la frontière entre l'eau et le sable, pieds nus, en se tenant par la main. Puis ils s'arrêtaient pour regarder la lente succession des vagues sur les rochers, la claque douce de l'eau salée sur la pierre. Le regard de sa mère, dans la pénombre du soir, se perdait dans l'horizon, comme si elle cherchait une réponse à une question mystérieuse. Et là, l'enfant cherchait dans les yeux de sa mère son horizon futur.

Quand elle était partie, il s'était éloigné de la mer. Il avait cessé de la chercher, comme toutes les autres choses qu'il aimait. De même qu'il cesserait de penser à Elena qui, en y réfléchissant, lui rappelait la mer. Quand elle l'avait enlacé, n'avait-ce pas été comme la vague qui submerge les rochers? Et ses baisers bruyants, claqués sur ses joues, ne lui rappelaient-ils pas le doux battement de l'eau salée sur la pierre?

La première gorgée de bouillon le détourna de ses pensées. Il réalisa qu'il détestait les œufs ainsi préparés, il était temps de l'admettre. Il les remua dans son assiette en se disant qu'il aurait volontiers mangé des gambas, comme quand il était petit et que sa mère cuisinait toutes ces bonnes choses, le soir, avant de partir avec le train.

Le train!

Pris par sa rencontre avec Elena, il n'avait pas fini son travail. Il lui restait à nettoyer et ranger la moitié des wagons. Les lumières à l'intérieur des voitures étaient éteintes, maintenant. Voilà ce qui arrivait à force de suivre ses rêves et ses espoirs : on perdait le contact avec la réalité et les obligations.

Il prit une lampe de poche et se dirigea vers le quai.

Dans le noir, on sentait encore plus fort l'odeur des voitures. Michele reprit son inspection à la lumière de sa torche. Il ramassa deux canettes, fouilla les porte-bagages, vérifia que toutes les fenêtres étaient fermées.

Il revint vers la queue du train et accéléra le pas quand il approcha de la place d'Elena. Il s'éloigna à la hâte, lui tournant le dos, comme si c'était la juste chose à faire.

Il-ne-devait-plus-penser-à-Elena. Point.

Avant d'arriver au dernier wagon, il repéra un relief qui dépassait d'un siège. Il l'éclaira de sa lampe. Le rayon de lumière diminua d'intensité. Il s'approcha, la torche n'émettait plus qu'une faible lueur. L'objet perdu, dans la pénombre de plus en plus dense, semblait être un livre. Ou peut-être un cahier. À ce moment-là, la lampe s'éteignit. Michele tenta de la réactiver, mais les piles étaient déchargées. Plongé dans le noir, il chercha l'objet à tâtons, le trouva. Il le mit dans sa poche. Heureusement, il avait terminé son travail. Maintenant, il pouvait rentrer chez lui.

— Cet homme est un mystère..., murmura Elena allongée sur son lit, dans le noir.

De retour chez elle, elle avait embrassé sa mère puis dîné en vitesse, sous le regard de ses parents. Elle les avait rassurés en leur disant que tout allait bien, elle avait parlé de sa journée de travail, sans la moindre allusion à l'histoire de Michele. La version officielle était qu'elle avait proposé d'aller jusqu'à Miniera di Mare pour remettre des documents pour le compte de son employeur, et que pour cette raison elle avait demandé à son père de venir la chercher en voiture. Tout le reste, la vérité, elle voulait le raconter à Milù. Milù sa sœur.

Sa jumelle, même.

Elles étaient nées le même jour, mais Elena était l'aînée. Pendant sept minutes, après être venue au monde, elle avait attendu que Milù la rejoigne dans cet étrange lieu qu'elle venait de conquérir, où les bruits et les mots n'étaient plus ouatés, où l'on avait l'impression de pouvoir toucher, en tendant les bras, ces lumières jamais vues avant. Quand Elena avait entendu le premier cri de Milù, elle avait senti qu'elle ne serait jamais seule. Elles étaient l'écho l'une de l'autre, la question et la réponse, l'âme interchangeable de deux corps identiques.

La voix de Milù monta de la chambre des jumelles, comme un rebond élastique et souple.

—Tu es amoureuse ? Tu l'as vu deux fois et tu es amoureuse ?

Elena sourit en réfléchissant à ce qu'elle ressentait vraiment.

— C'est-à-dire, il ne parle pas beaucoup... il dit deux mots puis il se tait. Mais tu sais ce qu'il y a de bizarre ? J'ai l'impression que Michele arrive à dire plus de choses avec son silence que tous ces salauds que je rencontre et qui parlent pour ne rien dire... Des mots inutiles... attendus. Ils ne pensent qu'à coucher avec moi et ils sont prêts à dire n'importe quoi pour pouvoir mettre les mains sur moi...

Elena ferma les yeux, espérant avoir été claire.

—Tu n'as pas répondu à la question, entendit-elle murmurer.

Elena soupira.

—Tu as raison. C'est-à-dire... Voilà : je ne sais pas si je suis amoureuse. Il me plaît, c'est sûr, il a quelque chose que je n'arrive pas encore à cerner, mais qui m'attire. Et puis, qui sait... en le fréquentant je comprendrai. Peut-être que je me trompe, que ce n'est qu'une suggestion. Oui, ça doit être ça : une suggestion. Et vu que de toute façon il ne veut pas me fréquenter, le salaud, je ne le saurai jamais. Ça vaut mieux. Oui, ça vaut mieux. Voilà. Problème réglé.

Maintenant elle aurait voulu dormir, sans rien dire ni écouter de plus. Mais Milù n'était pas du genre à lâcher facilement.

— Donc tu te résignes.

— Je ne sais pas bien ce que je pourrais faire d'autre, vu qu'il m'a claqué la porte au nez.

—Tu es triste ?

— Oui. Très. Je ne peux pas le nier.

— Donc tu t'apprêtes à rompre une nouvelle fois notre pacte ?

Elena se tut, puis se tourna vers sa sœur. Ses yeux n'étaient pas encore habitués à l'obscurité, donc elle les referma.

— Tu es fâchée contre moi, pas vrai Milù ? murmura-t-elle. Je ne vais pas rompre notre pacte, sois tranquille. J'ai appris, ajouta-t-elle, convaincue.

Elle tendit la main vers l'autre lit à une place, qui était à quelques centimètres du sien. Elle sentit la soie des longs cheveux noirs, si semblables aux siens, la courbe de la joue, douce et chaude. Elle sentit le velours de la main de Milù qui caressait la sienne et goûta ce geste plein d'amour. Puis elle tâtonna encore dans le noir et trouva la poupée, l'autre Milù.

— Je prends Milù un moment, d'accord ? Ensuite je te la rends, dit-elle en la serrant contre sa poitrine. Je te jure que je ne l'emporterai plus. Si je la perds, tu ne me le pardonneras jamais. Tu serais très en colère, je le sais.

Dans le noir, elle entendit le rire de sa sœur jumelle. Elle se sentit rassurée, mit les mains derrière sa tête et ouvrit à nouveau les yeux, en fixant le noir qui pendait du plafond.

— À propos... oui, bon, je sais qu'il est l'heure de dormir et que demain on se lève tôt, comme d'habitude. Je te dis juste une chose et puis j'arrête de t'embêter, juré... Bref, maintenant que j'y pense, tu sais de quelle couleur est Michele ?

Je ne sais pas si c'est vraiment sa couleur, c'est-à-dire, s'il est de cette couleur, mais plus j'y pense plus ça me paraît évident. Rouge. Oui, rouge. Je me demande pourquoi. Bon, Milù, j'ai compris, je me tais. Bonne nuit.

— Bonne nuit.

Michele rentra chez lui. Il regarda ses objets alignés le long des murs et sourit.

— Il y a un nouveau venu, dit-il en sortant de sa poche ce qu'il avait trouvé dans le train pour le montrer comme toujours à ses amis silencieux.

Mais d'abord il l'observa avec curiosité : c'était un vieux cahier usé. Rouge.

Michele sentit un frisson, une sensation de danger qu'il ne parvint pas à déchiffrer. Il posa le cahier sur la table comme s'il était brûlant et recula d'un pas parce que son instinct, sans raison apparente, lui conseillait de s'éloigner. Il l'observa, prudent, sa respiration devint lourde. Il sentit que l'air avait du mal à entrer dans ses poumons. Il s'approcha de la fenêtre et l'ouvrit, pour profiter de la fraîcheur de la nuit. Puis, à pas lents, après une longue hésitation, il s'approcha du cahier rouge.

Il le prit dans ses mains et sentit son cœur battre la chamade, comme fou.

Il regarda la couverture décolorée et ses mains furent saisies d'un tremblement impossible à arrêter. Retenant sa respiration, Michele l'ouvrit et lut l'inscription sur la première page, tracée dans une écriture incertaine et infantile.

Miniera di Mare, 1ᵉʳ octobre 1991
Journal intime de Michele Airone

Un vent soudain qui sentait l'enfance l'assaillit jusqu'à l'étourdir. Il regarda autour de lui et, l'espace d'un instant, il eut l'impression que tous ses objets avaient disparu et que la maison était redevenue celle d'autrefois, pleine de lumière et de fleurs sur l'appui de fenêtre.

Il revit le visage de sa mère, son sourire pendant qu'elle caressait la tête d'un enfant assis à une table, qui écrivait quelque chose dans un cahier rouge.

C'était lui, cet enfant.

Puis le souvenir s'estompa, avalé par le présent avec le parfum de son enfance.

Dans la pièce les objets perdus réapparurent, mais le cahier était toujours là, posé sur la même table.

C'était son journal.

Il était revenu à la maison par le même train que celui qui l'avait emporté, au loin, tant d'années auparavant.

4

21 mai 1992

Aujourd'hui les blessures sur mes doigts sont guéries, on ne les voit plus. Mais ça me désole parce que maman m'a dit que les guerriers d'antan avaient des blessures qu'ils montraient à leurs ennemis comme ça ils comprenaient que ces guerriers sont forts parce qu'ils ne sont jamais morts avant dans d'autres guerres. Moi avant je montrais mes blessures à tout le monde comme ça ils comprenaient que je suis un de ces guerriers, mais maintenant qu'elles ont guéri comment je fais ? Je dois demander à maman de m'apprendre comment on devient un guerrier d'antan même sans blessures aux doigts pour le montrer. Si elle me l'apprend, j'y arriverai. Peut-être que je peux aussi demander à papa, mais lui après avoir travaillé toute la journée avec les trains il est fatigué et il veut manger et puis après il veut regarder la télévision sur le canapé. Peut-être qu'avant d'être chef de gare il était un guerrier, et qu'il a dû arrêter pour gagner un salaire. Mais quand il se fâche je vois bien qu'il était un guerrier, vu comment il crie sur les contrôleurs qui doivent lui obéir sinon les chemins de fer les licencient.

Michele referma le cahier après l'avoir lu et relu plusieurs fois. Son écriture d'enfant, ses petits récits quotidiens d'épisodes désormais oubliés, l'avaient plongé dans un temps indéfini, aux contours flous. Il n'avait pas réussi à se reconnaître dans ces pages, écrites plus de vingt ans auparavant. Comme si cet enfant qui portait son nom, qui avait vécu dans sa maison, n'avait jamais existé. Parce que cet enfant avait une mère à ses côtés. Et Michele, lui, ne se rappelait que la succession des jours, des mois et des années qui avaient suivi le départ de la femme qu'il aimait plus que tout au monde.

Il rumina en silence une douleur profonde. Une douleur qui l'avait assailli tandis que le journal, page après page, témoignait d'un bonheur parfait.

Il ressentit de l'envie pour cet enfant qu'il avait été et, en même temps, une peine profonde pour tous les espoirs qui se dégageaient de ces phrases naïves, incorrectes grammaticalement, souvent sans conclusion, mais qui racontaient un temps protégé de la souffrance. Pourtant, durant ces jours, ces mois où le petit Michele notait son bonheur, toute la douleur du monde était tapie derrière la porte, prête à frapper sans pitié.

Il se leva, regarda ses objets perdus qui semblaient le fixer, muets, immobiles, mais avec un air de reproche.

— Je sais, je ne vous ai pas présenté le nouveau venu. Mais cette fois c'est différent. Cette fois, c'est mon journal.

Soudain, Michele eut envie de pleurer. Or il ne s'en sentait plus capable. Sa mère avait emporté toutes ses larmes avec elle, en plus du cahier rouge.

Il passa ses doigts sur la couverture rouge, ferma les yeux et accueillit enfin la question qu'il avait tenté d'éloigner : comment diable *son* journal s'était-il retrouvé dans *son* train ? Et surtout, *qui* l'y avait laissé ? Quelqu'un s'en était-il emparé ? Une personne qui avait pour mission de le lui rapporter de la part de sa mère ? Dans ce cas, cette personne connaissait sa mère et, par conséquent, avait des informations sur elle et...

Ses pensées s'arrêtèrent. Le regard de Michele se posa sur la photo accrochée au mur et croisa sa mère, perdue dans le clair-obscur de cet octobre lointain où elle le tenait par la main, souriant. Elle était loin de l'expression négligée, quasi épuisée, de son père.

Toutes les questions précédentes cédèrent la place à une seule, celle qui lui faisait le plus peur.

« C'était toi qui étais dans le train, pas vrai maman ? »

Il passa toute la nuit éveillé et impatient. Aux premières lueurs de l'aube, le machiniste et le contrôleur du train le trouvèrent sur le seuil de la gare. En les voyant il alla à leur rencontre, le journal dans les mains. Ils échangèrent un regard, étonnés.

— Que se passe-t-il, Michè? demanda le contrôleur en faisant un clin d'œil complice au machiniste, qui sous-entendait : « On va s'amuser de cet idiot. »

Michele hésita, puis leur montra le cahier rouge.

— J'ai trouvé ça dans le train..., dit-il en tentant de surmonter son aversion pour le dialogue, surtout avec ces deux personnages.

— Et alors..., l'interrompit le contrôleur, l'air agacé. Jette-le, non?

— Sinon, tu dois suivre la pratique... quinze jours de dépôt, puis tu l'envoies à la police, ajouta le machiniste en faisant mine de s'éloigner, suivi de son compère.

— Non, c'est que... bref, par hasard vous n'avez pas vu qui avait ce cahier... hier... dans le train?

Les deux hommes se regardèrent, surpris et amusés.

— Bien sûr! Vu qu'on a rien à foutre, on passe notre journée à regarder tous ceux qui ont des cahiers à la main.

Ils rirent à gorge déployée. Puis le contrôleur prit un air soupçonneux.

— Attends un peu... mais toi, qu'est-ce que ça peut te faire de savoir qui avait ce cahier? Pourquoi ça t'intéresse autant? Qu'est-ce qu'il y a écrit dedans?

Il tendit la main pour l'attraper. Michele le retira juste à temps.
— Rien, soupira-t-il. Rien d'important.
Puis il courut chez lui, sous le regard des deux hommes qui haussèrent les épaules avant de se diriger vers la machine à café.

Il n'avait pas beaucoup de temps. Il devait agir avant que les passagers arrivent à la gare, avant que le machiniste et le contrôleur montent dans le train.
Il fouilla dans les tiroirs, trouva ce qu'il cherchait. Il se dirigea à la hâte vers le train et, en entrant dans le wagon de queue, eut un sentiment de distanciation qu'il eut du mal à déchiffrer. Il avait l'impression que tout était à l'envers, que ses points de repère étaient comme reflétés dans un miroir. Il n'avait pas le temps de déchiffrer cette sensation : il avança à grandes enjambées vers la voiture 3.

Le bruit du réveil poussa lentement Elena vers la surface du lac chaud et sombre où elle se sentait plongée. Elle avait dormi profondément et, en ouvrant les yeux, elle ne se souvenait pas de ses rêves. Pourtant, sa première sensation fut le goût amer de la déception et de la perte. Elle la relia immédiatement au portail fermé, à Michele qu'elle ne reverrait pas, et elle sentit un vide. Puis elle regarda autour d'elle, croisa le regard de Milù qui la dévisageait depuis son lit, comme chaque matin, et sentit une décharge électrique.

— Bonjour, petite sœur...

— Bonjour, Elena... Lève-toi, sinon tu vas être en retard au travail.

— À vos ordres !

Elle chassa sa tristesse, s'étira en bâillant, se leva et se glissa sous le jet tiède de la douche. Puis elle s'habilla à la hâte.

Comme chaque matin, elle mit la table pour sa famille ; elle prépara la cafetière avec le café moulu et la laissa, prête à l'emploi, sur le feu éteint. Elle disposa des biscuits à côté de l'assiette avec les confitures, alluma la radio réglée sur une station qui passait de la musique légère, comme ses parents et Milù aimaient. Ensuite, avant de sortir, elle sirota un jus de fruits.

Dans l'entrée, elle vit le blouson vert accroché au portemanteau. Elle eut de nouveau cette sensation de vide, cet arrière-goût de défaite dans la bouche. Elle décida de le mettre quand même.

La lumière du matin lui arracha un sourire. L'air automnal était piquant, léger, et déjà les premières feuilles des arbres, dans sa rue, se coloraient de jaune. Bientôt elles tomberaient, craquant sous les semelles des passants. Elle gagna à pas rapides la gare de Solombra Scalo. Quand arriva le train en provenance de Miniera di Mare, elle y monta d'un petit bond, comme chaque matin. Puis elle se dirigea vers « sa » place. Ce train, qu'elle prenait chaque jour depuis au moins deux ans, lui était familier. Elle connaissait les visages de plusieurs voyageurs réguliers, elle échangeait avec chacun d'eux un sourire ou un salut. Pourtant, ce matin-là, la familiarité qu'elle respirait en traversant les voitures était plus chaude, quasi tangible. En parcourant le petit sas qui reliait les wagons entre eux elle ralentit, regardant le sol en lino épais et caoutchouteux. Elle essayait de calquer ses pas sur ceux de Michele, comme si elle voulait suivre ses traces imaginaires, laissées la veille au soir tandis qu'il parcourait le train pour son travail.

Elle sourit, surprise de son attitude, puis accéléra.

Elle-ne-devait-plus-penser-à-Michele. Point.

Elle s'assit à sa place, poussa un grand soupir. Quand le train démarra, elle se tourna vers la fenêtre. C'est à ce moment-là que son cœur se mit à battre très fort. Elle écarquilla les yeux puis les ferma un instant, craignant d'avoir eu une hallucination. Quand elle les rouvrit, elle vit distinctement l'inscription au feutre rouge sur la vitre :

Elena j'ai besoin de te parler
Michele

Toute la journée, Michele invoqua le crépuscule et l'arrivée du train. Mais le temps semblait immobile, comme si son impatience avait érigé une digue qui empêchait l'écoulement naturel des secondes. Même le tic-tac des montres lui paraissait ralenti, dilaté à l'infini.

Tic...
Tac...

Tic...

Tac...

Un peu avant 11 heures, il se posta à l'entrée de la gare et attendit le livreur du supermarché, qui chaque mercredi matin lui apportait son ravitaillement pour la semaine. Il prit les deux sacs et paya en liquide, comme toujours. De façon inattendue, quand le jeune lui adressa son petit signe de salut, il eut envie de lui parler, dans l'espoir de ralentir un peu la morsure de l'attente.

— Comment tu t'appelles ? lui demanda-t-il soudain, tandis que l'autre s'éloignait.

Sa voix, utilisée sans préavis, sembla provenir du gargouillis d'un lavabo.

Le jeune homme se retourna et le regarda, bouche bée. C'était la première fois qu'il entendait le son de sa voix : quand Michele passait commande, c'était le gérant du supermarché qui lui répondait.

— Cataldo, répondit-il après une brève hésitation.

Puis il le regarda, attendant la suite.

Mais Michele se contenta d'acquiescer, comme si la réponse avait satisfait sa curiosité. C'était un grand pas, pour lui. Poursuivre la conversation, gagner la confiance, lui semblait insurmontable. Cataldo le regarda, perplexe. Puis il s'éloigna en sifflotant gaiement.

Michele rentra chez lui et rangea les courses dans le réfrigérateur.

L'horloge de la gare indiquait 11 h 12, alors

Michele retourna à son bureau, alluma le vieil ordinateur, se connecta et passa en revue des faits divers, des images de guerres lointaines et des comptes rendus de débats politiques. Pour faire passer les minutes, il s'informa même de l'évolution des marchés financiers et des prévisions météo.

L'heure du déjeuner arriva à pas de tortue et il se retrouva devant son assiette de pâtes au beurre prête depuis une demi-heure et désormais froide. À 13 heures précises, il s'assit à table.

Il mâcha lentement, alternant une gorgée d'eau et une bouchée. Il débarrassa la table, lava son assiette, son verre et sa fourchette, les frottant plus que nécessaire avec le liquide vaisselle. Puis, au lieu de les déposer comme d'habitude dans l'égouttoir, il les essuya avec un torchon, à la main.

Il se prépara un café, bien qu'il n'en eût pas envie, et attendit, debout devant la gazinière, que le liquide noir gargouille dans la moka. Il le but, après l'avoir sucré et mélangé une infinité de fois avec sa cuiller.

Puis il regarda l'horloge, plein d'espoir : il était 13 h 15.

Il essaya de dormir. Il programma le réveil pour 19 heures, au cas où. Il s'allongea sur son lit, mais l'inquiétude de ne pas entendre la sonnerie le poussa à se lever. Il prit les autres réveils qui reposaient parmi ses objets perdus, les remonta, les régla sur 19 heures et les disposa autour du lit. Puis il se rallongea.

Il se tourna et se retourna plusieurs fois, plongé dans la chorale de tic-tac, jusqu'à se rendre à l'évidence : il ne trouverait jamais le sommeil.

Alors il se releva. Il but le reste de son café, froid, pour s'aider à rester lucide et éveillé jusqu'à l'arrivée du train. Et d'Elena. Puis il entra dans la salle des objets perdus et prit à nouveau son journal dans ses mains. Combien de fois ce cahier rouge avait-il été dans les mains de sa mère, durant ces longues années d'absence ? Combien de fois l'avait-elle lu ? Au moins une ? Avait-elle ressenti la nostalgie de son fils ? Et de son mari ?

Il se rassit, le feuilleta lentement, parcourant les pages du regard. Puis il relut pour la énième fois quelques lignes...

24 décembre 1991

Il venait d'avoir six ans.

Cette nuit le père Noël passe alors je dors avec maman et papa. Comme ça dès qu'il arrive ils me réveillent et je vais voir s'il m'a apporté un pistolet à eau et une voiture télécommandée, comme ça je montre à l'école qui je suis. Espérons que le pistolet soit rouge, c'est ma couleur préférée, j'aime beaucoup le pistolet rouge parce qu'il est très puissant...

... Soudain, Elena franchit le seuil et avança lentement derrière lui. Arrivée à sa hauteur, elle posa ses mains sur les bras de Michele et approcha son visage du sien. Michele sentit son odeur et la soie de ses joues qui effleurait sa peau. Il se retourna pour la regarder, elle sourit. Leurs bouches étaient très proches.

— Michele ! Qu'est-ce que tu lis ? murmura-t-elle avec beaucoup de douceur.

Michele sentit l'odeur de roseraie de son haleine. Il frissonna. Elena s'en aperçut et approcha sa bouche de la sienne. Leurs lèvres se frôlèrent, puis elle se retira.

— Alors ? Qu'est-ce que tu lis ? Tu me montres ?

Avant qu'il puisse répondre, elle attrapa le cahier, le feuilleta rapidement puis regarda Michele, surprise.

— C'est ton journal intime ?

Michele acquiesça à peine, tendit une main pour le reprendre mais Elena fut plus rapide.

— Attends... Si je te promets de ne pas le lire, tu me laisses le garder ? lui demanda-t-elle avec un sourire mélancolique.

Elle se dirigea vers une valise posée sur le sol, à côté de la porte.

— Mais... tu pars ? Où vas-tu ? lui demanda-t-il.

Sa voix avait changé, elle était celle d'un enfant de huit ans.

— Je vais voir ta mère..., répondit Elena en fermant la valise.

— Tu... tu sais où est maman ? reprit-il, toujours avec sa voix d'enfant.

Elena acquiesça, souleva la valise et se dirigea vers la porte.

— Je te promets que je reviendrai, dit-elle avant de sortir.

Puis elle éclata d'un rire vulgaire, moqueur.

Michele sentit son sang se glacer. Puis il entendit une voix dans son dos.

— Je te l'avais dit...

Il se retourna et vit son père au centre du salon. Il portait son uniforme de chef de gare, ses cheveux étaient poivre et sel, emmêlés, ses yeux aqueux d'ivrogne.

— Je t'avais prévenu. Je t'avais dit de ne jamais faire confiance aux femmes... Tu ne dois faire confiance qu'aux objets. Parce qu'ils ne pensent pas. Ils ne pensent pas... et ils ne trahissent jamais.

Le sifflement du train à l'arrivée réveilla Michele en sursaut. Il était en nage, avait la bouche pâteuse. Il regarda autour de lui, comme un boxeur qui vient de prendre un coup de poing en plein visage et qui essaie de garder son équilibre. Puis, soudain, il comprit qu'il s'était endormi et qu'il avait rêvé. Après toutes ces années d'oubli matinal, c'était la première fois qu'il se souvenait d'un rêve.

Il entendit le deuxième sifflement du train, qui entrait en gare.

Il se leva à grand-peine et sortit de sa maison.

Certains passagers étaient déjà descendus et se dirigeaient vers la sortie. Michele les balaya du regard pour s'assurer qu'Elena n'était pas parmi eux, comme un berger qui fait un inventaire mental des agneaux qui s'éloignent du pâturage. D'autres descendirent à leur tour, puis d'autres encore.

Il les énuméra dans un étrange compte à rebours : plus ils passaient devant lui, plus le train se vidait, plus les possibilités qu'Elena soit dans le train diminuaient. Son rêve de l'après-midi avait fait ressortir sa peur de la voir, mais il était décidé à tout clarifier : il allait lui expliquer qu'il lui avait laissé ce message sur la vitre uniquement et exclusivement pour avoir des nouvelles de son journal et, surtout, pour savoir si elle avait vu la personne qui était en sa possession. Rien d'autre.

Le train se vida. Le contrôleur et le machiniste s'éloignèrent vers la sortie, comme deux complices fatigués après une bravade. La place de la gare se retrouva déserte. Michele se sentit déçu et vide, mais balaya cet état d'âme du mieux qu'il put. Puis il se dirigea vers le train, avec l'espoir de trouver Elena assise à sa place, comme cela était déjà arrivé.

Cette fois il parcourut les wagons l'un après l'autre en oubliant son travail, sans s'occuper des déchets disséminés sur le lino, ni des fenêtres ouvertes. Il écréma les odeurs qui venaient à lui et les écarta une à une, dans la tentative d'isoler le parfum d'Elena, de la flairer comme un chien truffier, assise à sa place : la 24.

Quand il arriva, il sentit le poids de la déception sur ses épaules, au point qu'il se voûta. Le message sur la vitre avait été effacé.

D'Elena, sur le siège en faux cuir, il n'y avait que l'absence.

5

Durant le court trajet de Solombra Scalo à Prosseto, Elena n'avait pas quitté des yeux cette inscription au feutre rouge, comme pour s'assurer qu'elle était réelle. Elle avait étudié l'écriture de Michele, ces traits fins qui dessinaient des lettres légèrement inclinées vers la droite ; elle les avait suivies du doigt, comme pour les confirmer.

Derrière l'inscription, le paysage défilait : la côte, la mer bleu clair un peu agitée ; puis le lent et doux virage vers l'intérieur des terres, les premiers champs de blé, les vignes des paysans qui produisaient un vin blanc léger, de table, qui sentait les épices et le grenadier ; ensuite la légère pente qui montait la colline, le train filant entre les oliviers, les châtaigniers et les cerisiers. Juste après, tournant à nouveau vers la droite, les voies devenaient parallèles à la route nationale et la locomotive entamait une course de vitesse avec les voitures, sifflant comme pour réaffirmer l'orgueil du fer et de l'acier trempé capables de résister à l'effort. Quand les abords de Prosseto étaient apparus, Elena s'était empressée d'effacer le message avec un mouchoir : elle ne voulait pas le laisser à la vue des autres, elle voulait protéger une intimité qui n'appartenait qu'à elle et Michele.

La matinée de travail avait passé vite, quasi frénétiquement. Debout derrière le comptoir, elle avait préparé des centaines de cafés et cappuccinos, réchauffé des viennoiseries et des sandwiches, servi des boissons, du vin, de la bière et des liqueurs aux habitués. Puis, durant sa demi-heure de pause, elle s'était rendue à la hâte au petit jardin municipal situé à deux pas du bar, au centre du village, pour son rendez-vous quotidien avec Milù.

Elle l'avait trouvée assise sur leur banc face à la fontaine de pierre sous le saule. C'était l'endroit qu'elles avaient choisi, depuis qu'Elena travaillait au bar.

Elle s'était assise à côté de Milù et tout en lui racontant le message de Michele elle avait sorti son sandwich tomates-mozzarella de son emballage en papier d'aluminium. Elle l'avait observé, puis elle l'avait remis dans son papier en soupirant.

— Rien à faire, je n'ai pas faim. C'est-à-dire... tu sais, quand on a l'estomac noué et...

— Et qu'on y sent voler des papillons, c'est ça ? l'avait interrompue Milù.

Elena avait acquiescé en rougissant légèrement.

— Tu es cuite, petite sœur. Cuite. Mordue. Pincée.

— Ne commence pas, Milù. Je ne suis pas cuite, c'est juste que...

— Mais, allez... hier tu étais convaincue que tu ne le reverrais plus... comment tu disais, déjà? «Problème réglé, problème réglé»... Ensuite, un petit message et tu as la bouche sèche, tu n'attends qu'une chose: courir le retrouver.

— Oui, bien sûr. C'est-à-dire, non. Je veux dire... C'est juste que je suis curieuse de savoir ce qu'il a à me dire. Bref, pour me laisser un mot sur la vitre, ça doit être important, non?

— Qu'est-ce que tu veux qu'il te dise... Qu'il est désolé d'avoir refermé le portail et qu'il veut une deuxième chance?

— Tu crois? avait demandé Elena, les yeux pleins d'espoir.

— Mais oui! Les hommes sont comme ça... Ils ont peur et ils s'enfuient. Puis ils regrettent. Alors ils reviennent. Jusqu'à ce qu'on les mette face à leurs responsabilités. Et là, ils disparaissent pour toujours.

Elena avait ri. Sentant l'appétit revenir, elle avait ressorti son sandwich et mordu dedans de bon cœur.

— Donc... donc tu dis que je devrais y aller? avait-elle demandé la bouche pleine de pain, mozzarella et tomates.

— Je dis que si tu n'y vas pas tu es vraiment stupide, avait répondu Milù.

À ce moment-là, la cloche de l'église avait

sonné deux coups. La place, le jardin et les ruelles avaient semblé suspendus dans le temps, dans une pause d'attente et d'immobilité absolues.

Quand le dernier écho du deuxième coup s'était dilaté vers les collines, le bourg avait repris vie et le faible vent de tramontane avait fait résonner son souffle léger entre les feuilles du saule.

— Fin de la pause, je retourne travailler, avait soupiré Elena.

Elle avait enveloppé le reste de son sandwich dans l'aluminium puis l'avait rangé dans son sac à dos. Un sourire et un geste d'au revoir à Milù, puis elle s'était éloignée à la hâte.

— Elena, qu'est-ce que tu as aujourd'hui ? Tu es dans la lune, hein ? Pour la concentration on repassera, lui avait reproché Cosimo, le propriétaire du bar, cet après-midi-là, avant de se tourner vers un habitué pour commenter à voix basse : Bon, en fait les autres jours ce n'est pas beaucoup mieux...

Le client avait ri sous cape en acquiesçant, pendant que Cosimo disait à Elena :

— Je t'avais demandé deux cafés dans des petits verres et un déca avec de la mousse. Et regarde sur le plateau...

Elena avait repris les trois cafés servis dans des tasses et s'était précipitée pour préparer la bonne commande. Mais son esprit voyageait déjà vers Miniera di Mare et les yeux noir pétrole de Michele.

Vers 18 heures elle avait nettoyé le comptoir, jeté les emballages des cafés préparés durant la journée, fait briller les verres et rangé les plateaux pour le service suivant. Puis, dans l'arrière-salle, elle avait remis son tee-shirt en coton bleu, son jean usé aux genoux et le blouson vert que lui avait offert Michele.

Dans le train elle avait appelé son père et elle lui avait dit, comme l'autre fois, qu'elle devait aller à Miniera di Mare pour le compte de M. Cosimo et que, une fois son travail terminé, elle l'appellerait pour qu'il vienne la chercher.

Puis elle avait fermé les yeux en pensant à Michele et à ce qu'elle imaginait et espérait qu'il allait lui dire.

Le train était parfaitement à l'heure. Il était entré en gare à 18 h 45 précises et maintenant elle savourait la distance qui la séparait de Miniera di Mare.

Mais quand il s'arrêta à Solombra Scalo, Elena changea soudain d'idée.

Elle descendit du train et se dirigea à pied vers chez elle.

Il n'inspecta pas les wagons, il ne les nettoya pas, il ne vérifia pas s'il y avait des objets perdus. Ce que Michele voulait faire, tout de suite, c'était brûler le journal intime. Ensuite il se consacrerait à son travail. Mais d'abord il fallait effacer toute illusion, toute distraction et, surtout, tout espoir.

Ainsi, tandis que la nuit tombait sur la gare

ferroviaire, il rentra chez lui, s'approcha de la cheminée, posa du bois sur la grille, l'aspergea d'allume-feu liquide, frotta une allumette sur la pierre rêche du piédroit, la lança dedans et observa les flammes qui prenaient vie en dévorant les bûches. Puis il prit le journal, l'observa, passa ses doigts sur le rouge élimé de la couverture. Il soupira, le souleva, prêt à le lancer dans les flammes, quand il entendit la voix d'Elena qui couvrit tout le reste.

— Michele ! Tu es là ?

Il se tourna vers la fenêtre. Elle avait le nez écrasé contre la vitre et lui sembla plus belle que tout ce qu'il pouvait imaginer.

Il resta bouche bée, le journal intime dans les mains.

Elena lui sourit, lui montra un sac en plastique comme elle aurait exhibé un trophée, ou une excuse pour son retard.

— J'ai fait les courses ! cria-t-elle derrière la vitre, ce qui donna l'impression à Michele qu'elle hurlait depuis l'autre côté de la réalité. Mais avant je suis passée chez moi prendre ma voiture, comme ça je peux rester autant que je veux. C'est-à-dire, autant que tu veux. Bon, autant qu'on veut. Bref. Tu me fais entrer ?

Michele jeta un coup d'œil au feu comme s'il voulait l'éteindre du regard, puis posa le cahier sur la table et se dirigea vers la porte.

Il hésita un instant avant d'ouvrir ; il inspira, retint son souffle, puis actionna la poignée. Elena entra chez lui comme un vent de printemps, lui sauta dans les bras, sans lâcher son sac qui s'enroula autour du cou de Michele comme une lourde écharpe.

— Je suis tellement contente, tu ne peux pas savoir à quel point ! En découvrant ton message dans le train, j'ai eu du mal à y croire. Génial, et puis c'était la seule façon de communiquer. Bon, quand même, il faudra qu'on échange nos numéros de portable : on ne peut pas continuer avec les petits mots sur les vitres, même si j'ai trouvé ça amusant, je dois dire.

Michele acquiesça et tenta de reprendre son souffle tandis qu'elle lui retirait les courses du cou et se dirigeait d'un pas décidé vers la cuisine.

— J'ai trouvé des huîtres... c'est l'avantage d'habiter près de la mer, on en trouve toujours, comme le poisson frais, même au supermarché. Ah, et puis j'ai pris d'autres choses, tu verras, annonça-t-elle, euphorique.

Les huîtres lui avaient semblé une idée géniale pour cette soirée. Une soirée lors de laquelle Elena pensait, et espérait, recevoir une déclaration d'amour de la part de Michele...

— ... comme ça on rattrape le dîner d'hier. Bon, j'avais trouvé des gambas mais... laisse tomber, on n'en parle pas, OK ? Ah... J'ai pris du prosecco, deux bouteilles. Elles étaient déjà au frais, heureusement. Regarde. Tu les mets au frigo, s'il te plaît ? Ou plutôt, on va en sabrer une et boire un verre pendant que je prépare le dîner.

Michele prit les deux bouteilles, en mit une dans le frigo et ouvrit l'autre. Cela marqua son entrée dans un tourbillon dont il ne put plus sortir. Ils trinquèrent, burent le prosecco. Puis Elena ouvrit les huîtres et prépara une salade de mâche, poires, copeaux de parmesan et noix.

Michele, sans un mot, entreprit de mettre la table dans la cuisine.

— Non, attends, l'interrompit Elena en préparant une sauce. J'ai une idée. Il fait doux ce soir : prenons cette table et portons-la dehors.

Michele regarda la table, perplexe. Il était immobile, comme s'il avait pris racine dans le sol depuis au moins vingt ans : il n'avait jamais eu l'idée de déplacer le moindre meuble, dans cet appartement. Les seuls changements avaient été, au fil du temps, les objets trouvés qui, petit à petit, s'étaient amassés le long des murs et sur les étagères du salon. Quand Elena saisit le bord de la table et l'invita à l'aider, Michele eut l'impression de profaner toutes les règles de sa vie qui, de toute façon, était déjà en train de changer trop vite. Il avait le vertige. Ils transportèrent la table dehors et, avant de la poser, Elena regarda autour d'elle et indiqua un endroit précis, à côté du train.

— On la met là! s'exclama-t-elle, décidée et heureuse.

Michele la suivit, désormais privé de volonté et incapable d'empêcher ce qui allait se passer. Ils cherchèrent une position où elle ne soit pas bancale, puis Elena lui fit signe d'attendre et courut vers la cuisine. Il regarda le plateau de la table, où se reflétait la vitre d'une des fenêtres du train, dans laquelle on voyait la lune qui, à son tour, se découpa sur le meuble comme un napperon rond et lumineux.

Puis elle arriva tel un vent léger dans son dos et fit voler dans la fraîcheur du soir une nappe blanche qui se déposa sur la table, effaçant le reflet de la lune.

Michele se tourna pour la chercher dans le ciel, comme pour s'assurer qu'elle fût encore à sa place.

Un peu plus tard il regardait autour de lui, assis en face d'Elena. L'air frais du soir rendait tout plus irréel et, en même temps, agréable : la table et les deux chaises installées à quelques mètres du train, sur le quai; le bruissement des feuilles des peupliers, qui filtraient la lumière de la lune; l'odeur de la mer qui se mêlait au parfum des huîtres, jusqu'à empêcher de les distinguer. Et le sourire d'Elena, qui se mit à manger avec appétit comme si être ensemble, assis au centre d'une gare ferroviaire déserte en cette saison, était la chose la plus naturelle du monde.

— Tu ne manges pas? lui demanda-t-elle en lui resservant du prosecco.

Sans attendre sa réponse elle prit une huître, y versa quelques gouttes de citron et se pencha pour l'offrir à Michele.

— Goûte comme elles sont bonnes...

Michele hésita puis ferma les yeux comme un enfant, ouvrit la bouche et sentit la vague de saveurs et de parfums envahir son âme. Ses papilles se réveillèrent soudain de la léthargie des œufs au bouillon et des repas frugaux et se mirent au garde-à-vous comme des petits soldats. Enfin elles s'ouvrirent toutes grandes vers l'infini.

— Tu aimes ? Maintenant, goûte cette salade...

Il s'exécuta, obéissant. Il mâcha en silence ce mélange de saveurs qui s'amalgamaient avec naturel, pour se construire une identité précise et unique.

Elena le fixait en attendant qu'il parle. Mais il continua à manger, en silence, partagé entre le plaisir des saveurs et la gêne.

— Tu es vraiment timide, pas vrai Michele ? Encore plus que moi, dit enfin Elena en souriant.

— Tu... tu n'es pas timide, répondit-il en manquant d'avaler de travers.

— Mais si, je suis timide. C'est juste que moi je combats ma timidité en parlant, contrairement à toi. C'est pour ça qu'on me dit toujours que je suis bizarre... c'est-à-dire, en fait on ne me le dit pas directement, mais moi je m'en aperçois, beaucoup de gens me regardent bizarrement quand je parle. Mais bon, je m'en fiche ! Ouvre la bouche...

Elle lui tendit une autre huître, qu'il avala sans protester.

— Tu sais ce que c'est la timidité ? J'ai lu dans une revue que ce n'est pas la peur de faire mauvaise figure, c'est-à-dire en fait que ce n'est pas la peur de perdre. Tu ne vas pas y croire mais il y avait écrit que la timidité est la peur de gagner.

C'est fou, non ? Sur le moment je me suis dit que c'était absurde, mais en y repensant je crois que ça pourrait être vrai. Si on y réfléchit bien, Michele, quand on est triste... cette tristesse est toute à nous. C'est comme... comme une carapace, je ne sais pas si je suis claire. On la garde sur nous et on espère que tôt ou tard quelqu'un nous la retirera. En fait, on a hâte de s'en libérer. En revanche... En revanche quand on est heureux on a peur du contraire. Parce qu'on ne peut pas endosser le bonheur comme une carapace. On ne peut pas attraper le bonheur comme la tristesse. Et donc on sait qu'on peut le perdre d'un moment à l'autre. Voilà, répéta-t-elle en scandant les mots : le bonheur fait peur parce qu'on peut le perdre d'un moment à l'autre. Pourquoi je te disais ça ? Ah, oui... parce que, donc, les timides ont juste peur d'être heureux. Je t'ai fait un résumé, mais en gros c'est ça. Imagine, une de mes amies sortait avec un type super timide, qui allait voir un psychologue pour s'éloigner de sa mère qui le contrôlait et lui disait tout ce qu'il devait faire et ne pas faire. C'était pour ça qu'il était timide et qu'il allait chez un psychologue. Eh bien, tu sais ce qu'il a fait ? Quand il a senti qu'il pourrait sortir des jupes de sa mère, il a cessé d'aller voir le psychologue. C'est de la peur, non ? Peur de gagner, peur d'être heureux. Quelle histoire, pas vrai, Michele ? Tu me verses un peu de prosecco, s'il te plaît ? J'ai la gorge sèche. Je parle trop.

Michele la servit. Elena sirota lentement son

verre, comme si elle cherchait dans le tourbillon des bulles l'inspiration et le courage pour arriver au point crucial de la soirée. Enfin, elle regarda Michele avec un sourire qui voulait dissimuler une forte émotion.

— Bien... Maintenant c'est à toi. Tu m'as écrit que tu avais besoin de me parler et je suis là. Je t'écoute...

L'expression de son regard était un oui anticipé à la déclaration d'amour qu'elle attendait et dont elle rêvait.

Michele déglutit, s'éclaircit la voix et se lança :

— Je... je t'ai cherchée parce que j'aurais un service à te demander. Tu es peut-être la seule à pouvoir m'aider, dit-il d'un trait, fournissant le même effort qu'un athlète pour la dernière foulée du cent mètres en finale olympique.

Elena acquiesça sans dire un mot. Elle essaya de sourire pour cacher sa déception. Le doux vent léger qui, un instant plus tôt, effleurait ses cheveux et les feuilles des peupliers, lui sembla soudain glacial. Elle croisa ses bras sur sa poitrine et enfila la cuirasse d'une tristesse inattendue.

Michele lui fit signe d'attendre, se leva et courut chez lui.

Elena resta seule. Elle regarda autour d'elle, ravalant ses larmes et un vide qu'elle n'avait pas ressenti depuis longtemps. Elle remplit son verre et but une grosse gorgée de prosecco, avec l'espoir qu'un début de cuite adoucisse sa soirée.

Puis Michele revint.

Il tenait dans ses mains un vieux cahier rouge.

6

Miniera di Mare, 4 avril 1992

Aujourd'hui on a appris que Christophe Colomb a trouvé l'Amérique alors moi aussi je veux le faire. Je veux trouver une Amérique que personne n'a encore vue et puis j'y mets un drapeau comme ça elle est toute à moi. Mais ensuite je veux repartir et trouver d'autres endroits pour devenir l'explorateur le plus connu du monde qui a trouvé plus d'Amériques que tous les autres. Mais j'emmènerai maman avec moi comme ça elle m'aide à trouver parce que quand je perds mes jouets elle les trouve toujours et comme ça on est deux à trouver les Amériques.

Elena referma le journal. Grâce à ces quelques pages elle était entrée dans le cœur du petit Michele, elle avait respiré sa vie, elle avait souri avec lui et était elle-même redevenue enfant. Avant de lui donner la permission de lire, Michele lui avait tout expliqué, à grand-peine : le départ de sa mère quand il avait tout juste sept ans, le journal intime qu'elle avait emporté avec elle et la découverte de ce même journal dans le train, la veille au soir. C'était la première fois qu'il parlait de lui, qu'il racontait l'histoire de sa douleur. Il l'avait fait dans un murmure, les yeux baissés, comme s'il admettait une faute. Puis ils étaient retournés à l'intérieur et, tandis qu'Elena lisait le journal, il s'était senti étrangement soulagé, comme si les nœuds de la corde qui emprisonnait sa vie s'étaient un peu desserrés. Parler lui avait fait du bien. Il ne pouvait pas le nier.

Lorsque Elena leva les yeux du journal, Michele l'observait à sa façon étrange, c'est-à-dire en faisant semblant de ne pas la regarder, les yeux ailleurs, dans un refuge imaginaire, mais en réalité attentifs à elle, à sa réaction. Elle le vit comme un enfant dans un corps d'adulte, égaré parmi ses objets trouvés, ramassés dans le train puis rachetés plus tard, comme s'il avait suivi leur parcours, veillé sur leur destin.

Elena pensa que Michele leur avait offert une fin heureuse. Mais qu'il avait cessé d'en espérer autant pour lui-même. À ce moment-là, elle sentit la solitude du jeune homme pénétrer son cœur.

« Maintenant tu me dis comment je peux ne plus penser à toi, Michele? Tu me dis ce que je fais de cette envie d'être avec toi et de prendre soin de tes blessures? Tu m'expliques comment ne pas t'offrir des mers et des ciels de baisers et de caresses pour chaque baiser et chaque caresse qui t'ont été refusés ? Tu me dis comment je me résigne à l'idée que tu m'as cherchée uniquement en tant qu'amie pour me demander un service ? Tu m'expliques comment je ferai, si tu ne me permets pas d'être à tes côtés, pour ne pas me sentir un objet perdu ? »

Voilà ce qu'aurait voulu déclarer Elena. Pourtant elle se leva et s'approcha de lui, captura ses yeux, les emprisonna dans les siens et l'attrapa par le bras, décidée.

— Michele, tu dois partir à la recherche de ta mère. Tout de suite. Tu ne peux pas rester ici à attendre.

— Mais comment ? Où la chercher ?

Sans répondre, Elena se dirigea vers la photo sur le mur, la décrocha et l'observa avec attention.

— C'est elle ? demanda-t-elle en indiquant la femme dans la pénombre qui tenait l'enfant par la main.

Michele acquiesça, perplexe.

— Quel âge avait-elle sur cette photo ?

Michele lui répondit qu'elle avait vingt-neuf ans et que cette photo datait de 1992. Un peu avant son départ.

— Donc maintenant ta mère a plus de cinquante ans. Cela dit, elle ne doit pas être très différente de la photo. Bien sûr elle a dû vieillir, peut-être grossir, mais elle est sans doute reconnaissable...

Elena observa encore le visage de la femme, ses contours un peu floutés par le temps.

— Je ne pense pas l'avoir déjà vue... en tout cas, elle ne fait pas partie des personnes qui prennent le train tous les jours, sinon je m'en souviendrais.

— Ça ne fait rien, dit Michele en acquiesçant, rassuré.

— Ça ne fait rien? Qu'est-ce que ça veut dire, « ça ne fait rien »? Michele? Moi je n'ai jamais vu ta mère, pourtant ton journal intime était dans le train. Et si le journal y était ça veut dire que ta mère y était. Aucun doute là-dessus. Alors tu sais ce que je ferais, à ta place? Je prendrais ce train et je descendrais à chaque arrêt pour la chercher. Quitte à demander à tous les gens que je rencontre et à chercher maison après maison. Tu finiras bien par trouver quelqu'un qui l'a vue. Et je vais te dire autre chose, Michele, écoute-moi bien parce que c'est important. Même si tu ne trouves pas ta mère, au moins tu l'auras cherchée. Au moins tu n'auras rien à te reprocher.

Elena s'arrêta, surprise : Michele tremblait. L'idée de monter dans le train et de quitter son monde le terrorisait.

— Michele... Tu ne peux pas rester enfermé ici à attendre qui sait quoi en mangeant des œufs au bouillon. Tu as le droit de savoir pourquoi ta mère est partie et jamais revenue. Tu ne comprends pas? Tu pourrais aller lui parler, lui demander de tout t'expliquer. Elle a sûrement beaucoup de choses à te dire. Et toi tu dois l'écouter avant qu'il soit trop tard. C'est important pour toi. Et peut-être aussi pour elle. Tu comprends ?

Michele secoua la tête, il ne voulait pas écouter.

— Va-t'en, s'il te plaît, dit-il dans un souffle.

Elena se glaça, ferma les yeux sous le poids de la déception. Michele alla à la fenêtre, pour ne pas la regarder. Il posa son front contre la vitre, sans un mot. Plongée dans le même silence, Elena se serra dans son blouson et se dirigea vers la sortie.

— Excuse-moi, murmura Michele.

Elena s'arrêta, en suspens sur un fil tendu entre l'adieu et le retour.

— C'est juste que... j'ai peur, ajouta-t-il en regardant le train au-delà de la vitre.

— Je sais. Je l'ai compris. C'est-à-dire, excuse-moi mais tu as peur de tout, Michele. Mais là, tu dois choisir ce que tu veux faire de ta vie. C'est tout, murmura Elena, sincère.

Puis elle sursauta : la vitre avait explosé, frappée par le poing de Michele.

Elena courut vers lui, prit sa main blessée et sanguinolente. En silence, avec délicatesse, elle retira les petits éclats de verre des doigts de Michele qui était pâle, immobile comme une statue de glace. Elle tamponna avec du désinfectant, appliqua sur les blessures des pansements qu'elle avait trouvés dans la salle de bains.

— Tu as vu ? demanda-t-elle en souriant. Tu as à nouveau des blessures de guerre...

Michele acquiesça à peine. Un faible sourire fleurit sur ses lèvres. Il regarda ses mains, comme s'il cherchait celles de l'enfant qu'il avait été des années plus tôt.

Elena le fit asseoir dans la cuisine, fouilla dans le placard, trouva au fond une vieille bouteille de cognac non entamée. Elle l'ouvrit, remplit deux verres et vint s'asseoir en face de lui.

— Bois une gorgée, ça va te faire du bien...

— Cette bouteille était à mon père..., dit Michele en observant le verre que lui tendait Elena.

— Bien, il était temps de l'ouvrir. Regarde comme elle est vieille. Un peu plus et elle aurait été imbuvable, répondit-elle avec un sourire.

Michele but une gorgée de cognac et retint son souffle. Le feu de l'alcool lui traversa le thorax avant de se transformer en une tiédeur bénéfique. Alors il comprit ce que son père cherchait, soir après soir, dans ces verres qu'il vidait dans sa gorge, les uns après les autres, assis à la table de la cuisine, devant une assiette creuse pleine de restes de sa douleur silencieuse.

Elena prit son courage à deux mains et décida que le moment était venu de planter des mots dans la petite brèche qui s'était ouverte.

— Michele, si tu veux je peux t'aider. C'est-à-dire, je vais t'expliquer. Je vais essayer. Donc. Toi tous les jours tu vois les gens qui montent et qui descendent du train, c'est bien ça? Si ta mère était descendue quand tu as trouvé ton journal, tu l'aurais vue, non? Donc j'exclurais que ta mère se trouve ici, à Miniera di Mare. En plus, si c'était le cas elle serait déjà venue te voir. Sinon, pourquoi revenir si ce n'est pas pour donner des nouvelles? D'accord? On continue. Solombra. Moi je vis à Solombra depuis que je suis née, tu le sais, non? Non, en effet, comment tu pourrais le savoir? Bon, alors je te le dis. À Solombra, il y a huit cents habitants. On peut dire qu'on se connaît tous, au moins de vue. Si ta mère y était, je le saurais. C'est-à-dire, je ne saurais pas que c'est ta mère, mais je me rappellerais quelqu'un qui lui ressemble. Qui ressemble à la photo, je veux dire. Bref, je n'ai jamais vu personne qui lui ressemble. Voilà. Ensuite… Ensuite on passe à Prosseto. Je travaille à Prosseto depuis deux ans, dans un café. Ça non plus je ne te l'avais pas dit, excuse-moi. Mais tu ne me l'as pas demandé. Si tu me l'avais demandé je te l'aurais dit, mais je ne veux pas te blâmer pour ça. On n'est pas obligé de demander aux gens ce qu'ils font comme travail. Bon, je ne sais plus ce que je suis en train de dire, quoi qu'il en soit à Prosseto il y a au maximum cinq cents habitants plus ceux de passage ou ceux qui y travaillent, le café où je sers est situé à côté de la place principale du village et du parc. Tout le monde passe par là : la place et le parc. Et à Prosseto non plus je n'ai jamais vu personne qui ressemble à ta mère. Ça ne veut pas dire qu'on peut être certains qu'elle n'y est pas, je sais. Mais je peux demander, je peux m'occuper des recherches à Prosseto, si tu me fais confiance. Tu pourrais me faire une copie de la photo pour que je demande à tout le monde. L'adjudant des carabiniers prend son café chez nous, je pourrais lui en parler. Pourquoi je te dis ça? Michele, je te le dis parce qu'il te reste deux endroits où aller chercher. Les deux derniers arrêts du train. Ferrosino et Piana Aquilana. Ce n'est pas une recherche impossible. Tu pourras au moins dire que tu as essayé. Et puis, excuse-moi, mais enfant tu voulais être explorateur, découvrir les Amériques, et tu as peur de deux arrêts de train? Attends, je bois une gorgée de cognac. J'en ai besoin. Je ne sais plus quoi dire pour te convaincre, peut-être que ça va m'aider...

— Si je pars à la recherche de ma mère, il faudra que je prenne des congés, l'interrompit Michele.

Il la regarda dans les yeux, l'espace d'un instant. Puis il fixa le sol, gêné. Mais il était clair qu'Elena avait presque réussi à le convaincre.

Elle sourit. Elle retint un cri de joie et son envie de bondir sur ses pieds pour le serrer dans ses bras. Elle commençait à le comprendre et elle savait que, à ce moment-là, un petit souffle, un geste, un seul mot auraient pu le faire changer d'idée.

«Je te vois, Michele», pensa Elena. «Maintenant je vois la couleur que tu t'obstines à cacher. Tu es rouge. Rouge, comme je l'imaginais. Rouge comme ton journal intime. Rouge comme les plaies que tu avais sur les doigts, enfant. Comme le sang que tu viens de verser. Comme la couleur qui revient sur tes joues. Rouge.»

Ils burent une autre gorgée de cognac, puis

ils se rendirent au petit bureau de la gare ferroviaire, à côté de la salle d'attente. Un ordinateur était posé sur une table blanche, un modèle qui datait d'une dizaine d'années ; à côté du bureau, deux chaises, une étagère croulant sous les dossiers et une photocopieuse. Les horaires des trains étaient affichés au mur, à côté de la photo encadrée du président de la République. Michele alluma la photocopieuse, qui se réveilla avec un sursaut mécanique et sembla reprendre son souffle après une longue apnée. Le roulement du moteur et du toner produisit, en quelques secondes, une copie de la photo où figurait la mère de Michele. Il la tendit à Elena, qui la rangea dans son sac à dos. Comme un pacte d'alliance.

— À propos, maintenant tu me donnes ton numéro de portable ? demanda-t-elle en sortant son smartphone.

— Je n'ai pas de portable.

Elena le regarda avec étonnement.

— Qui veux-tu que j'appelle ? Je ne connais personne. Et pour les communications de travail il y a le téléphone fixe de la gare, dit-il en indiquant l'appareil posé sur le bureau. Je l'utilise aussi pour faire les courses. Ils me les apportent ici, ça m'évite de sortir…, ajouta-t-il comme s'il révélait un secret terrible.

— C'est-à-dire… que tu ne sors vraiment jamais ? demanda Elena, perplexe.

Elle laissa échapper un sourire : Michele semblait vraiment hors du temps et de la réalité.

Mais son impression était que tout doucement il émergeait de la coquille où il s'était réfugié le jour du départ de sa mère.

Ils décidèrent que, si Elena avait des nouvelles de la mère de Michele, elle les lui communiquerait le lendemain, en personne, à son retour du travail.

— À propos… comment s'appelle ta mère ?

Michele hésita. Cela faisait une éternité qu'il n'avait pas prononcé ce nom. Dans ses pensées cette femme, dont il ne pouvait se rappeler les traits qu'en regardant la photo, n'avait plus ni nom ni prénom. Elle était juste «maman».

— Laura, dit-il enfin. Laura Puglia.

— Laura Puglia…, répéta Elena comme si ce nom était la formule magique pour dévoiler la mystérieuse histoire de cette femme. Tu as déjà essayé de la chercher sur Internet ? Désormais on peut trouver n'importe qui, si on sait se débrouiller…

Michele acquiesça et avoua avoir cherché maintes fois, sans résultat. Elena tenta de l'encourager, puis ils se donnèrent rendez-vous le lendemain en fin d'après-midi, à l'arrivée du train à Miniera di Mare, et ils prirent congé. Elena lui serra la main, s'efforçant de ne pas lui sauter au cou et l'embrasser comme elle aurait voulu.

Elle se dirigea vers la sortie mais cette fois Michele l'accompagna jusqu'au portail, puis il la suivit du regard tandis qu'elle marchait jusqu'à sa voiture. Quand Elena se retourna, elle fut surprise de le voir, immobile, la fixant. Elle lui adressa un signe de la main avant de monter dans sa voiture. Il lui rendit son geste.

La voiture d'Elena éclaira la place quand elle alluma les phares, puis le moteur démarra et les lumières rouges arrière disparurent lentement dans le noir.

Toujours devant le portail, Michele respira lentement. Il décida de faire quelque chose d'inhabituel : il fit un pas dans la rue. Puis un deuxième. Puis un troisième. Il s'arrêta à nouveau, pour goûter cette petite distance qui à ce moment-là, après de longues années passées dans l'enceinte de la gare ferroviaire, le séparait de son monde. Il sentit un frisson, presque un vertige. Il n'avait pas franchi ce seuil depuis la mort de son père. Puis il rassembla ses forces et s'éloigna un peu plus en direction du monde extérieur. Un autre pas. Un autre. Et un autre encore. Il voulait s'habituer à sortir de son cocon : cela allait être nécessaire, s'il partait bientôt à la recherche de sa mère. Il posa les yeux sur un lampadaire planté dans le trottoir, de l'autre côté de la place de la gare. Il décida de s'y rendre, d'arriver au moins jusqu'à cette source de lumière. Il fit donc encore un pas. Et là, il sentit l'appel désespéré de l'enceinte qui l'implorait de revenir en arrière. Ce fut comme si au centre de son dos se tendait un élastique qui le reliait aux barres du portail. Il fit tout de même un autre pas. La tension de l'élastique augmenta et la force qu'il dut imprimer à ses pas pour avancer vers le lampadaire manqua de lui couper le souffle. Quand il arriva à un mètre de son but, Michele s'arrêta : il eut la sensation que s'il faisait un pas de plus l'élastique se briserait. L'idée d'un arrachement définitif le terrorisait et, en même temps, lui donnait un étrange sentiment d'ébriété. Il choisit d'être prudent, pour cette fois. Il se pencha donc en avant sans bouger les pieds et effleura du bout des doigts le métal frais du lampadaire. Il ferma les yeux et profita de cette petite victoire sur ses peurs. Puis il laissa l'élastique le guider à l'intérieur, vers chez lui.

Après avoir parcouru quelques kilomètres en voiture, Elena vit les lumières de Solombra Scalo. La tête lui tournait un peu et son regard était embué. Juste à l'entrée du village, sur le boulevard qui conduisait chez elle, elle vit Milù qui venait à sa rencontre, à pied. Elena ralentit puis s'arrêta pour que sa sœur monte s'asseoir à côté d'elle.

— Combien tu as bu ?
— Un peu...
— Un peu trop, petit sœur, on dirait.

Elena soupira, comme pour minimiser.

— Ça ne s'est pas passé comme tu voulais, hein ? attaqua Milù.
— Peu importe.
— La déception se lit sur ton visage...
— Ça passera.

Elle fouilla dans son sac à dos et prit la photocopie de la photo de la mère de Michele.

— Maintenant, le plus important, vraiment important, c'est de trouver cette femme, affirma-t-elle, décidée. Le reste ne compte plus.

Puis elle ouvrit la portière, descendit de la voiture et s'appuya à un mur pour vomir. Elle sentit la main fraîche de Milù qui lui tenait les cheveux.

— Heureusement que tu n'as bu qu'un peu...

Elena se releva, toussa puis se nettoya la bouche avec un mouchoir en papier.

— J'en avais besoin... Sur le moment, boire m'a semblé une bonne idée.

— Bien sûr! commenta Milù, ironique.

— Je ne suis pas parfaite, c'est tout. D'ailleurs je n'ai jamais approché, même de loin, le moindre type de perfection. Tu le sais.

— Ce n'est pas une excuse pour te mettre dans cet état.

— Tu as raison, répondit Elena en se dirigeant vers la voiture. Et puis il faut que je sois en forme demain : je dois commencer à chercher la mère de Michele.

— C'est toi qui le fais?

— Je donne un coup de main à Michele, dans la mesure du possible.

— Ah, voilà! Non seulement il te ferme le portail au nez, non seulement il ne t'appelle que pour te demander un service... et en plus tu l'aides?

— Il a confiance en moi. Et je ne peux pas le décevoir.

La voiture démarra. Elena sentait le regard de Milù rivé sur elle.

— Tu es amoureuse à ce point ?

Les yeux d'Elena se remplirent de larmes.

— Il me plaît terriblement. Je pourrais tomber amoureuse de lui. Le problème, c'est qu'il ne veut pas de moi. C'est ça, la vérité. Pour lui je suis une sorte d'amie. Mais je vais quand même l'aider.

— Au moins tu l'as admis. C'est déjà quelque chose...

— Tu crois que ça va me faire du bien, de l'avoir admis ?

— Ça, ça dépend de toi... C'est toi qui sais si tu es en mesure de tenir le coup ou si continuer à le voir te fera encore plus mal.

Elena ne répondit pas. Elle gara sa voiture, éteignit les phares, ferma les yeux.

— Je sais juste à quel point ça me fait mal de ne pas le voir, répondit-elle enfin.

Les deux sœurs rentrèrent chez elles. Sans un mot.

7

Le lendemain matin, Michele attendit avec impatience l'heure d'ouverture du bureau du personnel.

Durant la nuit il avait longuement pensé aux congés qu'il allait prendre. De combien de jours avait-il besoin ? Que penserait-on de lui à la direction centrale ? En dix ans de travail il n'avait pas été absent une journée, même pas pour maladie. À quoi lui auraient servi des vacances, s'il avait décidé de ne plus sortir de son monde ? Il détestait les dimanches, quand le train était au repos et que la journée défilait lentement, sans travail, sans autres occupations que la manutention quotidienne de ses objets, quelques films à regarder à la télévision et deux repas à préparer.

À 7 h 15 il regarda le train s'éloigner, puis il se rendit au terminal informatique pour contrôler que le départ avait bien été transmis automatiquement au central. Il se prépara un autre café et le sirota sans même s'en rendre compte.

Enfin, à 8 h 30 précises, il appela le siège et,

vainquant l'hésitation et la timidité, il franchit son mur de culpabilité et communiqua qu'il avait l'intention de prendre quelques jours de vacances.

— De combien de jours avez-vous besoin ? lui demanda l'employé à l'autre bout du fil.

Michele hésita, calcula mentalement qu'il lui faudrait au moins une journée entière pour chercher sa mère à Ferrosino et deux autres pour Piana Aquilana, s'il n'obtenait aucun résultat à Ferrosino. Piana Aquilana était une petite ville assez étendue et un seul jour ne suffirait pas, même entier, pour mener des recherches. Il ajouta deux autres qu'il consacrerait, s'il la trouvait, à sa mère, pour parler avec elle et comprendre ce qu'il y avait à comprendre. Deux jours, pour plus de vingt ans de solitude et de tourment.

— J'aurais besoin de… cinq jours, dit-il enfin en rentrant la tête dans les épaules, comme s'il attendait un reproche.

— Cinq jours ? demanda l'employé d'une voix absente.

— C'est… c'est trop ?

— Monsieur Airone, je vois que vous avez tellement de jours de congé en retard que vous pourriez prendre deux ans de vacances…, ricana l'employé.

— Alors il n'y a pas de problème ?

— À partir de quand voulez-vous vos congés ?

— De demain.

Le silence qui suivit inquiéta Michele.

— J'aurais dû prévenir plus tôt ?

— Non, non, je vérifiais juste pour votre remplacement.

Michele se glaça : il n'avait pas pensé à cela. Un remplacement... Quelqu'un allait venir prendre sa place ? Devrait-il lui céder son appartement ? Ses objets ? Son monde construit à grand-peine au fil des ans ?

— Hum... remplacement ? demanda-t-il, le souffle court.

— Oui, aucun problème... Chaque soir nous enverrons un préposé à l'entretien des wagons.

— Et ensuite ?

— Ensuite quoi ?

— La personne qui me remplace restera dormir ?

L'employé rit de bon cœur. Il lui expliqua que son remplaçant ferait le ménage, comme le voulait le règlement, puis rentrerait chez lui ou là d'où diable il venait, après deux heures de travail.

Michele poussa un soupir de soulagement. En même temps, il se sentit déçu. Deux heures par jour, seulement deux heures pour tout le travail qui était le sien depuis toujours.

« Je ne suis peut-être pas si indispensable que ça... », pensa-t-il l'espace d'un instant.

— Cela dit, je vois ici que vous êtes un cas atypique, monsieur Airone... Vous vous occupez du ménage du train et de la gare... et vous avez un logement de fonction... pas mal, par les temps qui courent, ajouta l'employé avec une pointe d'envie.

— Je... oui... je suis né ici, balbutia Michele.

— Ah, oui, je le vois sur votre fiche... Votre père était chef de gare, il a bénéficié du glissement, il est parti à la retraite un an plus tôt comme ça vous avez été embauché... Vous avez eu de la chance, à cette époque on faisait encore certaines faveurs. Aujourd'hui, cela ne serait plus possible.

Michele déglutit, craignant que son interlocuteur ne réexamine sa situation privilégiée et la fasse annuler par la direction générale, juste par méchanceté. Il regarda autour de lui, respira l'air légèrement imprégné d'humidité du bureau et fut tenté d'annuler les cinq jours de vacances pour rester enchaîné à son monde et à son travail.

— Profitez tranquillement de vos vacances, monsieur Airone... vu toutes celles que vous avez en retard ! conclut l'employé comme s'il avait lu dans ses pensées.

Il raccrocha sans attendre de réponse.

Michele soupira et reprit la confiance nécessaire pour rentrer chez lui et attendre le retour du train.

Miniera di Mare, 29 juin 1992

Maman est déçue parce que papa ne veut pas aller en vacances à cause des responsabilités du travail du train et à cause des sous, il n'y en a jamais assez. Bref ce n'est pas sa faute mais tous les autres y vont, en vacances, juste nous on reste à la maison. Mais je ne sais pas si je suis déçu, parce que maman m'emmène à la mer et m'apprend à nager sans bouée et puis on fait des châteaux avec le sable mais elle ça la rend triste parce qu'elle dit qu'ensuite les châteaux tombent comme la vie. Moi ça je ne le comprends pas mais elle dit que je comprendrai quand je serai plus grand. Alors j'ai hâte d'être grand pour comprendre cette chose même si maman dit que ce n'est pas pressé et que c'est mieux si je ne comprends jamais. Moi j'ai demandé à papa ce que ça voulait dire et il a dit que des fois lui non plus il ne comprend pas maman quand elle dit certaines choses qu'elle seule comprend.

Michele referma son journal au moment où la cloche sonnait l'heure du déjeuner et vit sa vie comme un énorme château de sable qui s'était effrité après le départ de sa mère. Il se demanda si elle en avait construit d'autres, durant sa longue absence, lesquels et combien étaient restés debout ; lesquels et combien, en revanche, avaient été emportés par les vagues de la vie. Il se demanda si elle était seule, si elle était heureuse ou triste et ce qui se passerait s'il la retrouvait. Restait-il des châteaux à construire ensemble ? Ou bien le sable, le long du chemin, avait-il glissé pour toujours de leurs doigts ?

Il reposa son journal et mit l'eau à chauffer. Puis il pensa à Elena et à la recherche qu'elle avait promis de démarrer en arrivant à Prosseto. Il ressentit une tendresse nouvelle pour elle. Et de la gratitude. S'il avait pu, il aurait construit pour elle un château capable de résister à n'importe quelle tempête ou marée. Mais il ne savait pas par où commencer, et il ne savait pas non plus si cela valait la peine de le faire. Il choisit un reste de *penne rigate* qu'il projeta de manger avec de l'huile d'olive et du parmesan. Puis, en silence, il attendit que l'eau bouille.

Le matin, à peine montée dans le train, Elena demanda à tous les passagers s'ils avaient vu la femme de la photo. Elle interrogea également le contrôleur qui, après avoir jeté un coup d'œil à la photocopie, secoua la tête, perplexe. De toute façon Elena ne donna aucune explication : elle aurait eu l'impression, en racontant l'histoire de Michele, de trahir son secret.

Quand elle arriva à Prosseto, avant de se rendre au café, elle entra dans le seul bureau de tabac du village et fit faire trois photocopies de la photo. Elle en accrocha une dans la vitrine de la boutique, une autre à l'entrée du jardin public et une autre encore sur la vitrine du bar où elle travaillait. Elle y avait écrit au feutre bleu : *Si vous avez vu cette femme ou si vous savez où elle est, merci de vous adresser au bar de Cosimo. PS : la photo date de 1992.*

Les photocopies attirèrent l'attention de nombreuses personnes, qui rendirent presque toutes visite au bar, non pas pour fournir des informations, que du reste elles ne détenaient pas, mais pour demander ce qui était arrivé à cette femme et pour quelle raison on la cherchait. Cela entraîna une augmentation significative des consommations et Cosimo, le propriétaire du café, en fut satisfait au point de demander à Elena de laisser la photocopie en vitrine pendant encore quelques jours. Même l'adjudant des carabiniers exigea des explications, curieux. Elena lui raconta, rien qu'à lui, à voix basse et synthétiquement, l'histoire de la femme partie en train de Miniera di Mare et jamais revenue.

— Il y a eu un signalement de disparition, à l'époque ? demanda l'adjudant avec la rigueur seyant à sa profession.

Elena répondit qu'elle ne le savait pas et qu'elle se renseignerait.

D'autres curieux vinrent au café. Et d'autres encore. Mais personne ne fournit la moindre information sur la femme disparue.

Elena termina son service et courut à la gare, monta dans le train puis, arrivée à Solombra Scalo, sauta dans sa voiture et fila à toute blinde vers Miniera di Mare.

Michele l'attendait au portail, impatient, tendu.

Quand elle descendit de voiture, son expression découragée suffit à Michele pour comprendre que la recherche à Prosseto n'avait pas porté ses fruits. Elena lui résuma la journée, lui raconta les photocopies placardées dans le village et enfin lui rapporta la question du carabinier.

— Michele, quand ta mère est partie, tu te souviens si ton père a signalé sa disparition ?

La question prit Michele de court. En effet, son père n'avait jamais fait de signalement. En plus, il ne l'avait pas cherchée. Comme si son détachement avait été inéluctable. Comme s'il n'avait pas été étonné. Alors il repensa aux longs silences entre son père et sa mère, à leur façon de se dire à peine au revoir, le matin après le petit déjeuner, comme s'il leur était interdit de se regarder dans les yeux. À l'époque il n'y avait pas prêté attention, mais maintenant il comprenait que de toute évidence quelque chose s'était brisé entre eux.

— Non, pas de signalement..., murmura-t-il.

Elena acquiesça, perplexe, avant de se diriger vers l'intérieur de la gare.

— Allez, il faut nous organiser pour demain. Tu as pris tes congés, n'est-ce pas? Bien. Tu as préparé tes bagages? Tu sais, il fait froid à Piana Aquilana, c'est la montagne. Il faut que tu emportes un gros blouson.

Michele n'avait pas pensé aux bagages. Du reste, il ne possédait que ses habits de cheminot : deux uniformes d'été et deux d'hiver, y compris les casquettes. Une demi-douzaine de chemises blanches et trois cravates de la Compagnie des chemins de fer que lui avait laissées son père. Il l'expliqua à Elena, un peu honteux. Elle se couvrit les yeux d'une main, amusée et surprise.

— Michele, mais... tu ne peux pas partir habillé en cheminot! Je vais m'occuper de ta garde-robe.

Elle se dirigea vers la penderie où se trouvaient les vêtements perdus.

— Alors, voyons ce qui pourrait servir..., s'exclama-t-elle, enthousiaste.

Michele la regarda inspecter les vêtements, les toucher, les tâter, les soupeser. L'ordre établi des choses éclatait en quelques secondes. Pendant un instant il sentit une pointe de jalousie : ces mains semblaient s'emparer des objets, les arracher à leur repos. En les retirant de leurs cintres Elena bouleversait le catalogue, l'ordre d'arrivée des vêtements dans la maison mais, surtout, elle les sortait du sommeil et les contraignait à partir, à le suivre dans une aventure aux développements imprévisibles.

Elle choisit pour lui un pull bleu marine et un autre bleu ciel, tous deux à col rond ; un blouson fourré, lui aussi bleu marine ; deux chemises à carreaux ; un sweat-shirt rouge ; un blouson de cuir ; des tee-shirts blancs. Puis elle aperçut un tee-shirt noir avec le visage de Freddie Mercury et elle l'attrapa, convaincue.

— Celui-ci est magnifique ! Il t'ira à merveille...

Elle trouva ensuite deux jeans qui semblaient de la taille de Michele et les regarda, intriguée.

— C'est-à-dire... Je comprends pour les pulls, les vestes... Mais tu m'expliques, Michele, comment un type peut oublier son jean dans le train ? Il le retire pendant le voyage, ensuite il se balade en slip sans s'en rendre compte ? demanda-t-elle en riant.

Il sourit et lui expliqua que certains vêtements constituaient le contenu de sacs ou valises oubliés dans le train et jamais réclamés. Il les avait seulement sortis et catalogués.

Elena acquiesça, rassurée. Elle choisit un sac à dos rouge à grosses poches vertes et le remplit avec les vêtements qu'elle venait de choisir, à l'exception d'un jean, du blouson de cuir et du tee-shirt de Freddie Mercury, que Michele porterait le lendemain pour le départ. Puis elle lui tendit le sac.

— Voilà... Il ne manque que les sous-vêtements, la brosse à dents, le rasoir, etc., mais ça tu t'en occupes tout seul, pas vrai ?

Il acquiesça.

Elena fouilla dans son sac et en sortit un téléphone portable, qu'elle tendit à Michele.

— Et ça, c'est pour toi. Comme ça on peut communiquer.

— Mais...

— Tranquille. J'ai deux portables, celui-là je te le prête volontiers.

Elle lui en expliqua le fonctionnement. Elle avait effacé tous les contacts, «de toute façon je les ai dans l'autre», et n'avait laissé qu'un numéro en mémoire.

— C'est le numéro de mon portable, c'est-à-dire de l'autre, celui qui me reste. Comme ça, quand tu veux m'appeler, il te suffit de presser ce bouton, tu vois ? Celui-ci. Oui, celui-ci. Essaie. Allez.

Michele observa le téléphone dans sa main, puis appuya sur le bouton et le son d'un autre téléphone résonna dans le sac à dos d'Elena.

— Tu vois ? C'est simple ! s'exclama-t-elle en sortant l'appareil de son sac. Salut, Michele ! Comment tu vas ?

— Bien ! répondit-il empoté.

Elena lui fit signe de porter le téléphone à son oreille. Michele s'exécuta.

— Tu m'entends ?

— Oui.

— Si tu parles à cet endroit, c'est mieux.

— Je t'entends, dit-il en parlant au bon endroit. Mais je t'entends aussi sans portable, vu que tu es ici.

— Oui, bon... mais c'est notre premier coup de fil. Nous avons brisé la glace.

Puis elle raccrocha, et Michele l'imita.

— Merci..., murmura Michele.

Dans sa voix, Elena sentit une sincérité et une douceur aussi infinies que soudaines. Elle en fut troublée. Elle le regarda droit dans les yeux.

— Tu ne dois pas me remercier. Je fais ça avec plaisir.

— Tu es... tu es vraiment une amie, dit tout bas Michele en rougissant un peu.

Elena ravala son amertume et sa résignation. Avant de partir, elle soigna ses blessures de la veille. Elle retira les pansements : les coupures n'étaient pas encore guéries, certaines étaient profondes, encore suintantes. Elle les nettoya, les désinfecta et les recouvrit de nouveaux pansements. Le tout se déroula dans un silence absolu.

L'opération achevée, Elena en prit d'autres et les glissa dans le sac de Michele, avec le désinfectant. Elle lui recommanda de changer les pansements et nettoyer les plaies au moins deux jours encore. Puis ils se saluèrent d'une poignée de main. Elena lui donna rendez-vous le lendemain, dans le train.

— À propos... tu as pris ton billet?
— Je n'en ai pas besoin. Je voyage gratis.
— Au moins ça, conclut-elle.

Ils se dirigèrent ensemble vers le portail et il s'arrêta sur le seuil, comme la veille. Il la regarda monter dans sa voiture et s'éloigner lentement. Dans la pénombre, de loin, Michele aperçut les yeux d'Elena qui se reflétaient dans le rétroviseur.

Cela dura un instant. Mais il lui sembla qu'elle le regardait avec amour.

8

Par la fenêtre grande ouverte de la cuisine, Michele entendait l'ondoiement de la mer et le bruissement des feuilles des peupliers agitées par le vent léger. Il n'avait quasi pas dormi de la nuit et s'apprêtait à accueillir l'aurore. Dans son appartement des pas résonnèrent, puis les ombres des objets, éclairés soudain par une lampe de poche, se dessinèrent sur les murs. Les jouets sur l'étagère semblèrent se regarder entre eux, en silence, comme s'ils se demandaient ce qui se passait. Michele prépara un café. Il le but, lava sa tasse et la laissa sécher au fond de l'évier. Il alla prendre une douche, se rasa avec soin, se brossa les dents puis s'habilla. Il enfila le jean, le tee-shirt à l'effigie de Freddie Mercury et le blouson de cuir que lui avait préparés Elena. Puis il ferma la fenêtre, ramassa son sac à dos et se dirigea vers la sortie. Il s'arrêta dans le salon, regarda autour de lui et ressentit une émotion insolite : c'était la première fois qu'il abandonnait son chez-lui, même pour quelques jours. Pour les objets trouvés, le temps s'arrêterait jusqu'à son retour, parce que dans le fond c'était lui qui le faisait avancer avec le sommeil et les réveils le matin, avec ses passages quotidiens d'une pièce à l'autre, avec ses pauses pour déjeuner et dîner. Comme si ses pas scandaient le défilement des secondes et poussaient les journées en avant. En partant, il emportait aussi avec lui le temps des objets, et donc leur attente. Il se sentit plus tranquille, allégé de toute responsabilité. Il les salua d'un regard circulaire qui enveloppa la pièce comme une étreinte. Puis il soupira, ouvrit la porte d'entrée et sortit sans se retourner. Il donna trois tours de clé, lentement. Puis il se dirigea vers la salle d'attente. À côté, il y avait un distributeur d'argent. Il y introduisit sa carte et préleva le maximum autorisé sur le compte bancaire avant de mourir; grâce à cet appareil, il n'avait même pas à sortir pour retirer l'argent pour payer ses courses. Il empocha les billets puis se dirigea vers le quai de la gare et aperçut le train, immobile, plongé dans la pénombre. Il restait pas mal de temps avant l'heure du départ. Sa crainte se transforma en impatience. Il posa son sac à dos sur un banc et s'assit à côté, le regard vers le ciel encore sombre constellé d'étoiles. Un ciel qui, peu à peu, avala l'obscurité pour se teinter lentement de rouge. Un rouge veiné de bleu et de blanc, qui se répandit dans l'air comme un liquide impalpable. Michele accueillit l'aurore dans ses yeux, la respira à pleins poumons, la bénit tandis qu'elle se transformait et que le rouge disparaissait, cédant la place au bleu ciel du matin et aux premiers rayons du soleil automnal.

Il ouvrit le portail de la gare, regarda les barres de sécurité des battants sur leurs pivots.

Puis il monta dans le train et inspira, satisfait, le parfum de propre et de frais de son travail. Il reconnut les notes florales du désodorisant vaporisé la veille au soir, admira les poignées chromées brillantes et espéra que son remplaçant soit à la hauteur. Mais quand il regarda les wagons alignés, comme la veille au matin, il fut dépaysé. Cette fois il identifia cette sensation : il avait l'impression d'être monté en tête du train, alors qu'il était certain d'être entré par le wagon de queue. Pourtant, quelque chose le désorientait. Il comprit que c'était une question de lumière. Au crépuscule, quand son travail d'exploration commençait, les rayons éclairaient le train de façon transversale, provenant de la mer qui avalait lentement le soleil. C'était la lumière de l'ouest. Le matin, en revanche, le soleil se levait à l'est et éclairait l'intérieur du train depuis le côté opposé à la mer. À ce moment-là, Michele comprit que les habitudes figent le monde et la vie. Et qu'il lui avait suffi de monter dans un train à un horaire différent pour comprendre que tout était en mouvement. Que découvrirait-il d'autre lors de ce voyage qui n'avait pas encore commencé ? Où cela le conduirait-il ? Il partait avec l'espoir de retrouver des bribes du passé et de les relier à son présent, mais pour le connecter ensuite à quel futur ?

Il parcourut les wagons déserts et alla s'asseoir à la place à côté de celle d'Elena. Il ferma les yeux et attendit les premiers bruits : le frottement sur l'asphalte des pneus des voitures qui freinaient devant la gare, les pas des voyageurs qui arrivaient sur le quai pour prendre le train, leurs voix, la musique ouatée qui filtrait des écouteurs reliés aux téléphones portables. Le train reprit vie. Michele vit entrer les passagers que chaque jour, mois après mois, année après année, il avait observés, immobile devant chez lui, monter dans les wagons. En les considérant d'un nouveau point de vue, il fut ému de voir leurs visages et d'entendre leurs voix remplir le train. En les regardant il se sentit comme un maître de maison qui accueille ses hôtes et, avec une pointe d'orgueil, il se demanda si eux aussi sentaient l'odeur de propre qui flottait encore dans le train. Puis il les regarda s'installer à leur place, ranger leurs bagages et échanger des bonjours ensommeillés. Il esquissa un timide salut en croisant le regard de certains voyageurs et fut ivre de bonheur quand ils lui répondirent par des signes de la tête ou de la main. Quand chacun se fut assis, il les observa avec attention et comprit que, enfin, il donnait un visage aux vies imaginaires qu'il retrouvait chaque soir imprimées sur les sièges. L'homme maigre aux longs cheveux blancs laissait sur le sol des miettes de croissant ; la femme élégante aux grosses lunettes semait les papiers argentés de ses chewing-gums ; le petit couple de jeunes gens d'une vingtaine d'années roulait en boule et jetait sur le siège des sachets graisseux qui sentaient la pizza à la tomate. Et le quadra en costume cravate tenait toutes prêtes les cigarettes qui allaient imprégner jusqu'au soir, avec tant d'autres fumées en cachette, le couloir de service du train.

Quand le machiniste passa à côté de lui, Michele se prépara à répondre à ses questions, à affronter la surprise de l'homme de le voir, pour la première fois, sur le départ. Mais l'homme poursuivit sans le reconnaître, sans lui accorder un regard. Alors une étrange sensation de bien-être le parcourut : il se sentit partie d'un tout, la petite pièce d'une mosaïque qui représentait la normalité quotidienne. Ce sentiment d'appartenance lui était inconnu. Il se trouvait soudain au milieu des gens, des passagers de son train, comme s'il était l'un d'eux. Un parmi tant d'autres et non plus un homme solitaire parmi ses objets trouvés. Il se regarda en habit de voyageur, jean et tee-shirt, son sac à dos rouge et vert rangé dans le porte-bagages, au-dessus de sa tête. Pendant un instant, il ne se sentit plus seul.

Un peu plus tard le train sursauta et la locomotive chauffa ses moteurs. D'autres passagers prenaient place dans les voitures. Enfin le train bougea. Assis sur son siège, par la vitre Michele vit la silhouette de sa petite maison qui s'éloignait et il fut saisi d'angoisse, d'un regret soudain. Il sentit l'élastique au centre de son dos se tendre avec force et la douleur fut lancinante. Il fut tenté de se lever et de courir vers une porte pour sauter du train et rentrer chez lui, retrouver ses horloges, ses instruments de musique, ses vêtements jamais portés. Pinocchio et le Batman manchot, les autoradios et les pelotes de laine.

L'un après l'autre, les peupliers qui se dressaient sur les côtés de la gare défilèrent, comme happés en arrière, dans le rectangle de la vitre. Il sentit sa respiration haletante, un tremblement lui parcourut les jambes et les bras. Puis son regard se posa sur ses mains qui torturaient ses genoux et il vit les blessures sur ses doigts, couvertes par les pansements. «Les blessures du guerrier antique», pensa-t-il. Il se rappela le sourire d'Elena qui lui soignait les mains. Et ce sourire se superposa, encore une fois, à celui de sa mère. Il eut envie de savoir, de retrouver ses traces, son histoire, les raisons de son abandon. Alors il ferma les yeux et il laissa l'élastique se briser.

Il poussa un gémissement et petit à petit sa respiration redevint régulière.

Quand il rouvrit les yeux, il vit la mer. Elle défilait, parallèle au train, calme, silencieuse, les vagues basses s'étiraient lentement sur le sable pour se retirer ensuite vers l'horizon. Il sourit, comme quand on reconnaît un ami qu'on n'a pas vu depuis longtemps. Il baissa la vitre et inspira l'air saumâtre. Puis le train entama son virage vers l'intérieur des terres et il entra dans le centre habité de Miniera di Mare, frôla les immeubles et les maisons, les fenêtres où du linge séchait, les vitrines des magasins. Quand la locomotive traversa la place principale avec sa vieille église, Michele vit son école au loin. C'était une construction des années cinquante, basse et rectangulaire. Un unique énorme rez-de-chaussée, séparé de la route par une grande cour qui lui sembla beaucoup plus petite que dans son souvenir. Enfant, il courait pour sauter dans les bras de sa mère qui l'attendait à la sortie. Pendant un instant, il revit ce visage souriant qu'il pensait ne plus réussir à se rappeler sans l'aide de la photo qui reposait maintenant dans son sac à dos rouge et vert avec son journal intime. À côté de l'école, il revit le petit terrain de football et il se rappela son ivresse avant de shooter dans le ballon pour le lancer au loin, vers le but adverse. Il se rappela un visage parmi tant d'autres. «Antonio...», murmura-t-il. C'était un camarade de classe, le plus sympathique de tous. Souvent, pendant la récréation, ils bavardaient, faisaient des projets pour l'avenir ou réfléchissaient à des tactiques de jeu pour gagner un tournoi de football qui ne fut jamais organisé. Antonio avait les cheveux blonds et bouclés, une incisive cassée qui lui permettait d'émettre des sifflements aigus et prolongés, et il semblait déjà être un adulte. Il rêvait d'épouser une fillette de la classe de CE2-C et de construire des vaisseaux spatiaux pour explorer l'univers. «Je les construis, mais je n'y vais pas», disait-il. Il voulait rester à Miniera di Mare toute sa vie, «parce que ici je suis trop bien». Pourtant, au milieu du CM2, il était parti dans le Nord avec sa famille parce que son père avait trouvé une bonne place dans une usine de tuiles et briques. La mère de Michele s'en était déjà allée depuis un moment et, sans Antonio, la solitude s'était teintée d'un noir encore plus profond.

Le souvenir d'Antonio s'évanouit quand le train prit un double virage avant d'emprunter la ligne droite qui conduisait, parallèle à la côte, à Solombra Scalo. Une formation d'oiseaux en vol dessina une arabesque dans le ciel avant de piquer vers le vert sauvage du maquis qui s'élargissait vers l'intérieur des terres, au pied des collines parsemées d'arbres et de vignes. Un homme robuste aux cheveux poivre et sel sortit un thermos de son sac. Michele reconnut l'odeur du café mélangé à l'anis qu'il avait perçue tant de fois en inspectant le train et, sans s'en rendre compte, il sourit. Son regard croisa celui de l'homme, qui lui rendit son sourire, remplit un gobelet en carton du liquide bouillant et parfumé et le lui offrit. Étonné de ce geste spontané, il accepta timidement et marmonna un «merci». Il prit le gobelet que l'homme tenait dans sa main droite et s'aperçut qu'il lui manquait deux doigts : l'annulaire et l'auriculaire. Il détourna le regard pour ne pas mettre son voisin dans l'embarras et sirota le café chaud. Mais l'homme, qui avait fini le sien, se mit à masser ses doigts manquants avec sa main saine, comme s'il pouvait vraiment les toucher. Cette fois encore l'ancien ouvrier vit le regard de Michele.

— On peut avoir des fourmis dans les doigts, même quand ils ne sont plus là, murmura-t-il avec un demi-sourire.

Michele acquiesça à peine et rougit.

— Un coup de marteau raté, poursuivit l'homme comme s'il se sentait le devoir d'expliquer. Je clouais une poutre sur le chantier, et soudain le soleil est sorti. Avant, tout était nuageux. Le vent arrive, un nuage s'en va et je me prends le soleil en plein dans les yeux. Le coup était parti... je me suis distrait et *bam*! Une douleur que je te raconte même pas... Imagine, je me suis évanoui. Je suis même tombé de mon échelle, mais heureusement j'ai pas cogné la tête. Et puis y a rien eu à faire... urgences, médecins, infirmières... à la fin ils m'ont tout coupé, parce que sinon c'était pire. Et toi, qu'est-ce qui t'est arrivé? demanda-t-il en montrant les plaies sur les mains de Michele, qui les regarda comme si c'était la première fois.

Il les avait quasi oubliées, et maintenant elles lui semblaient vraiment avoir peu d'importance.

— Rien..., bredouilla-t-il. J'ai cassé une vitre.

— Ah, ben ça passera, déclara l'ouvrier avec un sourire solidaire. Moi c'est différent, y a rien qui passe. Mais en tout cas, je disais... des fois je les sens encore, ces deux doigts... Parfois ils s'endorment, parfois ils font mal. On m'a dit que ce truc s'appelle... attends, comment ça s'appelle? Ah oui... mémoire du membre fantôme.

Moi ça me fait rigoler... J'ai deux fantômes à la place des doigts. Mais je les sens, hein ! C'est incroyable...

L'homme secoua la tête, puis se laissa aller contre le dossier de son siège et ferma les yeux, le sourire aux lèvres, et s'endormit rapidement.

Michele repensa à la mémoire du membre fantôme, à ces doigts qui faisaient sentir leur présence. Il comprit que, au fond, cela fonctionne de même avec les personnes. Elles disparaissent, elles meurent ou simplement elles s'en vont. Pourtant souvent la mémoire les rend encore présentes, comme des fantômes. C'était arrivé avec sa mère, les premiers temps, quand il sentait sa main lui caresser le front, la nuit, quand il avait de la fièvre. Ou bien il apercevait ses yeux derrière lui, dans le miroir, pendant des mois après son départ. Tout cela lui procurait de la douleur, mais aussi du plaisir ou du soulagement. Et puis la douleur aussi était partie. C'était peut-être à ce moment-là qu'il avait vraiment perdu sa mère. Comme une partie de lui qu'on aurait amputée, comme un membre fantôme qui n'a même plus de place dans la mémoire. Et elle ? Durant ces années, avait-elle senti de la douleur dans cette partie de son cœur qu'elle n'avait plus ? Avait-elle conservé une mémoire de son fils laissé derrière elle comme un membre amputé ? Avait-elle imaginé un retour ? Avait-elle prononcé son prénom, la nuit, s'arrachant à un rêve ?

Il regarda l'expression tranquille de l'homme

qui dormait en face de lui, puis observa à nouveau la mer qui défilait toujours, calme et silencieuse.

Soudain, il entendit une voix familière.

— Michè…

Le contrôleur se tenait debout devant lui, comme sorti du néant.

— Qu'est-ce que tu fais là ? demanda l'homme, surpris.

Michele réfléchit avant de répondre : il voulait éviter d'avoir à fournir des explications.

— Je voyage, dit-il, impassible.

— Et tu vas où ?

Michele haussa les épaules, comme pour dire «Je ne sais pas».

— Bon… mieux vaut tard que jamais. Tu étais en train de moisir, dans cette gare…, répondit l'homme.

Et pour la première fois, il lui sourit. Puis il se remit à contrôler les titres de transport des voyageurs.

Le train ralentit en arrivant en gare de Solombra Scalo. Les freins de la locomotive frottèrent contre le métal des voies et le convoi s'arrêta avec un crissement strident. Par la fenêtre, Michele vit Elena qui attendait l'ouverture des portes et le cherchait du regard. Quand elle l'aperçut à travers la vitre, elle lui fit un geste de salut. Puis elle monta dans le train et vint s'asseoir à côté de lui. Elle le regarda, admirative.

— Ça te va très bien, ces vêtements. Je le savais…, dit-elle à voix basse d'un air complice.

Michele sentit son odeur de gel douche et, avant de pouvoir répondre, se retrouva avec la poupée Milù dans les mains.

— Je me suis dit qu'elle te porterait chance, dit Elena en souriant.

Michele observa la poupée, étonné. Il avait un peu honte car les autres passagers les regardaient.

— Merci, mais... je sais que ta sœur y tient beaucoup, dit-il en la rendant à Elena.

— Milù m'a donné la permission de te la prêter. Elle est contente que tu la gardes, il n'y a aucun problème, répondit la jeune fille en repoussant son bras.

— Tu lui as parlé de moi?

Elena acquiesça, rougissant légèrement. Michele perçut son embarras. Le train, le voyage, la mer à l'horizon, le café à l'anis, la rupture de l'élastique, les premiers mots échangés avec un étranger avaient allumé une nouvelle sensibilité dans son âme, une capacité d'attention qui était jusqu'ici assoupie. Il fit le lien entre le rougissement d'Elena et la première question personnelle qu'il lui avait posée. Depuis qu'il l'avait rencontrée, il avait été assailli de questions, de discours torrentiels, parfois décousus en apparence, mais qui lui ouvraient de nouvelles perspectives. Avant sa rencontre avec Elena, les pas de Michele se répétaient, tous égaux, à l'intérieur de l'enceinte qu'il avait érigée autour de sa vie, creusant des sillons de douleur. Maintenant, il parcourait des routes imprévues. Elena avait étendu sur son chemin un tapis coloré qui l'accompagnerait peut-être vers une nouvelle vie. Et lui, que lui avait-il donné en échange? Une demande d'aide et une seule question personnelle. Il comprit qu'il ne savait rien d'elle. Il avait caché sa curiosité de mieux la connaître derrière la peur de s'attacher à elle et de la perdre. Il regarda la petite poupée dans ses mains et sentit le contact de l'épaule d'Elena contre la sienne.

— Tu n'as qu'une sœur? lui demanda-t-il dans un souffle.

Elena acquiesça, surprise.

— Et... tes parents? Tu les vois souvent?

— Je vis avec eux, répondit Elena en le regardant comme si elle le voyait pour la première fois, touchée par sa curiosité.

— Vous vous entendez bien? Tu es bien avec ta famille? poursuivit Michele, gêné mais décidé à en savoir plus sur sa vie.

— Comme dans toutes les familles. On s'entend bien, parfois on se dispute. Mais on est ensemble. Comme tout le monde, en gros. Rien de spécial.

— Moi je trouve ça spécial, murmura Michele, sincère et désarmé.

Elena rougit à nouveau. Elle comprit que ce qu'elle avait qualifié de «rien de spécial» était pour Michele un rêve brisé.

— Excuse-moi. Tu as raison, dit-elle en le regardant dans les yeux.

Il fit un signe comme pour dire «Ne t'en fais pas», puis il lui sourit, et Elena sentit s'effriter sa résignation à ne pas pouvoir l'aimer. Elle sentit qu'elle lui appartenait et elle se demanda si un jour ou l'autre elle arriverait à creuser une brèche dans son cœur blindé.

Le train entreprit sa lente montée des collines, entre les rangées d'oliviers, de châtaigniers et de cerisiers. Les tons pastel de l'automne recouvraient déjà toutes les autres couleurs. Seul le ciel sans nuages affirmait son bleu puissant. Puis le convoi longea la route nationale en accélérant, dépassant les voitures et les camions avec son cri de guerre. Dans quelques minutes ils arriveraient à Prosseto.

— Je t'appellerai pour savoir comment ça va, dit Elena.

Michele ne répondit pas. Il sentit à nouveau ce frisson qu'il connaissait par cœur : c'était la crainte qu'Elena n'appelle pas, la peur de l'attente déçue.

— Non, c'est moi qui t'appellerai, dit-il enfin.

Elena pensa qu'elle avait été intrusive et, en même temps, elle eut la confirmation que Michele voulait la tenir à distance.

À 8h15 précises, le train entra en gare de Prosseto.

— Bonne chance, susurra Elena avant de se lever et de lui serrer la main.

Michele la remercia, la voix tremblante. Il sentit la main d'Elena plonger dans la sienne et en goûta le contact jusqu'à ce qu'elle la retire lentement. Puis il la regarda s'éloigner et descendre du train avec une douzaine de passagers, immédiatement remplacés par d'autres voyageurs qui montèrent et occupèrent les places libres.

Elena s'arrêta sur le quai et regarda Michele qui la saluait de la main. Puis les portes se refermèrent et le train repartit. Elena salua encore et Michele planta ses yeux dans les siens. Plus le train s'éloignait, plus la silhouette d'Elena devenait petite. Quand elle disparut, Michele s'aperçut avec surprise qu'il serrait Milù entre ses mains, comme un enfant qui a peur.

La place d'Elena fut occupée par une femme âgée et corpulente, les cheveux teints en un violet métallique qui ressemblait à une déclaration de guerre contre le monde. Elle se vautra dans le fauteuil avec un gros soupir. Elle sentait l'eau de Cologne et la laque pour les cheveux. Michele l'observa du coin de l'œil : elle laissa aller sa tête contre le dossier et s'endormit en quelques minutes, émettant d'étranges sifflements chaque fois qu'elle expirait.

Le train devait arriver à Ferrosino à 9 h 20. Dehors, plus il pénétrait dans les terres, plus le paysage se transformait, comme un présage de la montagne. Les châtaigniers et les cerisiers cédèrent la place aux premiers chênes verts et pins. Le train entreprit sa montée, se hissant et soupirant sur le faux plat, et le vert se fit plus foncé. Même l'air devint plus pur, les maisons se raréfièrent et le territoire des sangliers et des loutres prit le dessus sur les zones habitées, avec ses buissons de ronces, ses plants sauvages de myrte, genévriers et aubépines. Au loin on apercevait les premiers monts de la chaîne des Apennins.

Michele se serra dans son blouson pour éloigner les frissons de froid qui le traversaient. Mais la chaleur de sa veste ne suffit pas à atténuer cette frénésie des fibres nerveuses qui le secouait au plus profond de son être. Il comprit que le seul moyen pour se réchauffer était de passer à l'action et de faire, enfin, ce qu'il avait décidé de tenter avant d'arriver à Ferrosino. Il n'était pas simple pour lui de s'adresser aux autres avec naturel, d'engager la conversation en trouvant les bons mots, de comprendre qui était disposé à parler et qui, en revanche, risquait de refuser avec agacement, voire de le rembarrer devant tout le monde. Il rassembla ses forces, se leva, prit son sac à dos, y rangea la poupée et en sortit la photo de ses parents et lui enfant, prise devant chez eux. Il l'observa, prit son courage à deux mains et regarda autour de lui à la recherche d'un visage rassurant. Après une longue hésitation, il se dirigea vers le premier passager qui était monté en gare de Prosseto. C'était un homme d'une cinquantaine d'années, au visage joufflu et rubicond ; ses cheveux frisés et légèrement poivre et sel s'emmêlaient sur le sommet de sa tête, de toute évidence rebelles au peigne. Il portait un costume gris clair en gabardine, une chemise blanche et une cravate bleu ciel, mais on aurait dit que ces vêtements lui avaient été prêtés pour une occasion spéciale. Il était mal à l'aise, emprisonné dans l'élégance maladroite et peu naturelle d'un mariage de village. En voyant Michele approcher, il ajusta son nœud de cravate d'un geste gauche. Michele sentit immédiatement pour lui une sympathie instinctive qui lui confirma qu'il avait fait le bon choix.

— Excusez-moi..., commença-t-il en essayant de sourire.

L'homme acquiesça, circonspect. Michele lui montra la photo qu'il tenait dans sa main, en tendant le bras. On aurait dit un guerrier qui brandissait son bouclier pour éviter les coups d'épée de l'ennemi.

— Avez-vous déjà vu cette femme? Peut-être... dans ce train?

Il toussa, de gêne.

L'homme fronça les sourcils et plissa ses yeux noisette, comme s'il voulait faire le point sur la photo. Il l'observa longuement, sans un mot, Michele toujours debout devant lui, le bras tendu, soutenant les regards des autres voyageurs, curieux de son attitude.

— Je suis désolé mais je ne l'ai jamais vue, dit-il avec un accent de l'arrière-pays.

— Merci tout de même.

— Pourquoi vous la cherchez? C'est qui, cette femme?

Michele hésita, gêné. Il aurait voulu avoir le courage de lui raconter son histoire, comme il l'avait fait avec Elena, mais cet homme était un inconnu. La défiance, mêlée à sa timidité, l'empêchait de s'ouvrir comme il aurait voulu. Il revoyait clairement son passé, il en avait une image précise, lumineuse, mais c'était comme si les mots pour le raconter s'étaient cachés derrière la face d'ombre de ce tableau, et il eut une peur irrationnelle de s'aveugler à force de les chercher, comme quand on essaie de scruter le soleil.

— Ça ne fait rien, répondit-il enfin.

Il s'éloigna, après avoir esquissé un sourire. Il regarda autour de lui : les passagers étaient plongés dans leurs pensées, certains lisaient un livre ou un quotidien, d'autres composaient des messages sur leur téléphone ou écoutaient de la musique avec des oreillettes. Il se sentit seul, entouré d'existences et de vies auxquelles il sentait qu'il n'avait pas accès. Sur le sol, il aperçut un papier roulé en boule. Il se pencha pour le ramasser et le jeta dans une petite poubelle. En plus d'avoir fait son devoir, il lui sembla avoir rendu service au collègue qui le remplacerait. Il respira à fond, reprit courage et se dirigea vers un autre passager. C'était une femme d'environ trente-cinq ans, elle portait une robe modeste mais digne et lisait un livre.

— Excusez-moi...

La femme leva les yeux et le regarda avec défiance.

— Avez-vous déjà vu cette femme ? demanda Michele en lui montrant la photo.

— Non. Je suis désolée, répondit-elle, décidée,

après avoir regardé pendant quelques secondes le visage de la mère de Michele.

Puis elle se replongea dans son roman.

Michele préféra ne pas insister, il s'adressa à un groupe de jeunes gens assis non loin. Il leur montra la photo et leur posa la même question. Cette fois encore la réponse fut négative.

Pourtant, ce qui se passa ensuite l'émerveilla. Peu à peu, tous les regards des voyageurs se posèrent sur lui : hommes et femmes, jeunes et vieux semblaient attendre avec impatience leur tour, désireux de voir cette photo et de répondre aux questions de Michele.

Certains se levèrent pour le rejoindre et lorgner la photo, poser quelques questions avant d'aller se rasseoir. Toutefois, personne ne reconnut sa mère. Personne, dans le train, ne l'avait vue. Et Michele ne réussit à raconter son histoire à personne, ni à donner d'explications sur le pourquoi de sa recherche.

Il se rassit à côté de la femme aux cheveux violets qui dormait toujours. Il serra la photo contre sa poitrine et se sentit découragé. Peut-être, une fois à Ferrosino, pourrait-il attendre l'après-midi pour monter dans le train du retour et rentrer chez lui, à sa vie tranquille, à ses sécurités. Néanmoins, quelque chose à l'intérieur de lui le poussait à ne pas renoncer : c'était l'étrange ébriété qu'il avait ressentie au moment où l'élastique s'était brisé. Se sentir en danger et, en même temps, libre. Comme si liberté et péril coïncidaient, pour une raison qui lui était encore obscure. Sa main alla instinctivement à la poche de son blouson et palpa le portable que lui avait donné Elena. Il le sortit et le regarda. Il n'avait jamais possédé de portable : il avait toujours considéré que c'était un objet inutile. Maintenant, à l'inverse, ce petit rectangle de plastique représentait le fil qui le reliait directement à la seule personne qui avait réussi à entrer dans sa vie durant les dix dernières années. Elena était entrée en force, avec son pas léger, son sourire et son incapacité à demander la permission. Michele connaissait bien peu du monde, pourtant Elena lui semblait un être unique et spécial. Il eut envie de l'appeler, d'écouter sa voix et de la rassurer. Il posa son pouce sur le bouton qui devait faire sonner, automatiquement, le portable d'Elena.

— Vous permettez?

Michele se tourna vers la femme aux cheveux violets, qui s'était réveillée et fixait la photo qu'il serrait contre son torse.

— J'ai une certaine passion pour les vieilles photos..., se justifia-t-elle. Mon fils est photographe, vous savez?

Michele, perplexe, lui tendit la photo.

À cet instant précis, Elena tenait son portable dans ses mains. Dos au comptoir, elle cherchait le courage de téléphoner à Michele. Dans le bar, c'était calme. Elle avait déjà servi les deux seuls clients, et Cosimo, le propriétaire, validait les bulletins de loto d'un pompier passionné de jeu.

Michele lui manquait; le savoir en voyage, loin, lui donnait un sentiment d'égarement et de solitude. Inutile de tourner autour du pot : il était entré dans son cœur. Elle hésitait à l'appeler, quand elle entendit la voix de Cosimo.

— Elena !

Elle se retourna d'un bond.

— Tranquille, hein ? Quand tu décides de travailler, tu me préviens.

Elena s'aperçut alors que trois clients attendaient d'être servis. Elle glissa son portable dans sa poche et les regarda avec un sourire gêné.

— Un café.

— Un café dans un verre, avec de la mousse.

— Un petit cappuccino sans cacao, s'il vous plaît.

Elle s'apprêtait à préparer leurs commandes quand elle vit, du coin de l'œil, Cosimo qui soupirait en regardant le pompier. Il la désigna en tournant l'index de sa main droite à côté de sa tempe, comme pour dire «Elle est un peu timbrée».

Elena était habituée à ce geste, à ce qu'on la considère comme hors des clous, pourtant cette fois elle sentit une vieille blessure se rouvrir. Elle n'aimait pas ce genre de commentaire, même si tout le monde, aussi bien à Solombra qu'à Prosseto, la considérait comme «bizarre» à cause de sa façon de parler à jet continu, de ses discours incohérents et de ses manières impétueuses et enthousiastes. À cause du bonheur irrépressible qu'elle exprimait quand quelque chose ou quelqu'un la surprenait de façon positive. Mais ce bonheur venait de très loin.

Quand elle était petite, ses parents l'avaient emmenée, avec Milù, dans une région montagneuse du centre de l'Italie pour de courtes vacances. Un jour, tandis qu'ils se promenaient sur les sentiers pour atteindre un refuge, les jumelles s'étaient éloignées, seules. Elles avaient grimpé une pente escarpée dans le bois, qui les avait menées à un plateau où elles s'étaient mises à courir entre les érables et les sapins. Elles avaient découvert une petite clairière. Un ruisseau courait vers la vallée et formait sur son parcours des petites cascades d'eau argentée. Elles s'étaient arrêtées, surprises, avaient rempli leurs poumons d'air frais et leurs yeux de l'enchantement qui les entourait. Soudain, elles avaient vu une petite ombre tomber de la cime d'un érable. C'était un petit moineau, probablement tombé du nid. Elles s'étaient approchées à pas lents et hésitants, inquiètes. Le moineau était immobile dans l'herbe humide, il respirait à grand-peine. Elena avait tendu la main vers le petit volatile, qui avait frémi et battu des ailes. Les deux fillettes s'étaient aperçues qu'une de ses ailes était pliée de façon non naturelle, sans doute brisée. Elena l'avait pris dans ses mains et avait senti le cœur de l'oisillon battre la chamade. Elle l'avait tendu à Milù, qui lui avait caressé délicatement la tête. Elles s'étaient regardées dans les yeux puis lui avaient parlé à tour de rôle ; elles l'avaient encouragé à voler, avec leurs mots naïfs d'enfants. Et quand les mains de Milù s'étaient ouvertes, le moineau avait soudain pris son envol. Elles l'avaient regardé monter vers la cime des arbres, encore incertain. Il avait failli retomber, mais était reparti dans les airs, décidé, jusqu'à faire ombre au soleil, au centre exact du ciel. Au même moment, Elena et Milù avaient poussé à l'unisson un cri vers les sommets enneigés. C'était un cri de joie primaire, aigu et strident. Autour d'elles, tout était parfait : le vol du moineau, la lumière du soleil qui filtrait entre les arbres, le bois, le ruisseau, l'eau... et elles deux, Elena et Milù, l'une à côté de l'autre.

Les deux sœurs, si semblables, si liées depuis toujours, avaient décidé de conclure un pacte : réussir à crier vers le ciel cette envie de vivre, même quand elles deviendraient adultes. Elles s'étaient promis de ne pas perdre l'enthousiasme de l'enfance, jamais. Elles l'avaient baptisé le « pacte du bonheur ».

Mais Elena, longtemps après, avait oublié ce pacte et s'était laissée aller à la douleur. Son envie de vivre s'était brusquement arrêtée, un été qu'elle n'oublierait jamais, où tout avait été plongé dans une nuit soudaine. Rien n'avait plus de sens et le monde avait perdu ses couleurs. Enfermée dans sa chambre, Elena avait envie de fermer les yeux et de mourir.

De nombreux mois passèrent, jusqu'à un après-midi de mai, sur un banc dans un parc, où Milù reparla à Elena de cette journée dans le bois. Elle lui rappela leur pacte et la blessa avec des mots durs parce qu'elle ne l'avait pas respecté. La douleur que ressentit Elena marqua le début de sa renaissance. Elle promit à sa sœur qu'à partir de ce moment elle sortirait de l'obscurité dont elle s'était entourée. Elle respira l'air imprégné de jasmin, sentit la terre vibrer sous ses pieds, écouta le bruit du vent entre les feuilles des arbres et, soudain, poussa un cri vers le ciel. À ce moment-là, elle comprit que ses deux ailes brisées pouvaient encore voler. Elle baptisa ce 18 mai « le jour de ma renaissance ».

Quand elle avait rencontré Michele, Elena avait perçu la douleur qui se nichait dans ses yeux noirs et reconnu en lui un autre moineau aux ailes brisées qui devait prendre son envol.

En servant son café au deuxième client qui attendait, Elena sourit. Peut-être que la source de son amour pour Michele venait de là : deux douleurs qui se rencontrent, se reconnaissent et cherchent, ensemble, à devenir un même espoir. Un vol vers le ciel de deux moineaux aux ailes brisées. Alors, quelle importance si les gens la trouvaient « un peu timbrée » ?

La femme âgée aux cheveux violets assise à côté de Michele observa longuement la photographie. Puis elle indiqua l'enfant qui y figurait.

— C'est toi, n'est-ce pas ? Les mêmes yeux.

Michele acquiesça, étonné. La femme le tutoyait, avec beaucoup de naturel.

— Et eux, ce sont tes parents, poursuivit la

femme en les indiquant avec son index gauche. Tu ressembles à ta mère.

Il ne répondit pas. La femme lui raconta qu'elle l'avait vu, dans son demi-sommeil, montrer la photo à tout le monde en demandant s'ils connaissaient la femme. Elle lui demanda de lui raconter sa recherche. Sa voix était douce, calme, suave, et détonnait avec son drôle d'aspect et son parfum intense, presque repoussant.

Michele se sentit rassuré par cette voix, par le sourire imperceptible qui avait accompagné la question de la femme et, surtout, son regard plein de compassion et d'une conscience de la vie quasi tangible. Il comprit que, s'il voulait être aidé, il devait se résigner à raconter son histoire chaque fois qu'on le lui demanderait, parce qu'il faut donner pour recevoir, pensa-t-il sans se rappeler dans quel film ou dans quel livre il avait vu ou lu cette phrase. Alors il trouva le courage d'articuler, lentement, tandis que le train parcourait les derniers kilomètres qui le séparaient de Ferrosino. On apercevait maintenant les montagnes enneigées derrière l'horizon vertical et lointain qui anticipait l'hiver.

Quand Michele eut terminé son récit, la femme avait les yeux brillants, mais elle ne céda pas à l'émotion. Elle regarda Michele et le pria de l'accompagner chez elle, parce qu'elle avait quelque chose pour lui.

Michele sentit son cœur battre plus fort. Peut-être cette femme savait-elle quelque chose sur sa mère ?

— Je ne sais rien de ta mère, précisa-t-elle comme si elle avait lu dans ses pensées. Mais je voudrais te montrer quelque chose. Je te le demande comme un service. Ensuite tu pourras continuer tes recherches.

Michele la regarda dans les yeux. Il tenta de résister à la tentation de la suivre, à la curiosité. La prudence lui enjoignait de se méfier d'une parfaite inconnue. Mais il sentit, grâce à cette faculté mystérieuse qu'on appelle l'instinct, que cette femme ne lui ferait pas de mal.

Il accepta.

Le train s'arrêta en gare de Ferrosino.

— J'habite tout près, ne t'inquiète pas. Je ne te ferai pas perdre beaucoup de temps, dit la femme aux cheveux violets.

Michele prit son sac à dos et la suivit sans un mot. La crainte de perdre du temps était mitigée par la curiosité de savoir ce que la femme avait à lui montrer.

Ils sortirent de la gare et Michele découvrit une dimension très différente de celle de Miniera di Mare. La petite ville de Ferrosino n'avait rien à voir avec un village côtier. Elle comptait plus de dix mille habitants et s'étendait sur un plateau des Apennins, à presque mille mètres d'altitude. L'air était léger, piquant et surtout froid, malgré le ciel limpide et le soleil qui resplendissait à l'est. Michele bénit son blouson de cuir, remonta sa fermeture éclair et traversa la place de la gare. La circulation était dense, bus et voitures avançaient lentement, les uns derrière les autres, formant une sorte de chenille métallique sinueuse dont les métamères procédaient par petits à-coups, se séparant puis se réunissant. Les passants portaient déjà des vêtements d'hiver. Leur air absorbé et leur pas pressé témoignaient du fait qu'ils avaient des affaires urgentes à régler. Les magasins qui se succédaient dans les rues étaient variés : alimentation, quincaillerie, vêtements de sport, quelques agences diverses, et surtout beaucoup de restaurants et de bars.

Michele suivait la femme aux cheveux violets qui marchait d'un bon pas, sans un mot. Ils empruntèrent une ruelle latérale bordée d'arbres et, une vingtaine de mètres plus loin, il eut l'impression de franchir le seuil d'une autre dimension : la circulation avait disparu, de même que les magasins et les passants pressés. Des petites maisons entourées de jardins fleuris bien entretenus se succédaient des deux côtés de la rue. Le bruit des klaxons et des moteurs s'éteignit lentement, jusqu'à être remplacé par le bruissement du vent et les piaillements des oiseaux qui demeuraient dans les arbres. La femme s'arrêta devant le portail d'une petite villa à un étage. Elle l'ouvrit et invita d'un geste Michele à la suivre. Ils traversèrent un jardin orné de rosiers et d'un petit sapin, marchant sur un parterre de cailloux blancs et gris posés sur l'herbe pleine de trèfles. La femme ouvrit la porte de chez elle, s'écarta et laissa entrer Michele, puis referma derrière eux.

— Nous sommes chez moi, dit-elle un peu inutilement.

Michele regarda autour de lui : les murs du petit salon étaient entièrement couverts de photos découpées dans des journaux et revues, puis encadrées et exposées comme des trophées. Elles représentaient des paysages de tous les coins du monde, des vues de villes célèbres, des territoires en guerre, des maisons et des villes dévastées, des visages d'enfants et de vieux de toutes races et de tous pays. Michele eut une sensation étrange : ces murs tapissés de clichés lui rappelaient sa maison pleine d'objets trouvés.

La femme posa son sac sur la table qui se trouvait au centre de la pièce puis se tourna fièrement vers Michele.

— Ce sont toutes des photos prises par mon fils, dit-elle. C'est un très bon photographe, n'est-ce pas ? Il s'appelle Marco, comme mon père.

Michele acquiesça en observant les clichés. Ils étaient presque tous en noir et blanc, ils immortalisaient des morceaux d'existences et de lieux lointains, les dilataient en un récit infini de douleur, joie, peur, espoir, beauté et dégradation.

— Mon mari aurait été fier de lui, poursuivit la femme. Malheureusement il n'a pas eu le temps de profiter du succès de notre fils : il est mort quand Marco était au lycée. C'est la vie... elle donne et elle prend, selon comment la roue tourne.

La femme indiqua à Michele la photo d'un jeune homme d'une trentaine d'années, un reflex en bandoulière, assis sur le coffre d'un 4 × 4 rouillé. Il portait un blouson de camouflage, un treillis foncé et un béret de pêche.

— Voilà mon fils. Vous vous ressemblez, tu sais ? ajouta-t-elle en regardant Michele avec mélancolie.

Elle lui proposa un café.

— Ça ne prendra pas longtemps à préparer, j'ai une machine à expresso, comme au bar, précisa-t-elle en se dirigeant vers la cuisine.

Michele regarda l'heure : il était 9 h 25. Il avait hâte de démarrer ses recherches. Il se sentait impatient, et même un peu irrité : il soupçonnait la femme de l'avoir emmené chez lui uniquement parce qu'il lui rappelait son fils. Peut-être qu'elle se sentait seule, qu'il lui manquait et qu'elle cherchait un peu de compagnie. En plus, tous les visages sur les murs semblaient l'observer en silence, comme s'ils le jugeaient.

Elle revint avec un plateau où étaient disposés deux tasses et des biscuits au chocolat. Elle sourit et l'invita à s'asseoir. Michele obéit, tendu.

— Il fait un peu frais ici, n'est-ce pas ? Ça fait trois jours que ma chaudière est cassée et personne n'a le temps de la réparer. On a l'impression de les déranger, quand on leur demande de faire leur travail. Tous très occupés… Tous. Combien de sucres ?

— Un, merci.

Il sirota son café et mangea deux biscuits pour faire plaisir à la femme qui voulait absolument qu'il les goûte. Puis il fit mine de prendre congé.

— Attends un moment, dit-elle en se levant. Je voulais te montrer quelque chose, tu te rappelles ? Viens avec moi.

Elle ouvrit une porte au fond du salon, qui donnait sur un jardin.

Beaucoup plus grand que celui de devant, il était entouré de lauriers. Au centre trônait un olivier d'une beauté absolue. On aurait dit une main plantée dans le terrain : le tronc évoquait un avant-bras qui s'élargissait pour former une paume et les branches des doigts robustes et noueux, ouverts vers le ciel comme pour en accueillir la chute.

— C'était ça que je voulais te montrer, dit la femme en s'approchant de l'arbre et en invitant Michele à l'imiter.

— Regarde, murmura-t-elle en indiquant un endroit près du haut du tronc.

Il y avait une entaille profonde, en forme de demi-lune, juste avant que le tronc s'élargisse, là où partaient les branches. Si l'olivier semblait une main tendue vers le ciel, cette entaille était telle une blessure profonde au niveau du poignet.

La femme sourit.

— C'est mon mari qui a planté cet olivier, quand Marco avait tout juste un an. C'était une brindille qui se pliait au vent.

Puis elle raconta que son fils, quand il avait appris à marcher, avait été attiré par cet arbuste. On aurait dit deux petits frères qui grandissaient et jouaient ensemble. L'enfant courait vers l'olivier et lui tournait autour, lui chantait les comptines qu'il avait apprises. Puis, un jour, le petit avait planté un ongle dans le tronc encore tendre, tout en le serrant avec force et en le secouant. Quand il l'avait ressorti, l'empreinte de son ongle était restée sur le tronc, comme une blessure.

— Tu vois ? L'empreinte est toujours là. Elle a grandi avec lui, poursuivit la femme.

Elle caressa l'entaille, comme si cela pouvait soulager l'arbre.

— Mais, pour autant, l'olivier a continué à grandir, dit-elle en fixant Michele. Voilà pourquoi je voulais te le montrer... parce qu'il est comme toi. Il a une blessure profonde qui date de son enfance. Mais il a grandi quand même. Et il continue de grandir, même si cela agrandit aussi la blessure. Toi aussi, tu as grandi malgré ta blessure. Et maintenant tu as décidé de chercher ta mère. Mais dis-moi... Espères-tu ainsi effacer la blessure ?

Michele la regarda, surpris. Il ne savait pas quoi répondre. Il ne savait pas si, en retrouvant sa mère, sa blessure disparaîtrait. Il craignait même que le fait de la voir la rende encore plus douloureuse et profonde. Il se contenta de secouer la tête sans rien dire.

La femme aux cheveux violets lui sourit.

— Je n'ai pas vu mon fils depuis six ans, dit-elle. Je ne me rappelle même pas quand il m'a téléphoné pour la dernière fois. Ça fait peut-être trois mois. Ou quatre. Il a suivi son rêve... et il m'a oubliée. Il m'accorde un coup de fil, juste un coup de fil quand il a le temps, peut-être quand il n'a rien d'autre à faire. Ça me va. Mais le fait est que moi aussi je porte une blessure... la même que toi... celle de l'abandon. Comme tu vois, ce ne sont pas toujours les parents qui blessent les enfants; les enfants aussi peuvent blesser leurs parents. Mais tu sais la différence?

Michele secoua la tête.

— La différence est que les blessures infligées aux enfants sont visibles à l'œil nu, pour toute la vie. Parce que les enfants sont comme cet olivier il y a tant d'années : tendres, sans défense. Si on y plante un ongle, l'empreinte reste... et grandit avec eux.

Michele sentit une émotion profonde. La femme sécha la première larme qu'elle s'était autorisée.

— Mais si tu plantes un ongle dans un vieux tronc, poursuivit-elle, en apparence cela ne laisse pas de trace. Et tu as l'impression de ne pas l'avoir blessé, ce tronc, parce que tu le vois encore fort et robuste. Intact. Mais ce n'est pas le cas... cet ongle laisse de toute façon une blessure, qui ne se voit pas de l'extérieur mais qui fait vieillir les racines plus vite, expliqua la femme en tendant la main et en caressant délicatement la joue de Michele. Je te souhaite de trouver ta mère, mon garçon. Mais je t'en prie, si tu la trouves, ne la blesse pas à ton tour. Parce que, quand on vieillit, on a du mal à guérir de ses blessures. Et tu sais quelle est la plus douloureuse? N'avoir plus de raison d'avancer. Écoute d'abord ses raisons, Michele. Écoute-la. Ensuite tu pourras décider si tu veux te venger du mal qu'elle t'a fait et la blesser à ton tour... ou lui pardonner. Et c'est à ce moment-là que ta blessure pourra se refermer.

Michele ne comprit pas quelle force le poussa à se jeter dans les bras de la femme aux cheveux violets. Pourtant il l'étreignit, se plongea dans son odeur douceâtre et pénétrante. S'il avait eu encore en lui sa réserve de larmes, il l'aurait peut-être utilisée. Il ne pleura pas, mais pour la première fois après tant d'années il se sentit protégé sans devoir recourir à ses habitudes, à sa solitude blindée ou à ses objets trouvés.

Ils rentrèrent dans la maison et Michele reprit son sac à dos, prêt à partir. La femme frissonna, prit un châle et se le mit sur les épaules.

— Où est la chaudière cassée ? lui demanda Michele.

Elle le regarda, perplexe.

— Derrière la cuisine.

Michele soupira, retira son blouson et se fit accompagner jusqu'à la chaudière.

— Vous avez une caisse à outils ?

Le sourire de la femme compensa le retard qu'il allait prendre. Sans hésiter, elle courut chercher sa caisse à outils.

Michele ouvrit la chaudière, étudia la situation puis se mit à la réparer, comme le lui avait enseigné son père et comme il était parfois obligé de le faire avec celle de chez lui, qui était vieille et avait besoin d'un entretien continu.

Au bout de trois quarts d'heure, la chaudière fonctionnait. Le gaz circula à nouveau dans les tuyaux et quand il poussa le bouton rouge une flamme se créa. L'eau bouillante alla réchauffer les radiateurs.

La femme aux cheveux violets retira son châle et prépara un autre café qu'ils burent ensemble, tout en contrôlant que la chaudière fonctionnât sans problème.

Puis elle insista pour donner un paquet de biscuits au chocolat à Michele et elle le conduisit vers la sortie.

Ils se saluèrent avec une autre étreinte et Michele se dirigea vers l'inconnu.

Elle le suivit du regard et, bien qu'il ne se retournât jamais, elle agita la main jusqu'à ce que sa silhouette grande et mince disparaisse, lorsqu'il eut tourné le coin de la rue.

9

Un nuage gris et dense, poussé par le vent, cacha le soleil quelques instants. Michele retrouva la place de la gare, sa circulation et ses boutiques. Elle lui sembla encore plus vaste que la première fois. Il se sentit perdu. Dans le fond, le train faisait partie de sa vie, il était comme un prolongement de sa maison; il y était monté chaque jour depuis dix ans, il connaissait chaque détail par cœur, des sièges aux couloirs, des toilettes aux fenêtres défectueuses. Durant le voyage, grâce à Elena, il s'était senti moins seul, puis la femme aux cheveux violets l'avait accompagné comme un ange gardien et lui avait fait oublier l'impact avec une nouvelle ville. Elle l'avait emmené chez elle et avait pris soin de lui comme de son fils. Il se retrouvait donc maintenant, seulement maintenant, face à l'inconnu, étranger à la vie qui lui tournait autour : des visages qui le croisaient, pressés, des voix qu'il n'avait jamais entendues et qui répandaient dans l'air des intonations qui lui semblaient dissonantes. Il se sentait gauche et inadapté en bougeant ses pieds en une nouvelle danse, aux pas complexes. Piégé, enfermé dans cette étrange chorégraphie, il était l'étranger, le dernier arrivé, le figurant projeté sur la scène d'une pièce qu'il ne connaît pas. Tout semblait tourner autour de lui comme une roulette emballée. Il était la boule blanche prise dans le tourbillon de ce jeu imprévisible. Il essaya de se détendre, de régler sa respiration sur la fréquence du courage et, enfin, la boule blanche s'arrêta devant un kiosque à journaux. Le moment était venu de passer à l'action. Il sortit la photo de son sac et la montra au marchand en lui demandant s'il avait déjà vu cette femme.

— Non, je ne l'ai jamais vue, dit l'homme d'un ton apathique après avoir regardé la photo.

— Elle s'appelle Laura Puglia. Vous n'avez jamais entendu ce nom ? Elle a plus de cinquante ans, maintenant, précisa Michele. Il faut l'imaginer vieillie.

— C'est quoi, cette histoire ? demanda l'homme dont la curiosité semblait piquée.

Michele lui expliqua sa situation en quelques mots.

— Tu n'as jamais pensé à cette émission à la télé ? demanda l'homme.

Michele secoua la tête, de plus en plus perdu. Il avoua qu'il ne voyait pas à quoi l'homme faisait allusion.

— Ne me dis pas que tu ne regardes pas la télé ?

— Si, parfois. Des films, le JT...

Le marchand de journaux soupira, comme s'il éprouvait de la compassion pour Michele.

— Ils font tous ça avec les personnes disparues : ils vont à la télé. Alors, je t'explique : tu envoies une lettre à la rédaction de l'émission, tu racontes ton histoire, eux ils cherchent ta mère et, quand ils la trouvent, ils vous font rencontrer à la télévision. Il y a même du public, en vrai...

En écoutant l'homme, Michele sentit monter un malaise. Il n'aurait jamais pensé que son histoire puisse être rendue publique, que sa mère puisse être jugée par les téléspectateurs assis sur leur canapé ou en train de dîner. Il sentit naître, lentement, l'envie de protéger sa mère des conséquences de son abandon. Il comprit qu'il l'aimait encore, au plus profond de son âme. Malgré tout.

— Tu as compris ce que tu dois faire, pour la trouver? conclut le marchand.

Michele acquiesça en l'assurant qu'il y réfléchirait, puis il le salua et reprit son chemin. L'air était plus tiède, même s'il faisait toujours froid à l'ombre. Il traversa la rue et entra dans un bar pour acheter une bouteille d'eau. Il montra la photo au barman et aux deux clients qui buvaient leur café, puis à la caissière, qui lui offrit un regard de compassion en écoutant son histoire. Mais cette fois non plus il n'eut pas de nouvelles de sa mère.

Les réponses négatives se succédèrent au cours de la matinée. Il entra dans une cinquantaine de magasins, arrêta des dizaines et des dizaines de personnes dans les rues du centre de Ferrosino, attendit les clients à la sortie des supermarchés avec la photo bien en vue, demanda aux gardiens de parking sur les places et à deux policiers. Vers 14 heures, il se sentit fatigué et affamé. Il repassa devant un restaurant qui était fermé le matin et le trouva ouvert. Il regarda l'enseigne et sourit : GRAND GOURMET. CUISINE FAMILIALE. Cette incohérence l'incita à entrer. Dès qu'il poussa la porte, il fut assailli par une odeur pénétrante. C'était un mélange d'arômes qui tournoyaient dans l'air, comme une tornade de souvenirs confus. Derrière les senteurs de cèpes, de viande en sauce, braisée, de gibier et de rôtis, de charcuterie et de fromages affinés, il saisit la violence du basilic frais qui trônait dans des petits pots sur les rebords des vitrines. Sans cette symphonie d'arômes, le Grand Gourmet aurait été un restaurant modeste : quelques tables recouvertes de nappes à carreaux blancs et verts ; aux murs, de vieilles images de Ferrosino dans les années vingt, sous la neige, quasi déserte.

Une jeune serveuse passa devant lui et alla poser une corbeille de pain sur une table occupée par un couple âgé.

Michele s'installa à une table à l'écart, à côté de la vitrine recouverte d'un rideau brodé jauni par la fumée des plats et par le temps. La serveuse vint vers lui et lui sourit en lui tendant le menu. La dernière fois qu'il était allé au restaurant, il avait cinq ou six ans et il était avec son père et sa mère. Deux coussins sur la chaise lui permettaient d'être à la bonne hauteur, et pendant que ses parents lisaient le menu il avait dit au serveur qu'il voulait beaucoup de frites. Le rire cristallin de sa mère avait résonné dans la salle, plus limpide que le vin blanc frais versé dans les verres.

— Vous avez des frites ? demanda-t-il à la jeune serveuse, qui le regarda d'un air perplexe.

— On peut en faire, bien sûr... Et avec ça ? Qu'est-ce que je vous apporte ?

Michele n'était pas habitué à commander à manger, il cherchait un plat dans les dizaines de lignes que comportait le menu.

— Je ne sais pas trop..., murmura-t-il enfin.

— Je choisis pour vous ? proposa la jeune serveuse.

Michele ne comprit pas si sa proposition était due à sa hâte ou à sa gentillesse, mais il acquiesça sans réfléchir, heureux de se dégager de la responsabilité du choix. Il accepta l'eau minérale qu'elle lui proposait et l'autorisa même à apporter un demi-litre de vin rouge de la maison.

La serveuse s'éloigna et Michele prit une tranche de pain dans la corbeille. Il en mâcha un morceau, pensif. Puis il s'aperçut que le couple le regardait de temps à autre. Ils étaient peut-être intrigués par ce garçon solitaire à l'air perdu et fatigué. Michele sortit la photo de son sac et se dirigea vers leur table. Il la leur montra en leur posant les questions habituelles. L'homme et la femme observèrent longuement le visage de sa mère, tandis que Michele racontait timidement son histoire, y compris pour la serveuse qui, entre-temps, était revenue dans la salle et s'était approchée, curieuse.

Ils se regardèrent tous les trois, comme pour se consulter, puis répondirent négativement, de toute évidence désolés.

— Comment peut-on abandonner un enfant si jeune ? dit la femme âgée en regardant son mari.

— Marta... Ce n'est pas gentil de dire ça, répondit-il doucement en indiquant Michele du regard.

— Je suis désolée, murmura la femme, gênée, mais je ne comprends vraiment pas certaines choses.

— Je me le suis souvent demandé, moi aussi, répondit Michele. C'est bien pour ça que je voudrais la retrouver... pour avoir une réponse.

Il s'étonna d'avoir prononcé ces mots avec autant de naturel. Peut-être qu'à force de parler – pensa-t-il – on s'y habitue et on apprend à ne pas avoir peur de dire ce qu'on ressent. Il se sentit soulagé et fier des petits progrès qu'il faisait d'heure en heure depuis son départ.

— Voulez-vous vous asseoir avec nous ? proposèrent alors les deux époux.

Michele hésita, puis accepta l'invitation, et la serveuse ajouta un couvert à leur table.

— Dieu envoie du pain à ceux qui n'ont pas de dents. Si j'avais eu un fils, moi..., dit la vieille femme tout bas.

Son mari acquiesça avec amertume.

— C'est ma faute, jeune homme. Je suis chargé à blanc, dit-il soudain à Michele avec une étrange ironie autoaccusatrice. De notre temps il n'y avait pas encore toutes ces diableries d'aujourd'hui, qui te permettent de faire un enfant avec... avec l'insémination, là, comment ça s'appelle...

— Insémination artificielle, suggéra Michele en retenant un sourire.

— Voilà, ce truc-là. Nous on faisait ce qu'il faut, et puis si ça ne marchait pas, à part demander la grâce au Bon Dieu, que pouvait-on faire? Tu sais, on a essayé, hein! Sans me vanter, les forces ne me manquaient pas, au contraire...

— Luciano! le sermonna la femme en rougissant légèrement.

Luciano s'interrompit et fit un clin d'œil à Michele, comme s'il était un vieil ami. Puis la serveuse arriva, servit aux époux leurs *fettuccine* à la tomate et posa sur la table une petite assiette de frites pour Michele.

— Je vous les ai fait préparer en guise de hors-d'œuvre, murmura-t-elle sur un ton quasi maternant, désormais conquise par l'histoire du fils abandonné.

— Bon appétit, dit Luciano avant de planter sa fourchette dans ses *fettuccine*.

Michele se sentit aspiré dans un passé plus que lointain, qui plusieurs fois lui avait été raconté.

« Bon appétit », murmure sa mère en scandant bien les syllabes. « Bon a-ppé-tit », répète-t-elle. L'enfant essaie de l'imiter. « Pti », dit-il enfin. Et elle rit,

rit et sourit. Et l'enfant, son bavoir autour du cou, se sent un héros, au centre du monde. «Pti», répète-t-elle, douce et émue. Elle sanctionne, avec sa voix, l'existence de ce mot dans le langage universel.

Pti...
Pti...
Pti...

C'est le son lointain qui lui revient à l'esprit quand il goûte sa première frite. Elle est légère, croquante et salée à l'extérieur, moelleuse et chaude à l'intérieur.

Douce comme la courbure du dos de maman, penchée sur la table en train d'éplucher les patates, qu'elle coupe en fins bâtons tous identiques, jaunes. Sur le feu, l'huile attend, silencieuse, prête à exploser en gargouillis dès que les frites tomberont dans la poêle.

L'enfant observe et attend. Il sait que la feuille d'essuie-tout que maman a posée sur l'assiette servira à absorber l'huile des premières frites cuites. Il sait que maman fera semblant de ne pas le voir quand il en volera une et soufflera dessus pour la refroidir, avant de la cacher dans sa bouche et de la mâcher en vitesse...

— Mâche bien, jeune homme...

La voix douce de la femme ramena Michele au présent.

L'assiette était déjà vide et la légère sensation de satiété l'aida à se sentir plus à l'aise. Il but un peu de vin rouge en regardant ses deux compagnons.

— Vous êtes mariés depuis longtemps ? demanda-t-il en se sentant rougir.

— Trente-cinq ans, répondit Luciano avec fierté. Et jamais un jour loin l'un de l'autre. Pas comme aujourd'hui, où il suffit d'un éternuement pour divorcer et...

— Mon trésor, l'interrompit sa femme en souriant, nous avons compris qu'aujourd'hui c'est différent. Mais le monde est ainsi, il change. Nous ne pouvons rien y faire. C'est un râleur, ajouta-t-elle à l'intention de Michele avec un sourire débonnaire. Rien ne lui convient.

— Il n'y a que toi qui me conviens, dit Luciano comme une sentence, une déclaration d'amour répétée encore une fois, comme si ça ne suffisait jamais.

Michele savoura cette tendresse, cet amour qui s'était enraciné au fil du temps entre eux. Il sentit de l'envie, de l'admiration et enfin de l'espoir.

« Alors des amours aussi forts existent, des liens qui ne se dissolvent jamais... », pensa-t-il. « Alors ce n'est pas fou de faire confiance, de croire en l'autre, en une vie meilleure, en quelque chose qui ne change pas, même si cela ne dépend pas uniquement de toi ? »

Puis l'odeur qui arriva dans son dos le catapulta dans un mois de septembre lointain. Juste après, devant ses yeux explosa la vision d'une assiette de pâtes faites à la main, courtes et épaisses, assaisonnées d'une sauce dense et crémeuse.

— *Strozzapreti* à la sauce au mouton et à la betterave, annonça la serveuse.

Michele remercia d'un filet de voix, prit sa fourchette et en planta les dents dans les pâtes fermes et irrégulières. Il la porta à sa bouche et se retrouva dans le soleil tiède des dimanches de fin d'été, la radio allumée dans la cuisine, et les chansons à plein volume ; sa mère chantait, répétait les strophes tout en mélangeant les œufs, la farine, l'eau et le sel. En attendant, dans le four la viande de mouton dorait et se revêtait d'une croûte fine, avec les betteraves coupées en petits dés qui devaient fondre lentement. Où était passée cette sérénité ? Qu'est-ce qui avait brisé ce lien qui les unissait, les reliait, faisait leur bonheur ? Pour quelle raison Michele avait-il perdu le goût de la bonne nourriture, dans les années qui avaient suivi le départ de sa mère ? Comment avait-il pu oublier ces saveurs, les nier avec obstination, jour après jour ? Il se rendit compte qu'il avait cultivé une sorte d'expiation volontaire, comme si se contraindre à une vie privée d'émotions et de saveurs était le prix à payer pour survivre, mais surtout pour enterrer tout imprévu. Luciano et Marta se tenaient par la main, dans un silence plein d'amour, en le regardant manger.

— Tu devrais demander à la police, jeune homme, si vraiment tu veux retrouver ta mère, dit le vieil homme comme s'il avait eu une inspiration soudaine. Qui mieux qu'eux peut savoir quelque chose ?

Sa femme acquiesça.

Michele prit ce conseil en considération, même si Elena l'avait déjà prévenu que, sans signalement de disparition, les forces de l'ordre ne pourraient pas faire grand-chose. Mais il pensa que cela valait peut-être la peine d'essayer ; la police locale était peut-être en possession d'informations que les autres commissariats n'avaient pas, surtout si sa mère avait vécu ou vivait encore dans cette zone.

— Le commissariat n'est pas loin, ajouta Luciano avant de lui expliquer comment s'y rendre.

Michele le remercia et entreprit de saucer son assiette de pâtes avec des morceaux de pain, qu'il savoura en silence.

Il était rassasié et prêt à reprendre les recherches. Il bavarda encore un moment avec ses nouveaux amis et avec la serveuse. Il déclina en vain la proposition de Luciano de lui offrir le repas («Sinon il va se vexer», l'assura sa femme), il le remercia plusieurs fois, puis le moment arriva de prendre congé. Il ramassa son sac à dos, laissa un pourboire à la serveuse et se dirigea vers la sortie, échappant aux odeurs du restaurant et à la légère somnolence qui menaçait de s'emparer de lui.

Après dix minutes de marche rapide, il se retrouva devant le commissariat de police. C'était une construction en béton, rectangulaire et grise. Il entra et laissa errer son regard, ne sachant que faire. Sur sa gauche, il aperçut une petite salle d'attente occupée par une femme corpulente accompagnée de ses deux enfants, un homme d'une cinquantaine d'années avec un bras dans le plâtre et un monsieur élégant, l'air indigné, qui regardait sans arrêt sa montre. Sur la droite, dans une petite loge, un agent était visiblement chargé d'orienter le public. Devant, trois personnes attendaient leur tour. Michele se mit dans la file. Quand il se retrouva enfin devant le jeune agent, il hésita. L'homme le regarda, interrogateur.

— C'est pour quoi? Porter plainte?

Dans l'air vicié de la salle, Michele se sentit suffoquer. Il n'était pas préparé à répondre. Qu'aurait-il pu dire? Comment expliquer? Il eut l'intuition qu'un signalement, plus de vingt ans après la disparition, aurait semblé ridicule, voire offensif.

— Je... Je voudrais des informations pour trouver une personne, balbutia-t-il enfin.

L'agent lui demanda de préciser. Michele lui montra la photo de sa mère, lui donna son nom, lui exposa brièvement la situation. Le jeune homme appela un collègue plus âgé, qui arriva au bout de quelques minutes. Michele fut invité à réitérer sa demande. Les deux agents se consultèrent. Finalement, après un rapide coup de fil, ils indiquèrent à Michele une porte au fond du couloir derrière laquelle, lui dirent-ils, l'attendait un inspecteur.

Michele se dirigea vers le bureau, frappa timidement à la porte et entra.

La pièce était enfumée. Sur le bureau encombré de dossiers, un cendrier débordant de mégots témoignait du tabagisme compulsif du fonctionnaire. C'était un homme à l'air à la fois sympathique et renfrogné, la quarantaine, épais cheveux noirs, début d'embonpoint. Il fit signe à Michele de s'asseoir, se présenta comme l'inspecteur Sonnino et alluma une énième cigarette en toussant et en chassant la fumée devant son visage, comme s'il la subissait malgré lui.

— En quoi puis-je vous être utile ? demanda-t-il.

Michele poussa un soupir, épuisé mais prêt à répéter son histoire. Il montra la photo, expliqua les raisons de sa recherche, déclina son identité et celle de sa mère.

L'inspecteur l'observa de la tête aux pieds, pensif. Il regarda longuement les pansements et les plaies sur les mains de Michele, comme s'ils indiquaient qu'il était peu digne de confiance.

— Vous savez que je ne peux pas vous donner d'informations, monsieur Airone ? Il existe une loi sur la vie privée qui me l'interdit. Votre mère, à l'époque, est partie de son plein gré, elle était majeure et vaccinée et personne de votre famille n'a signalé sa disparition.

Michele acquiesça sans dire un mot.

— Le vrai problème, monsieur Airone, poursuivit l'inspecteur, ce n'est pas seulement la vie privée. Je m'explique... Admettons que je réussisse à savoir où se trouve votre mère, et imaginons, même si c'est absurde, que je vous donne son adresse. Vous y allez, vous la trouvez. Vous auriez vos raisons de lui en vouloir de vous avoir abandonné quand vous étiez enfant, vous la blâmez, vous vous disputez... et vous, monsieur Airone, vous faites un geste inconsidéré, je ne sais pas, moi... vous lui tirez dessus. C'est moi qui serais responsable, vu que je vous aurais dit où elle se trouve.

— Mais je ne veux pas tirer sur ma mère, tenta d'objecter Michele. Je n'ai même pas de pistolet...

— Ça c'est vous qui le dites, mais qui peut le vérifier ? Si vous voulez vous venger de votre mère, ce n'est pas à moi que vous le direz. Et si vous avez un pistolet, vous ne l'avez certes pas emporté avec vous ici, dit l'inspecteur en allumant une autre cigarette.

— J'ai compris, répondit Michele en soupirant, résigné. Vous avez raison. Merci quand même.

À ce moment-là, l'inspecteur s'adoucit et prit un ton paternaliste et confidentiel.

— Vous êtes-vous déjà mis à la place de votre mère ? lui demanda-t-il comme si la question contenait un piège.

Michele haussa les épaules pour admettre que non.

— Essayez d'imaginer. Un matin elle fait ses bagages et elle prend le train sans donner d'explication. Qu'est-ce que ça veut dire ? Ça veut simplement dire qu'elle en a assez de quelque chose et qu'elle veut couper avec sa vie. Parce que je vous assure que c'est ce que votre mère a fait. Une mère revient, si elle veut revenir. Et s'il lui était arrivé quelque chose de grave vous l'auriez appris, tôt ou tard. Vous me suivez?

Michele acquiesça.

— Bien. Maintenant, si elle voulait quitter sa vie, monsieur Airone, est-ce que cela lui ferait plaisir que quelqu'un, ami, parent, fils, qui qu'il soit, se mette sur ses traces pour la ramener en arrière? Je vais vous le dire : ça ne lui ferait pas plaisir. Ça ne ferait plaisir à personne. Et je vous le dis par expérience, parce que dans ma vie j'en ai cherché, des personnes disparues, avec des parents qui avaient signalé leur disparition et qui insistaient, insistaient et insistaient pour les retrouver... Et à la fin, quand je mettais la main dessus, qu'est-ce qui se passait?

— Qu'est-ce qui se passait? répéta Michele, plus poussé par le regard de Sonnino que par un réel intérêt.

— Il se passait qu'il s'en fallait de peu pour que ce soient elles qui portent plainte contre moi, parce que j'étais venu remuer le couteau dans la plaie. Voilà ce qui se passait. Certaines s'étaient refait une vie, d'autres avaient un nouvel amour, d'autres encore étaient dans la rue, sous un pont, dans une cabane ou bien sous des cartons, parce que c'était comme ça qu'elles se sentaient libres... Et moi, qu'est-ce que je pouvais dire? Rentrez chez vous? De quel droit?

Chacun est libre de faire ce qu'il veut, putain, excusez ma vulgarité, monsieur Airone. *Perdu de vue*, tu parles... émission de mes couilles, excusez-moi encore, mais quand il faut il faut.

Il alluma une autre cigarette et Michele se leva pour le saluer et partir. Mais Sonnino lui fit signe de se rasseoir.

— Une dernière chose, ensuite je vous libère..., dit-il en aspirant la fumée. Il faut que je vous le dise, sinon ça va me rester en travers de la gorge. Quel travail je fais, moi? Hein? C'est quoi mon travail?

— Hum... Inspecteur, je crois.

— Vous croyez bien. Inspecteur de police. Mais vous savez ce que je voulais devenir? Acteur.

Il éteignit sa cigarette dans le cendrier et en alluma une autre, nerveux.

— Je rêvais de faire du cinéma, du spectacle... Je me serais même contenté du théâtre. Je sentais le feu, vous comprenez? La vocation. Maintenant... à votre avis, qui est-ce qui m'a forcé à renoncer à mes rêves et à m'inscrire en fac de droit pour obtenir une putain de maîtrise, excusez-moi encore, dont je n'avais rien à foutre? Qui? Je vais vous le dire : ma mère.

Michele toussa, les narines pleines de fumée. Sonnino tira à nouveau sur sa cigarette, avec une avidité désespérée.

— «Passe une maîtrise, passe une maîtrise»... Tous les jours cette rengaine, ça m'a tellement épuisé que j'ai fait des études, j'ai eu ma maîtrise avec le minimum de points et aujourd'hui je suis un homme malheureux. Ça vous semble juste ? Non. Ce n'est pas juste, c'est moi qui vous le dis. Ça vous semble possible qu'une mère déploie autant d'énergie pour faire de son fils un homme malheureux ? Pourtant c'est le cas, je vous assure. Et pas seulement pour moi. Vous savez que 80 % des gens qui vont chez le psy y vont à cause de leur mère ? Vous ne le saviez pas ? Eh bien, je vous le dis. C'est une statistique réelle. Parce que les mères cessent de rêver pour elles et du coup elles planifient l'avenir de leurs enfants. Mais avec leurs propres rêves, pas ceux de leurs enfants. Ma mère rêvait d'un fils avocat, et voilà le résultat. Ça vous semble juste ?

— Non, admit Michele.

— Bravo ! Et alors, monsieur Airone... Vous qui avez eu la chance de rester libre de faire ce qui vous plaît, sans les emmerdes des attentes de votre mère, qu'est-ce que vous faites ? Vous venez ici et vous me demandez des nouvelles de maman ? Jouissez de la vie comme l'a fait votre mère, enfin ! C'est un conseil d'ami.

Michele acquiesça et profita de la énième cigarette écrasée dans le cendrier pour se lever et prendre congé. Il remercia l'inspecteur et l'assura qu'il méditerait sur ses paroles, puis il gagna enfin la sortie et l'air pur de l'après-midi.

En sortant du commissariat, il sentit sur son visage la gifle soudaine du vent glacial. Il fouilla dans son sac, en sortit un des pulls choisis par Elena et l'enfila par-dessus le tee-shirt de Freddie Mercury. Il ferma son blouson jusqu'en haut. Puis il s'éloigna et se remit bientôt à égrener son rosaire de questions aux personnes qu'il arrêtait et interrogeait au coin des rues ou dans les magasins. Certains l'écoutèrent patiemment, d'autres n'avaient pas le temps de s'arrêter. Une femme distraite en manteau de fourrure lui donna quelques pièces, le prenant pour un mendiant, mais il les lui rendit et parvint à lui montrer la photo de sa mère, devant laquelle il n'obtint qu'un haussement d'épaules indifférent. Il entra dans deux églises, parla à un vieux paroissien, à deux prêtres et à un jeune séminariste. Il passa en revue les taxis qui stationnaient sur les principales places de la ville, les fleuristes, les tabacs et les retraités du cercle des boulistes. Mais personne ne fut en mesure de lui fournir aucune information sur l'éventuelle présence de Laura Puglia, sa mère, à Ferrosino.

Il avait l'habitude de parcourir le train chaque soir, du wagon de queue à la locomotive, aller et retour, plus les petits déplacements à l'intérieur de la gare. Quelques centaines de mètres par jour, à pas lents et contrôlés. Ce jour-là, il avait marché des kilomètres, sans s'en rendre compte. Ainsi, au crépuscule, il sentit la fatigue lui envelopper les jambes. Les muscles de ses mollets avaient durci et son dos était douloureux, il avait du mal à se tenir droit et ce fut comme revenir en arrière dans le temps, aux après-midi passés à jouer au ballon avec ses camarades d'école, jusqu'à ce que sa mère l'appelle pour le dîner.

À cette époque aussi ses mollets étaient durs comme de la pierre, il sentait son sang pulser dedans. Et la fatigue arrivait d'un coup, comme le sommeil qui nous emporte pendant que nous lisons. Il regarda autour de lui et vit l'enseigne d'un bar : le Blue Note. L'inscription, formée d'ampoules intermittentes, clignotait d'un bleu électrique. L'envie de s'asseoir quelques minutes et de boire quelque chose de chaud poussa Michele à entrer.

C'était un grand bar. Les parois recouvertes de bois se reflétaient les unes dans les autres à travers de grands miroirs ovales encastrés çà et là. Le comptoir des alcools forts était en métal brillant et sombre, un éclair de modernité dans un ensemble qui sentait le vieillot. Au fond, trois musiciens achevaient d'installer leurs instruments sur une petite scène circulaire très légèrement rehaussée. Michele repéra une table libre à l'écart et alla s'asseoir. Étendre ses jambes sous la table lui procura un soulagement immédiat. Un serveur s'approcha et lui tendit la carte. Il commanda un thé. En l'attendant, il sortit le paquet de biscuits au chocolat de son sac à dos et en mangea deux à la dérobée. Quand le serveur arriva avec le thé, les musiciens s'apprêtaient à jouer. Trois coups rythmés scandés par les baguettes du batteur précédèrent le début de la pédale harmonique d'*All Blues*. Les notes en 6/4 du morceau de Miles Davis s'envolèrent, légères, et Michele sentit soudain son corps fatigué l'abandonner : il descendait comme sur un lent toboggan. Il le laissa aller, comme s'il ne lui appartenait plus. Et tout ce qui resta de lui et de sa mémoire se mit à flotter au niveau supérieur, entre les notes, l'accordéon et les mots, sans poids, sans pensées, sans autre type d'existence que cette musique.

« *The sea... the sky... and you and I... sea and sky and you and I... with all blues...* », susurrait le pianiste en soufflant sa voix rauque dans le micro. Michele se surprit à penser à tout le temps qu'il avait perdu et dissous dans le silence, à son existence muette passée paresseusement dans l'enceinte de la gare ferroviaire, à la scansion quotidienne de ses habitudes. Il resta cloué à sa table pendant près d'une heure à écouter le trio. Plongé dans l'extase d'un solo inspiré de piano, il oublia pourquoi il se trouvait dans ce bar, les raisons qui l'avaient poussé à ce voyage, sa recherche, son passé, ses peurs et la recette des œufs au bouillon. Pour la première fois après tant d'années, il se laissa aller à la vie, comme un radeau à la dérive sur la mer. Quasi sans le vouloir, il fixa le thé qui ondulait en fumant dans la tasse. Et dans le liquide chaud il aperçut ses yeux, comme dans un miroir. À ce moment-là, il se sentit en mesure de répondre à une des questions d'Elena, peut-être celle qui l'avait le plus frappé.

« Je suis rouge, Elena », pensa-t-il. « Je suis rouge et je voudrais te le dire, tout de suite. Je ne veux pas interrompre ce rêve que m'offre la musique, cette sensation de reprendre le contrôle de ma vie, de trouver une réponse à mes questions, même si pour l'instant les réponses me font peur. Mais quand je sortirai de ce bar, je t'appellerai pour te dire que je suis rouge. Et je te dirai que j'espère parfois que ma couleur, que toutes les couleurs que je prendrai, à partir de maintenant, dans ma vie, s'accorderont toujours avec les tiennes, même si cet espoir me fait un peu trembler, même si je n'ai pas encore la force de me fier à l'imprévu et au rêve. Peut-être qu'avec ton aide un jour ou l'autre j'y réussirai. Peut-être... »

Puis le trio cessa de jouer et Michele se reconnut : jambes, bras et dos rentrèrent en sa possession comme s'ils l'aspiraient vers la réalité. Il regarda autour de lui : le bar était bondé, les gens se pressaient pour commander des boissons. Il ramassa son sac à dos et se dirigea vers la caisse. Mais soudain, porté par son optimisme et son courage, il décida de profiter de la petite foule qu'il avait autour de lui. Il retint son souffle un instant. Il savait qu'il se préparait à affronter une autre épreuve, peut-être la plus difficile jusque-là : parler à tout le monde, à voix haute. Attirer l'attention sur lui et en affronter les conséquences. Mais l'euphorie semblait avoir bloqué tous les accès à la peur. Il sortit la photo de sa mère et la montra aux présents.

— Excusez-moi, un instant d'attention ! dit-il sur un ton décidé qui le surprit lui-même. Quelqu'un parmi vous aurait-il vu cette femme ?

Dans le bar, les bavardages des clients cessèrent. Michele sentit tous les regards rivés sur lui et sur la photo.

— Elle s'appelle Laura Puglia, ajouta-t-il, cette fois avec un léger tremblement dans la voix.

De nombreux clients se retournèrent, curieux. Le premier fut un jeune homme roux, grand et costaud, qui regarda la photo avec attention avant de secouer la tête et se retourner vers le bar pour prendre deux pintes de bière. Michele, comme s'il s'en souvenait soudain, expliqua que la photo datait de vingt-cinq ans et qu'il fallait donc imaginer la femme vieillie et, peut-être, alourdie par le temps. Il resta immobile, la photo sur la poitrine, tandis que l'un après l'autre clients, serveurs, serveuses et même les barmen défilèrent devant lui pour observer le cliché de près. Cette fois non plus il n'obtint aucun résultat : apparemment personne n'avait jamais vu sa mère à Ferrosino ni ailleurs. Résigné, il remercia à voix basse, rangea la photo dans son sac puis s'approcha de la caisse pour payer sa note. La caissière lui sourit, solidaire. Et quand Michele sortit de sa poche la liasse de billets qu'il avait retirés au distributeur de la gare, la jeune femme l'arrêta.

— Le thé est offert par la maison, dit-elle avant de lui souhaiter bonne chance.

Michele la remercia, gêné, et se dirigea vers la sortie, quand il sentit une main se poser sur son épaule. Il se retourna et vit le grand gaillard aux cheveux roux qui lui souriait.

— Excuse-moi... je ne sais pas comment tu t'appelles, dit le jeune homme.
— Michele.
— Moi c'est Ettore, poursuivit l'autre en lui tendant une main que Michele serra, perplexe. Écoute, si cette femme sur la photo a vieilli, comme tu dis, alors peut-être que je l'ai vue. Ou plutôt, nous l'avons vue, poursuivit Ettore en se tournant vers le bar et en faisant signe à un autre type, élégamment vêtu, les cheveux noirs coupés très court.

Michele sentit sa gorge se nouer. Son cœur accéléra tandis que le jeune homme élégant s'approchait et tendait à son tour la main à Michele.
— Maurizio, annonça-t-il.

Michele lui serra la main et balbutia son prénom, sans réussir à endiguer l'émotion qui lui brisait la voix.

— Tu me montrerais la photo, pour vérifier ? À première vue je n'y ai pas prêté attention, mais ensuite..., dit Maurizio, laissant sa phrase en suspens.

Michele acquiesça, la gorge brûlante, la bouche sèche, la salivation suspendue. D'un geste empressé il ressortit la photo de son sac tandis que les deux types lui faisaient signe de les suivre dans un coin plus tranquille du bar.

Ils se dirigèrent vers une petite table à côté de l'entrée. Les jeunes gens s'assirent et invitèrent Michele à les imiter. Maurizio prit la photo et l'observa avec attention. Michele, toujours debout, n'arrivait pas à dire un mot, les yeux rivés sur ceux du jeune homme.

Maurizio soupira.

— Je ne sais pas, je ne suis pas sûr... mais il me semble que c'est le même regard, dit-il enfin.

Michele s'assit : il ne tenait plus sur ses jambes. Les deux types se regardèrent, tendus.

— C'est celle qui habite à Plezzo, non ? demanda Ettore à Maurizio en observant la photo à son tour, comme pour chercher confirmation.

— Il me semble... J'ai dû la voir deux ou trois fois. Je ne suis pas sûr, poursuivit Maurizio, mais ça pourrait être elle.

— Tu sais... tu sais où elle habite ? murmura Michele.

Maurizio acquiesça, puis regarda Ettore comme pour chercher son soutien.

— Elle habite à deux pâtés de maisons d'ici. Ce n'est pas loin. C'est un immeuble bas, au début de la via Plezzo. Une cinquantaine de mètres plus loin, sur la droite... peut-être un peu plus, ajouta-t-il.

— Via Plezzo... tu ne te rappelles pas le numéro ? demanda Michele, la voix étranglée.

Les deux types se regardèrent, comme s'ils s'interrogeaient mutuellement. Puis ils secouèrent la tête. Michele soupira.

— Si tu veux, on t'accompagne, proposa enfin Ettore.

Michele ferma les yeux, comme pour remercier le ciel.

Un tourbillon d'émotions le tira hors du bar avec les deux jeunes gens. Peut-être avait-il réussi. Peut-être reverrait-il bientôt sa mère. Alors partir, quitter sa maison et ses sécurités, affronter le voyage, s'ouvrir au dialogue, faire confiance aux gens, vaincre sa timidité et s'efforcer d'être comme tous les autres n'avait sans doute pas été inutile. Le cœur serré, il suivit les deux hommes dans une rue éclairée par des lampadaires. Les images se succédaient dans sa tête : le visage de sa mère par la fenêtre du train, le matin où elle était partie ; sa silhouette élancée, au bord de la mer, pendant qu'elle regardait sans un mot le coucher de soleil à l'horizon ; ses mains fuselées qui serraient les siennes, d'enfant ; son sourire, ses lèvres rouges et charnues ; les couvertures bordées avant qu'il s'endorme et le verre d'eau fraîche posé sur la table de nuit avant le «bonne nuit, mon trésor» prononcé à voix basse. Puis les mille variations de son visage qui se transformait dans le temps, qu'il allait peut-être revoir. Que ressentirait-il ? Comment réagirait-il ? De quel coffret mystérieux sortirait-il la force et le courage nécessaires pour frapper à sa porte ?

Le froid du soir transformait sa respiration en buée quand les deux types tournèrent à droite, dans une ruelle peu éclairée. Michele les suivit, pressant le pas.

— Nous sommes presque arrivés, expliqua Maurizio.

Il regarda Ettore du coin de l'œil. Ce dernier s'arrêta soudain, se tourna vers Michele et lui mit un violent coup de genou dans le ventre. Michele ouvrit la bouche pour respirer et, avant qu'il puisse se replier sur lui-même pour comprimer la douleur, Ettore lui envoya un coup de poing sur la tempe avec un grognement sourd.

Michele perdit l'équilibre, s'écroula sur le trottoir et fut immédiatement assailli par une série de coups de pied qui continuaient de le frapper tandis qu'il se recroquevillait en position fœtale, les bras et les jambes repliés, tentant de se protéger le visage.

Sous les coups des jeunes gens, Michele sentit son état de conscience s'éloigner vers un ciel inconnu, dense d'obscurité et de brouillard. Il entendit Ettore qui hurlait à son ami :

— Dans sa poche ! Les sous sont dans sa poche ! Je l'ai vu les ranger !

Sans pouvoir réagir, il sentit les mains de Maurizio se frayer un chemin entre ses coudes et ses genoux toujours serrés contre son torse. Puis elles fouillèrent dans les poches de son jean, nerveuses, pointues comme les griffes d'un vautour, elles saisirent les billets et les sortirent de leur cachette. Il essaya d'attraper un bras de Maurizio, mais un autre coup l'atteignit juste sous le sternum, lui coupant le souffle.

— Regarde dans les poches de son blouson ! ordonna Ettore en contrôlant que personne n'arrivait dans la ruelle.

Maurizio attrapa les deux côtés du col du blouson de Michele, les écarta d'un geste violent, comme pour les arracher, puis fouilla les poches intérieures, où il trouva le portable d'Elena. Michele le vit briller un instant dans la main de son agresseur et sentit monter en lui une rage sourde et inattendue. Il saisit le bras de Maurizio et mordit de toutes ses forces la main qui tenait le téléphone. Le jeune homme hurla de douleur et lâcha sa prise. Michele le couvrit de son corps, tandis qu'un autre coup l'atteignait dans les côtes.

— Allez, allez, on y va, y a des gens qui arrivent ! entendit-il crier, les oreilles bourdonnantes.

Puis il distingua les pas des deux types qui s'enfuyaient, se perdaient dans l'obscurité.

Il essaya d'ouvrir les yeux, lentement. Il vit passer au loin, à l'entrée de la ruelle, le couple âgé qu'il avait rencontré au restaurant. Le bruit de leurs pas avait probablement fait fuir ses agresseurs, les empêchant de continuer à s'en prendre à lui. Peut-être que Luciano et Marta rentraient chez eux. Bras dessus bras dessous, ils bavardaient en souriant. Michele eut l'impression qu'ils venaient d'un autre monde, d'une réalité bien loin de ce qu'il venait de vivre. Il n'avait pas assez de souffle pour les appeler à l'aide. Et il comprit que, même si cela avait été le cas, il ne les aurait pas distraits de leur promenade, de leurs sourires, de leur réalité rassurante. Comme si le seul fait de sa présence, allongé dans la ruelle, le visage tuméfié par les coups, aurait pu salir pour toujours leur vie propre et sereine. Il se sentait décalé, une coquille à souligner en rouge, un refus sur la page arrachée d'un récit qu'il venait de commencer à écrire et pour lequel, l'espace d'un instant, il avait rêvé une fin heureuse. Tandis que le couple s'éloignait, il relâcha la prise de ses mains sur son torse et sentit la douleur de la tension qui se dissipait. Il ramassa le téléphone portable que lui avait donné Elena. La vitre de l'écran était fêlée, mais il avait l'air de fonctionner. Il mit sa main dans la poche arrière de son jean et découvrit que, heureusement, son portefeuille était toujours là. Enfin, il concéda à ses sens de l'abandonner.

— Il ne répond pas.
Elena laissa sonner, inquiète.
— Il doit être occupé. Ou bien il ne veut pas te parler.
Elena soupira et regarda Milù debout à côté de la table de la cuisine. Le cercle de la lune resplendissait dans son dos, par la fenêtre, et faisait ressortir le noir absolu de ses cheveux.
— Et s'il lui était arrivé quelque chose? demanda Elena, toujours en ligne.
— Tu es vraiment têtue, hein? Qu'est-ce qu'il t'a dit? Il t'a dit que c'était lui qui t'appelait. Alors pourquoi tu n'attends pas qu'il t'appelle?
— Parce que je suis inquiète, voilà pourquoi... j'ai une intuition. Quelque chose ne va pas, je le sens, confessa-t-elle en regardant du coin de l'œil ses parents qui s'activaient vers le frigo.
Elle les regarda l'ouvrir lentement, essayant de ne pas faire de bruit.
— Une intuition, répéta Milù sur un ton iro-

nique. Allez, avoue, tu es en train de chercher une excuse pour l'appeler.

Elena ne répondit pas. Milù avait peut-être raison, elle cherchait peut-être simplement une bonne excuse pour appeler Michele. Pourtant, pendant un instant sa respiration s'était bloquée, juste au centre de la poitrine. Et là elle avait senti comme un appel lointain, qui avait le goût âcre de la peur.

En attendant, ses parents avaient sorti et posé sur la table un gâteau au chocolat. Certains de leur discrétion, ils prirent une boîte qui contenait des bougies d'anniversaire et les disposèrent dessus.

Elena sourit, attendrie.

— Bon anniversaire, petite sœur, dit-elle à voix basse.

— Bon anniversaire à toi, répondit Milù dans un murmure.

Quand les vingt-cinq bougies furent allumées, son père et sa mère se regardèrent. L'homme caressa doucement le visage de sa femme, qui posa le front sur son épaule.

— Alors, on fête ou on ne fête pas ? demanda-t-il enfin.

Avant de répondre, Elena jeta un rapide coup d'œil au téléphone, pour s'assurer de ne pas avoir raté d'appel ou de message de Michele. Elle évita le regard ironique de Milù, qui secoua la tête et sourit, résignée.

Puis, ensemble, elles soufflèrent les bougies.

Le silence absolu qui l'entourait fut interrompu par un halètement et un souffle tiède sur son nez. Puis le contact sur son visage de quelque chose de froid et humide. Michele entrouvrit les yeux et découvrit le museau d'un petit chien errant qui le reniflait, curieux. Il s'écarta avec un cri étranglé et le chien s'enfuit en glapissant, effrayé. Michele constata qu'il tenait toujours le portable dans sa main. Il le glissa à grand-peine dans la poche de son blouson. Lentement il releva la tête, puis il prit appui sur ses bras et s'assit sur le trottoir. La douleur des coups, qui jusque-là avait été anesthésiée par l'évanouissement, affleura soudain. Il sentit le goût métallique du sang dans sa bouche, tâta ses lèvres blessées, gonflées. Puis, rassemblant ses forces, il se redressa tout doucement. Il respira profondément et sentit les muscles de son thorax se déchirer en s'étirant, poussés en avant par la cage thoracique qui s'élargissait pour accueillir l'air. Il se pencha pour ramasser le sac à dos à ses pieds. Il vacilla en se relevant, posa une main contre le mur et toussa longuement, crachant des petits grumeaux de sang. Il regarda autour de lui et tout ce qu'il vit lui évoqua la solitude et la défaite. Il avança dans la ruelle jusqu'à retrouver la rue. Il s'aperçut que la stupeur couvrait encore toutes les autres sensations : peur, douleur, rage, humiliation. Un pas après l'autre, il avait l'impression de revivre son passage à tabac comme s'il était arrivé à un étranger : les visages de ses agresseurs étaient des visions lointaines, tirées d'un film qui lui revenait en mémoire. Seuls la douleur et le goût du sang l'ancraient encore à la réalité, en plus de la fatigue qu'il traînait derrière lui en avançant vers un but qu'il n'arrivait pas à définir. Quelque chose, à l'intérieur de lui, s'était effrité comme un château de sable au bord de la mer : la sensation de réussir à prendre sa vie en main après l'avoir crainte et éloignée pendant des années. Il avait fait confiance à deux inconnus et ainsi il avait donné raison à son père qui invitait à la méfiance, toujours et quoi qu'il en soit, envers quiconque. Il sentit le besoin de s'allonger et de dormir, pour tout effacer. Il traîna ses pas devant les vitrines des magasins fermés.

Ferrosino semblait soudain déserte ; seuls les restaurants et les bars disséminés sur son chemin étaient éclairés et laissaient échapper les murmures des clients qui dînaient. Il les reconnut les uns après les autres : il les avait tous vus durant la journée.

Un peu plus loin, tel un mirage il aperçut l'enseigne d'une pension qui se détachait sur la façade d'un vieil immeuble à trois étages. Il imagina un endroit chaud et un lit douillet, quatre murs qui le protégeraient de la nuit et de la peur de se perdre pour toujours.

Il traversa la rue déserte, gagna l'entrée, poussa la porte vitrée. Une cloche annonça son arrivée. Il regarda autour de lui : le hall était étroit et dépouillé ; sur sa droite, deux canapés en velours vert se faisaient face autour d'une table basse en fer forgé, croulant sous les vieilles revues. Sur sa gauche, un comptoir en bois clair derrière lequel apparut le propriétaire du lieu, pâle et efflanqué, le dos courbé et le regard bas, comme s'il craignait le passage soudain d'un avion au-dessus de sa tête.

L'homme grommela un salut formel avant que Michele entre dans son champ de vision. Enfin, il leva les yeux et le regarda fixement. Il vit sa joue droite tuméfiée, sa lèvre inférieure fendue, son jean et son blouson pleins de poussière et son expression devint inquiète, quasi méfiante.

Michele s'approcha et demanda une chambre pour la nuit, couvrant ses lèvres douloureuses de sa main. L'homme remarqua ainsi ses doigts blessés couverts de pansements. Il essaya de gagner du temps, examina le registre des clients, dodelinant de la tête pour faire comprendre qu'il serait quasi impossible de trouver une chambre.

— N'importe laquelle fera l'affaire... s'il vous plaît, murmura Michele, épuisé.

Le propriétaire sembla apprécier le ton du jeune homme et ce « s'il vous plaît » qui avait été prononcé avec sincérité et humilité.

— Il y aurait une chambre..., admit-il enfin.

Il lui demanda ses papiers et un paiement d'avance. Michele lui tendit sa vieille carte d'identité et l'homme l'examina avec circonspection.

— Cette carte n'est plus valable, déclara-t-il.

Michele tressaillit : il n'avait pas pensé à la renouveler. Il ferma les yeux un instant en soupirant puis acquiesça, défait.

— Vous n'avez rien d'autre ? demanda l'homme

comme s'il posait une question rhétorique, plus pour le mettre en difficulté que pour l'aider.

Michele secoua la tête, expliqua rapidement qu'il avait été victime d'un vol et tendit au propriétaire sa carte de crédit, lui faisant remarquer que les nom et prénom qui y figuraient étaient les mêmes que sur sa carte d'identité. Il eut l'impression qu'il essayait de se prouver à lui-même qui il était vraiment.

L'homme étudia la carte de crédit, puis s'adressa à Michele sur un ton conciliant.

— Voilà ce qu'on va faire... moi j'enregistre votre identité, mais je vous fais payer le prix d'une double même si la chambre est simple.

Michele accepta, soulagé. Et le remercia comme s'il venait de lui accorder une réduction. L'homme tapa le montant et inséra la carte de crédit dans l'appareil. Michele retint son souffle. Quand le paiement fut validé, il se remit à respirer. Puis il reçut la clé de sa chambre : la 304.

Les parois métalliques de l'ascenseur le dépaysèrent. Il appuya sur le bouton du troisième étage et la cabine entreprit sa montée, comme aspirée par le haut. Il ferma les yeux, envahi par une sensation de vide. Il laissa ses pensées glisser vers le passé. Il se rappela qu'enfant il fermait les yeux en espérant que le noir de ses paupières closes le rende invisible au monde. Il aurait donné n'importe quoi pour être vraiment invisible, pour s'annuler et se dissoudre dans l'oubli, comme s'il n'avait jamais existé.

L'ascenseur s'arrêta avec un sursaut. Michele passa en revue les numéros des chambres réparties le long du couloir et repéra la sienne. Il ouvrit, referma la porte derrière lui et se retrouva seul. Il regarda autour de lui et sentit une certaine familiarité, qu'il comprit peu à peu : les chambres d'hôtel ont quelque chose de commun avec les wagons des trains ; ce sont des parenthèses de la vie accordées en prêt, des lieux de transit pour des identités différentes et inconnues qui se relaient entre un départ et un retour, jour après jour, dans l'attente d'un réveil ou d'une arrivée. Ils appartiennent à tout le monde et à personne, comme le hasard. Ou le destin.

Il posa son sac sur le lit et goûta le soulagement que lui procuraient les quatre murs autour de lui et le plafond au-dessus de sa tête. Il regretta son chez-lui, ce silence qui durait toute la journée, après le départ du train, à peine brisé par le bruit du vent ou le piaillement des oiseaux. Ce silence qui appartenait aussi à ses objets trouvés, disposés en rang autour de sa vie comme une palissade qui le protégeait du mal. Ces objets lui manquaient, avec leurs ombres qui changeaient de forme quand le soleil et la lumière se déplaçaient dans le ciel, leurs respirations que lui seul percevait, leur présence rassurante.

Il trouva la porte de la salle de bains et alla se laver. Quand il se regarda dans le miroir, il eut du mal à se reconnaître : le visage gonflé et violacé, les lèvres striées de rouge rouille, la couleur du sang séché, les pupilles dilatées par la peur qui ne l'avait toujours pas abandonné. Il se déshabilla et se glissa sous la douche, sans attendre que le jet d'eau soit tiède. Le contact de l'eau froide lui fit mal en tendant soudain ses muscles et ses nerfs. Puis l'eau chaude arriva comme une caresse. Il la laissa glisser sur sa peau, la goûta entre ses lèvres. Il lava ses cheveux, son corps et ses blessures puis s'enroula dans la serviette. Il se sentit soulagé, comme secouru par une trêve. Puis il sortit de la salle de bains, ouvrit son sac et choisit un tee-shirt pour la nuit. En fouillant d'une main, en tâtant les tissus et les cheveux de Milù, il sentit une étrange tiédeur. La même que celle qui le faisait se sentir en sécurité chez lui. Il sortit le journal intime, la photo de sa mère puis la poupée, le jean de rechange, les tee-shirts, les pulls et les sweat-shirts qu'Elena avait choisis pour lui. Il posa soigneusement la poupée, le journal et la photo sur le petit bureau. Il plaça les deux chaises à côté de la penderie et installa ses affaires sur les dossiers, tentant de les replacer dans le même ordre que chez lui. Les unes après les autres, lentement, avec amour. Puis il posa le sac à dos sur la table de nuit et la chambre d'hôtel eut soudain un aspect familier. Il regarda autour de lui et sourit : il était à nouveau entouré et protégé par ses objets trouvés. Même l'air lui sembla plus respirable. Il ajusta la serviette autour de sa taille et alla à la fenêtre pour fermer les rideaux.

Au moment où il regardait par la vitre, il se retira instinctivement et fut assailli par une stupeur et une terreur qu'il ne parvint pas à déchiffrer.

Il hésita.

Puis il retourna à la fenêtre, prudemment, et regarda à nouveau la rue.

La stupeur et la terreur se transformèrent en vertige et Michele comprit enfin : la fenêtre se trouvait au troisième étage du bâtiment et toute sa vie, jusqu'à ce moment, s'était déroulée au rez-de-chaussée. École, maison, gare. Les deux marches qu'il montait pour entrer dans le train avaient représenté la hauteur maximale de son vol.

C'était la première fois qu'il observait le monde d'en haut. Il se sentait au bord d'un précipice.

Il ferma les yeux, respira à fond et les rouvrit, plusieurs fois, jusqu'à ce que son vertige s'estompe et que le contact de ses pieds nus sur le sol le rassure. Il écarta les bras comme s'ils étaient des ailes et fut étonné de se sentir parfaitement en équilibre. Il ne pouvait pas tomber, il ne risquait rien entre ces murs fraîchement repeints, parmi les objets et les vêtements qui lui tenaient compagnie. Il regarda à nouveau par la fenêtre, fixa la lune qui resplendissait dans le ciel. Puis il baissa lentement les yeux et suivit les contours des parois sombres des montagnes qui se découpaient au loin.

Il regarda les lumières aux fenêtres des derniers étages des habitations toutes proches, puis plus bas, lentement, jusqu'aux portes d'immeubles et aux magasins. Il sentit sa respiration ralentir, avec le battement de son cœur.

Puis il s'appropria cet abysse.

Il observa longtemps la rue à travers la vitre, attendit le passage des voitures et des quelques passants et goûta l'ivresse de les regarder d'en haut.

Quand la nuit vida définitivement les rues, elle surprit Michele en train de contempler le monde, immobile, par la fenêtre.

Comme un enfant émerveillé.

10

La lumière du matin envahit la pièce et le surprit dans son sommeil. Il ouvrit les yeux, observa les veinures grises qui innervaient les murs jaunâtres de la chambre et goûta son premier réveil loin de chez lui. Puis il se leva, salua en silence les objets et vêtements qui avaient veillé sur son repos, aperçut le visage caoutchouteux de Milù et prit la poupée dans ses mains. Il la considéra avec une pointe de mélancolie. La veille, en observant le monde depuis le troisième étage, ses pensées l'avaient ramené à Elena. Alors il avait compris que ses agresseurs lui avaient volé non seulement son argent, mais aussi cette confiance dans la vie qui était en train de s'installer dans son cœur. L'espoir et la confiance avaient cédé la place, une fois encore, à l'exigence de se protéger et de se méfier des illusions. Même regarder le monde d'en haut avait perdu tout son sens. Il s'était dirigé vers le lit, il avait éteint la lumière et il s'était allongé sous les couvertures, attendant le sommeil. Il s'était endormi d'un coup et maintenant, à la lumière du soleil qu'on devinait derrière les rideaux, il sentait monter en lui une étrange énergie qui avait le goût amer de la rage. Que s'était-il passé durant la nuit ? Qu'est-ce qui avait changé à l'intérieur de lui ?

Il alla à la fenêtre et l'ouvrit pour regarder à nouveau la rue qui reprenait doucement vie. Les premières voitures passaient à bonne allure et les passants pressés, vus d'en haut, n'avaient plus l'air aussi loin que la veille au soir. À force de contempler la rue sous ce nouvel angle, il s'y était habitué. Au début, il en fut déçu. Mais ensuite cela lui donna une nouvelle forme de courage, parce qu'il sentit qu'on a peur des choses tant qu'on ne les connaît pas. Alors, peut-être, à force d'observer et de comprendre la vie, lui aussi en aurait moins peur. Le klaxon d'un camion le sortit de ses pensées. Il respira l'air frais, se laissa envelopper par le vent léger. Il toussa et une douleur lui traversa le thorax, souvenir des coups reçus. Il rangea la poupée et tout le reste dans son sac à dos, après avoir choisi un tee-shirt propre, puis il alla à la salle de bains et pendant que l'eau coulait dans le lavabo il se regarda dans le miroir. Son visage avait dégonflé, mais les bleus violacés sur sa pommette droite et sur son thorax étaient encore bien visibles. Ses lèvres allaient également un peu mieux : la blessure s'était déjà refermée et ressemblait maintenant à une ligne droite noirâtre qui lui coupait la bouche verticalement, comme un tatouage. Ses traits lui parurent plus durs, son regard avait perdu sa limpidité habituelle, comme s'il s'était assombri. Il eut la désagréable sensation de se voir adulte. Comme si les vingt-quatre dernières heures avaient effacé de son expression les traces de l'enfant abandonné. Il comprit qu'en restant chez lui, enfermé dans la gare, et en s'obligeant au rite méthodique du renoncement à l'imprévu, il avait cristallisé sa croissance. Il n'avait pas vu le temps passer, jusqu'à son départ. Durant toutes ces années, d'enfant de sept ans à homme de trente, son aspect extérieur avait changé, mais son âme était restée intacte, comme un objet perdu mis à l'abri des intempéries. Mais là il récupérait le temps perdu et, dans son regard qui se reflétait dans le miroir, il avait peur de ne plus se reconnaître.

Il se lava les dents, opération douloureuse. Puis il se savonna le visage et entreprit de se raser, délicatement.

Il quitta sa chambre peu après 8 heures, décidé à poursuivre son voyage, parce que rentrer chez lui aurait été inutile et, probablement, délétère pour sa tranquillité. Il sentait que le souvenir d'une reddition anticipée l'aurait tourmenté pour le restant de ses jours. Cette considération était également très différente de sa façon habituelle de penser et envisager la vie.

Dans l'ascenseur, il évita le miroir et eut à nouveau la nostalgie de son chez-lui. Dans le fond, il ne voulait pas changer. Il ne voulait pas donner d'espace à ces nouvelles pensées, mais surtout à ce regard sombre et adulte qui habitait ses yeux et ne promettait rien de bon.

Quand il passa devant l'accueil, le propriétaire le salua. Michele en profita pour lui montrer la photo de sa mère et lui demander s'il la connaissait. L'homme s'assombrit, puis secoua la tête et le regarda d'un air interrogateur. Michele préféra ne pas donner d'explications et il sortit au grand air, la photo sous le bras.

Il arriva sur le quai de la gare à 9 heures précises. Il attendit le train, son train, qui le conduirait à Piana Aquilana, dernière étape de son voyage. Après avoir bu un café au bar, il avait passé le peu de temps qui lui restait à interroger, en vain, les gens qu'il croisait dans la rue. Il lui semblait désormais évident que sa mère ne se trouvait pas à Ferrosino. L'étape suivante constituait donc son unique espoir de la retrouver, avant de rentrer chez lui et de se replonger enfin dans la résignation tranquille qui l'avait aidé à survivre sans blessures ni souffrance.

À 9 h 20, le train en provenance de Prosseto entra en gare de Ferrosino. Michele attendit que les passagers descendent, aida une femme âgée à monter dans le wagon, puis y entra à son tour et respira à nouveau cette odeur familière, comme un retour à la maison. Le train n'avait pas changé, mais les poignées étaient moins brillantes que d'habitude, signe que son remplaçant avait travaillé sans entrain, en vitesse et avec peu de scrupules. Il ne résista pas à la tentation de frotter avec la manche de son blouson la poignée d'un des W.-C., et cela le réconforta parce que ce geste le faisait redevenir le Michele de toujours. Puis il passa un doigt sur le bord d'une fenêtre pour vérifier si la poussière avait été faite, et fit une grimace en découvrant son index noirci et sale. Il regarda les passagers assis et rougit de honte, comme s'ils étaient des invités ayant débarqué dans sa maison en désordre. Il pensa que, quand il reprendrait du service, il lui faudrait briquer toute une nuit pour tout remettre comme il se devait; puis il chercha une place assise.

Il parcourut le premier wagon, qui était plein, puis entra dans le deuxième, plein également, aussi il poursuivit vers le troisième, où il était attendu par le sourire d'Elena, qui se tenait debout à côté de la place 24. Elle l'avait aperçu par la fenêtre et était prête à l'accueillir, émue et heureuse. Michele s'arrêta, étonné. Elena le salua, puis vit son visage tuméfié et son sourire s'évanouit. Elle alla à sa rencontre, tendue.

— Michele, mais qu'est-ce qui t'est arrivé?

— Qu'est-ce que tu fais ici? demanda-t-il en éludant sa question.

— J'étais inquiète. Tu ne m'as pas appelée, mais ce n'était pas que pour ça. En plus hier c'était mon anniversaire, tu ne pouvais pas le savoir mais...

— Oh, bon anniversaire.

— Merci. Vingt-cinq ans. Quoi qu'il en soit, hier soir j'ai eu une sensation étrange. Comme une intuition. Difficile à expliquer. Du coup je t'ai appelé, mais tu n'as pas répondu, alors... Tu me racontes ce qui t'est arrivé ? Regarde dans quel état tu es...

Michele se sentit mal à l'aise : il avait honte de raconter son passage à tabac et le vol, d'avouer sa naïveté et le sentiment d'inadéquation qu'il ressentait depuis son départ. En plus, il craignait qu'Elena lise dans ses yeux ce qu'il avait vu dans le miroir.

— Rien... je suis tombé.

— Quoi ? Mais ce ne sont pas les traces d'une chute, ça. Ce sont des coups.

Michele lui fit signe d'attendre. Ils trouvèrent deux places et s'assirent.

— Alors ? reprit-elle, inquiète.

— Alors je te l'ai dit : je suis tombé.

Elena soupira, agacée par l'obstination de Michele.

— Comme tu voudras...

En attendant, le train avait quitté la gare de Ferrosino et longeait le haut plateau. De chaque côté des voies on apercevait les dernières violettes qui défiaient l'arrivée de l'automne : agitées par le vent, elles menaient le regard vers les hêtres et les premiers érables de montagne.

— Au moins, je peux savoir pourquoi tu n'as pas répondu au portable ?

Michele lui montra l'écran brisé.

— Je suis désolé... je te l'ai cassé.

— Ça ne fait rien. La vitre, ça peut se réparer. Pour le reste, il fonctionne ?

— Je pense que oui... j'ai vérifié, répondit Michele en le lui tendant.

Elena appuya sur plusieurs boutons puis le lui rendit avec amertume : elle avait espéré que Michele ne l'ait pas appelée parce que l'appareil était hors d'usage.

— Milù ne t'a pas porté chance, dit-elle en essayant de sourire pour cacher sa douleur.

— Ce n'est pas la faute de la poupée, répondit Michele. Au contraire, remercie ta sœur de ma part. Elle a été gentille de me la prêter.

Elena acquiesça sans un mot, puis regarda par la fenêtre et s'assombrit, comme si elle avait perçu les signes avant-coureurs d'un orage.

— Tu n'es pas allée travailler ?

— J'ai demandé un jour de congé. Cet après-midi je reprendrai le train et je rentrerai chez moi.

— Tu n'aurais pas dû, murmura-t-il.

Il sentit une gratitude et un plaisir qu'il tenta d'éloigner. Elena le perçut dans le regard de Michele et son cœur se mit à battre pour lui. Elle regarda les blessures encore bien visibles sur son visage. Elle ne savait pas ce qui lui était arrivé la veille, toutefois elle se sentit le devoir de le protéger et, d'instinct, elle sortit son téléphone.

— Je vais appeler le bar et dire que je ne viendrai pas non plus demain, dit-elle d'un trait.

Michele la regarda, perplexe, composer le numéro.

— Non, l'interrompit-il, décidé.

— Ne t'en fais pas. Je peux, tu sais ? J'ai encore des jours de vacances, ils peuvent me remplacer.

— Elena, j'ai dit non. Je veux que tu repartes cet après-midi, comme tu l'avais décidé.

— Mais ça me fait plaisir, je...

— Je suis bien, seul, tu le comprends, oui ou non ? Comment je dois te le dire ? l'interrompit-il avec une dureté qui le surprit lui-même.

Il fit le lien entre ce ton et son regard changé, à cette dureté des traits qu'il avait vue dans le miroir. En quoi était-il en train de se transformer ? D'où venaient cet agacement et cette rébellion qu'il sentait monter en lui ? Il repensa à *Dr Jekyll et Mr Hyde*, qu'il avait vu à la télévision quelques années auparavant, à la transformation de Spencer Tracy en noir et blanc. Ce film l'avait tellement marqué qu'il avait veillé jusqu'à l'aube. Il regarda Elena et eut soudain envie de la protéger. Comme s'il voulait l'éloigner du Mr Hyde qui couvait peut-être en lui.

Elena avait le regard perdu dans le lointain. Ses mains tremblaient, ses yeux se remplirent de larmes. Dehors, le paysage devenait de plus en plus montagneux. Les sommets enneigés se rapprochaient et entre les conifères on apercevait les premiers sapins blancs et les tapis de bruyère qui recouvraient les hauts plateaux. Tandis que le train grimpait, Elena tenta de se réfugier dans ses souvenirs pour sortir de l'abîme où elle se sentait sombrer. Elle se rappela la promenade dans les bois avec Milù, l'envol du moineau, le cri de joie et la promesse de conserver cette joie à tout prix. Elle pensa au courage que lui donnait Milù dans les moments difficiles et sentit la profonde nostalgie de ses étreintes. Sa main alla prendre la poupée dans le sac de Michele, elle la serra contre elle : elle avait l'odeur de Michele, comme si elle avait changé de propriétaire.

Puis elle le vit s'approcher d'un groupe de trois jeunes filles d'une vingtaine d'années, l'air sûres d'elles, comme si elles avaient tout vu et tout vécu.

La brune du groupe avait les cheveux longs et la tempe droite rasée, elle portait une jupe jaune très courte qui mettait en valeur ses longues jambes enserrées dans un collant noir.

Quand Michele lui montra la photo, elle le regarda avec un air amusé, puis échangea un clin d'œil avec ses amies.

— Pourquoi tu cherches cette femme ? demanda-t-elle.

Elle se rapprocha de la jeune fille châtain à côté d'elle pour faire une place à Michele, ouvertement séductrice.

Pendant qu'il racontait son histoire, elles le regardèrent avec une admiration quasi ostentatoire. Elena sentit monter un sentiment de jalousie et, en même temps, un détachement par rapport à Michele. Elle le regarda rire, entrer dans le jeu comme un crétin quelconque, si différent du jeune homme timide et empoté qui l'avait conquise. Un piercing brillait sur la langue de la brune, une petite sphère argentée qu'à un moment elle exhiba avec fierté.

— Tu aimes mon piercing ? demanda-t-elle à Michele sous les regards amusés des deux autres.

Michele l'observa, surpris.

— Tu sais à quoi ça sert? reprit la brune avec un air de mijaurée.

Les autres éclatèrent de rire et Michele rougit légèrement. En même temps, il se sentait flatté. Il se rendit soudain compte qu'il plaisait à ces jeunes filles. Il comprit qu'il pouvait choisir n'importe laquelle des trois et il entra dans un tourbillon d'euphorie, sans s'en rendre compte. Il laissa glisser dans l'oubli d'abord l'enfant, puis le jeune garçon timide et empoté, comme si la transformation en Mr Hyde était un passage obligé pour comprendre qui il était réellement. Il se sentit attiré par la possibilité d'effleurer ce qu'il avait toujours vécu comme un risque, d'éprouver l'ivresse de passer de l'autre côté de la barrière, dans un monde qu'il n'avait flairé que sur l'ordinateur ou à la télévision. Maintenant il voulait en faire partie, au moins pour un moment, pour se donner du courage et se sentir plus fort. Ainsi il se pavana sans retenue, comme un loup dominant au sein de sa horde, et il s'étonna d'être parfaitement à l'aise, comme s'il avait fait ça toute sa vie.

Les jeunes filles caressèrent le visage de Michele en lui demandant comment il s'était fait mal. Elena saisit quelques phrases, elle l'entendit se vanter d'une bagarre nocturne devant un bar. Elle se sentit trahie, humiliée, mise au ban.

Quand Michele se leva pour reprendre son enquête, la distance qui le séparait d'Elena était devenue abyssale. Il la regarda du coin de l'œil, tandis qu'un monsieur élégant et un peu endormi lui affirmait n'avoir jamais vu la femme sur la photo, et ce fut comme s'il se rappelait soudain sa présence.

Il termina son tour et revint auprès d'elle. Elle ne dit pas un mot. Il s'assit à côté d'elle et respira le parfum de sa peau.

— Rien à faire, murmura-t-il gêné. Personne ne l'a vue...

— Tu la trouveras, j'en suis sûre, répondit Elena, la voix brisée par la douleur.

Ils ne dirent plus un mot. Michele pensa que c'était mieux ainsi, qu'Elena méritait mieux que lui, que ce qu'il était, avait été et surtout deviendrait à partir de là.

Le train parcourut des kilomètres sur des voies encastrées dans la roche, dévora l'obscurité de dizaines de tunnels avant de reconquérir la lumière du jour, fit voleter la première neige immaculée, fit la course avec les cerfs et les cabris qui fuyaient le loup, disputa l'air pur des sommets aux aigles royaux et aux faucons, et enfin il arriva sur le dernier haut plateau, celui où se nichait Piana Aquilana.

Plus d'une fois le contrôleur parcourut les voitures, et chaque fois il fit un clin d'œil à Michele avec une complicité muette et masculine, comme pour le complimenter de la présence d'Elena à côté de lui. Puis le train ralentit et entra en gare de Piana Aquilana. C'était une construction des années trente, de style rationaliste, carrée et ornée de grès; les toits rouges en pente des bureaux se détachaient sur le vert des érables qui l'entouraient.

Michele et Elena descendirent du train et se dirigèrent, toujours sans un mot, vers la sortie. Ils n'avaient que deux heures à passer ensemble avant que le train entreprenne son voyage de retour.

— Si tu veux, je ne t'accompagne pas. J'attends ici jusqu'à 14 heures et je reprends le train, murmura Elena.

Elle ne parlait plus à jet continu, elle semblait vidée. Michele fit mine d'acquiescer, mais il sentit son cœur se serrer. Il était partagé entre sa raison et ses sentiments, entre l'envie de l'avoir auprès de lui et la nécessité de l'éloigner.

— Ça me fait plaisir qu'on reste ensemble jusqu'à 14 heures. Ce n'est pas à cause de toi que je veux rester seul. Essaie de comprendre..., répondit-il.

Elle acquiesça, les yeux rivés au sol. Ils sortirent sur le parvis de la gare. Le soleil était haut, mais l'air particulièrement froid. Michele enfila le gros blouson qu'il tira de son sac, Elena le coupe-vent qu'elle avait emporté.

Piana Aquilana était plus qu'un petit bourg de montagne : avec ses trente-cinq mille habitants elle leur parut énorme, par rapport aux villages où ils vivaient. Ils regardèrent autour d'eux, un peu dépaysés : la circulation dense contrastait avec l'austérité médiévale des maisons en pierre qui entouraient la place. Derrière le centre historique, millénaire, on apercevait des bâtiments du début du XXe siècle qui se succédaient, concentriques, comme pour protéger les plus vieilles bâtisses. Ensuite, une rangée d'immeubles plus récents marquait la frontière, en direction des montagnes, avec une zone industrielle qui semblait ne pas avoir de fin.

Tel un automate programmé, Michele sortit la photo de sa mère et passa en revue tous les magasins qui donnaient sur la place. Elena le suivait, silencieuse, comme un écuyer en arrière-garde. Elle le regarda approcher les gens dans les boutiques, poser ses questions en montrant sa photo, remercier après chaque réponse négative et continuer, sûr de lui, direct, sans une once de timidité, décidé. Il était peut-être poussé par le désespoir, pensa Elena, par l'envie de mener à terme la recherche impossible qu'il s'était imposée avant de reprendre sa vie, dont elle se sentait définitivement exclue.

Le temps passa à toute allure, leur avancée autour de la place dans le sens des aiguilles d'une montre, un magasin après l'autre, semblait reproduire le défilement des secondes. Ils firent une pause de quelques minutes pour boire un café, en évitant de se regarder dans les yeux.

Quand ils sortirent du bar, Elena vit un chien qui déambulait sur la place, l'air perdu. C'était un labrador noir, pas encore adulte malgré sa stature massive. Il avait l'air de chercher quelque chose parmi la foule des passants, il gémissait, la queue entre les jambes, les oreilles en arrière.

Il n'avait pas de collier mais il était soigné, le poil brillant, récemment brossé. Elena alla le rejoindre.

— Hé, murmura-t-elle au chien qui la regarda avec défiance et s'arrêta, sur ses gardes.

Elena se pencha, tendit une main.

— N'aie pas peur, viens ici...

Le labrador se tapit sur ses pattes avant puis remua la queue.

—Tu t'es perdu?

Le chien avança vers Elena, renifla l'air puis s'approcha encore et se laissa caresser. Elle le serra délicatement dans ses bras, toujours en le caressant sur la tête. Michele la rejoignit.

— Il s'est perdu, dit-elle.

Michele vit ses yeux, pleins d'amour et d'inquiétude, se poser sur une petite fontaine non loin.

— Il a soif, dit-elle en invitant le chien à la suivre.

Le labrador hésita puis la suivit jusqu'à la fontaine. Elena appuya sur le bouton métallique pour faire couler l'eau. Le chien lapa le jet frais comme s'il voulait le dévorer. Il but longuement, avec avidité, puis regarda Elena avec une gratitude quasi humaine dans ses yeux noirs et ronds.

— Et maintenant qu'est-ce qu'on fait? Je ne peux pas t'emmener, regretta-t-elle.

Elle se tourna vers un magasin d'articles pour animaux, qu'elle avait vu avec Michele un peu plus tôt.

—Tu m'attends un moment? Tiens-le, s'il te

plaît, demanda-t-elle à Michele qui s'exécuta, perplexe.

Il se pencha sur le chien et le caressa à son tour. Elena courut vers le magasin, y entra et en ressortit avec une laisse et un collier, tous les deux rouges. Elle enfila le collier au chien puis tendit la laisse à Michele.

— Tiens.

— Mais... je ne peux pas prendre un chien avec moi. Comment je fais?

— Jusqu'à ce soir. Prends-le avec toi. Il retrouvera peut-être son maître, à force de se balader.

— Et s'il ne le trouve pas?

Elena soupira et lança à Michele un regard implorant.

— S'il ne le trouve pas, confie-le à quelqu'un. À un policier, par exemple. D'accord? Au moins on aura essayé.

Michele accepta. Ils repartirent avec le chien en laisse. Dans le temps restant, Michele entra dans une douzaine de magasins pour poursuivre sa recherche et, chaque fois, Elena l'attendit dehors, caressant et choyant son nouvel ami à quatre pattes.

Quand ils se dirigèrent vers la gare, il restait quelques minutes avant le départ du train.

— Pas besoin que tu m'accompagnes, dit-elle, résignée.

Michele la regarda du coin de l'œil et ressentit la même douleur qu'elle. Une douleur insupportable, il aurait fait n'importe quoi pour l'éviter. Mais il ne savait ni quoi faire ni quoi dire.

— C'est juste à côté, murmura-t-il. Ça ne me coûte rien…

Il comprit que, parmi l'infinité de phrases possibles, il avait choisi la pire.

Ils marchèrent sans un mot jusqu'au train. Elena se pencha pour caresser le chien, qui lui lécha le visage en remuant la queue. Michele remercia la présence du labrador qui, à cet instant précis, représentait une excellente échappatoire, une excuse pour ne pas se regarder dans les yeux, pour repousser le moment des adieux.

Le sifflement du chef de gare les arracha à l'état hypnotique dans lequel ils semblaient plongés. Les derniers passagers s'empressèrent de monter dans le train et Michele sentit un déchirement soudain, comme si Mr Hyde avait à nouveau laissé la place au Dr Jekyll.

— Elena…

Elle le regarda, perdue.

— Je… hier, à un moment je suis entré dans un bar, il y avait de la musique… et j'ai eu envie de t'appeler pour te dire quelque chose.

— Qu'est-ce que tu voulais me dire?

Le moteur de la locomotive émit un bruit métallique qui annonçait le départ imminent. À nouveau cette peur de s'exposer, ce déchirement, la résignation qui prend le dessus sur l'espoir.

— Ça ne fait rien, balbutia Michele. Ce n'est pas important.

Le regard d'Elena fut traversé par un éclair de désespoir.

— Ne me fais pas ça, Michele! J'ai supporté ton silence durant tout le voyage, j'ai supporté que tu fasses le bouffon avec ces cruches dans le train, je respecte ta décision de rester seul, je ne te casserai plus les pieds, mais ne me fais pas ça. Ne laisse pas tes discours en suspens avec moi, parce que c'est quelque chose que je ne supporte pas. Dis-moi ce que tu voulais me dire!

Ses traits étaient devenus durs. Son regard et sa voix exprimaient une rage viscérale que Michele comprenait très bien. Mais il eut l'intuition que derrière cette rage se cachait une douleur profonde et lointaine. Une rage d'Elena envers elle-même.

Le chef de gare siffla à nouveau, invitant les passagers à monter dans le train. Le regard d'Elena se mua en imploration muette. Michele décida de ne pas laisser son discours en suspens. Il sentit qu'il n'avait pas le choix.

— Je voulais te dire… que… que j'ai compris que je suis rouge, dit-il enfin.

Elle sembla s'adoucir.

— Michele, je le savais déjà, que tu es rouge. Mais les couleurs changent, je te l'ai déjà dit. Et apparemment ta couleur d'aujourd'hui n'est pas assortie à la mienne, répondit-elle sincère et amère.

Puis elle monta dans le train, lui tournant le dos.

— Pourquoi ? Je suis de quelle couleur, aujourd'hui ?

— Mauvaise question, répondit-elle en se retournant. Tu aurais dû me demander de quelle couleur je suis, moi. Mais il est clair que ça ne t'intéresse pas...

Michele comprit qu'Elena avait raison. Il ne s'était soucié que de ses peurs, il avait suivi son chemin sans penser à ce qu'elle pouvait ressentir. Il comprit qu'il ne savait rien d'elle. Rien de sa douleur soudaine, rien de son passé, de ses rêves, de ses espoirs, de ses décisions. Pourtant, ces derniers jours il avait senti qu'il l'aimait. Cela l'avait effrayé. Malgré tout, il le sentait, l'espérait et le craignait, il continuerait à l'aimer.

Il chercha quelque chose à dire, tandis que les portes des wagons se fermaient comme un rideau métallique sur la fin d'un triste spectacle.

Le train avança sur les voies.

De l'autre côté de la vitre, Elena le regarda en silence tandis que la locomotive prenait de la vitesse pour le retour.

Michele resta seul sur le quai avec le chien en laisse, tandis que l'après-midi apportait le froid glacial des montagnes qui cacheraient bientôt le soleil.

Il se serra dans son blouson puis se dirigea vers la sortie de la gare. Le labrador le suivit docilement, silencieux et ignorant l'avenir qui l'attendait, exactement comme son maître provisoire.

11

Décembre avait chassé l'automne et l'après-midi passa à toute allure, suivi par l'obscurité du soir et le froid poignant qui, petit à petit, vida les rues de Piana Aquilana. Jusque-là, Michele avait arrêté au moins une centaine de personnes croisées dans la rue, il était entré dans des dizaines et des dizaines de supermarchés, bars et commerces en tout genre, tandis que le labrador l'attendait tranquillement dehors. Personne ne lui avait donné de nouvelles de sa mère, mais il n'avait couvert qu'une petite partie du centre-ville. Il se sentait fatigué et d'humeur exécrable. En plus, la douleur des coups reçus la veille lui rappelait sa naïveté, la façon dont il s'était laissé berner par deux types plus jeunes que lui, mais habitués à une réalité qu'il ne découvrait que maintenant et qui était peut-être en train de le transformer, en pire. Il se sentait à nouveau inadapté, à la merci de ce monde qu'il avait exclu de sa vie et qu'il se forçait maintenant à affronter.

Plongé dans ses pensées, il emprunta la rue

principale de Piana Aquilana, bondée et pleine de magasins. En deux jours il avait parlé avec plus de gens que durant toute sa vie et la foule dans la rue semblait se multiplier à vue d'œil. Il réalisa qu'il ne pourrait jamais arrêter tout le monde, même en trois jours, et sentit le besoin de s'asseoir pour reprendre des forces. Il avisa un banc libre devant un bar et s'y dirigea, mais au moment où il allait s'asseoir le chien tira sur la laisse et manqua de lui faire perdre l'équilibre. La poignée lui échappa des mains et le labrador, enfin libre, se mit à courir. Michele tenta en vain de le rappeler par un cri et deux sifflements aigus de berger. Puis il le suivit, courant à en perdre haleine parmi la foule qui s'écartait sur son passage. Il parcourut ainsi une centaine de mètres, tentant de ne pas perdre de vue le chien qui courait, comme fou, en zigzag entre les jambes des passants. Michele, lui, devait les éviter avec des déviations et écarts continus du buste et des jambes. Il ne savait pas pourquoi il lui courait après : dans le fond, il aurait pu le laisser filer et se reposer. Toutefois, il aurait eu l'impression de trahir la promesse d'Elena. Peu à peu, la poursuite du labrador représenta inconsciemment une façon de se faire pardonner, un petit dédommagement pour son comportement durant les quelques heures passées ensemble. Il évita un couple de touristes japonais, accéléra à nouveau et, au moment où il allait le rejoindre, le chien freina et se jeta sur une jeune fille assise sur un muret disposé autour d'un parterre de fleurs.

Michele retint un cri, craignant le pire. Mais le chien lécha le visage de la jeune fille en remuant la queue.

— Figaro! hurla-t-elle, heureuse, en le serrant dans ses bras.

Michele approcha, hors d'haleine. La jeune fille caressait toujours l'animal en se laissant lécher le visage. Elle était blonde et elle portait des lunettes de soleil qui cachaient ses yeux, son nez était aquilin et prononcé, son visage rond mais bien proportionné. De corpulence robuste mais sportive, avec de grandes mains noueuses, elle était attirante, à sa façon.

— Mais où tu étais passé, Figaro…, murmura-t-elle au chien, émue. Et cette laisse? demanda-t-elle avec étonnement.

— C'est moi qui la lui ai mise, ou plutôt une amie…, dit Michele. On l'a trouvé, il semblait perdu et…

— Merci, lui répondit-elle avec un grand sourire. Je ne sais pas comment j'ai fait pour le perdre, je lui ai enlevé son collier un instant et un autre chien a dû passer, parce qu'il est parti comme une furie et… Il n'est pas encore bien dressé, ce fripon, ça ne fait pas longtemps que je l'ai.

Michele acquiesça en tentant de reprendre son souffle.

— Je ne sais pas comment te remercier.

— Pas de quoi. Quoique… tant qu'on y est, je peux te demander un service?

— Bien sûr, répondit la jeune fille, hésitante.

Michele sortit la photo de son sac, la lui montra et s'apprêtait à lui demander si elle connaissait sa mère quand il vit la jeune fille tâtonner à la recherche d'un harnais équipé d'un manche rigide posé non loin.

Elle était aveugle.

— Attends, je vais t'aider, murmura-t-il en lui tendant le harnais.

Elle agita les mains dans le vide puis le saisit.

— Merci, dit-elle en cherchant le collier de Figaro pour le remplacer par l'attirail de chien d'aveugle.

— Alors, qu'est-ce que tu voulais me demander?

— Non, rien d'important, bredouilla Michele, gêné.

— Ce n'est pas parce que je ne vois pas que je ne peux pas t'aider, hein! déclara-t-elle avec simplicité. Au fait, je m'appelle Serena.

— Michele, répondit-il sans savoir s'il devait lui serrer la main.

Il soupira de soulagement quand elle lui tendit la sienne.

— Je voulais te montrer une photo pour te demander si tu connais quelqu'un, admit-il.

— Bon, eh bien là je ne peux vraiment pas t'aider. Mais assieds-toi à côté de moi, si tu veux bien.

Michele hésita, puis s'exécuta et l'aida à enfiler le harnais à Figaro.

— Tu n'es pas de Piana Aquilana, pas vrai? Il ne me semble pas t'avoir déjà vu.

Michele se tut, perplexe, et elle éclata de rire.

— J'imagine bien la tête que tu fais... C'est clair, je ne t'ai jamais vu! Mais on ne s'est jamais rencontrés, non plus, n'est-ce pas?
— Hum... en effet.
— Sinon je t'aurais reconnu, affirma-t-elle.
— Comment?
— Quand j'entends une voix, ne serait-ce qu'une fois, elle reste imprimée dans mon esprit... comme si je la voyais. C'est la même chose pour les odeurs. Tu sens bon, tu sais? Ton odeur imprègne... et se sent, même si tu as utilisé un gel douche qu'on trouve dans les hôtels, ceux qui dessèchent la peau... un désastre.

Michele était abasourdi.

— C'est vrai, admit-il. Comment as-tu fait?
— Je ne vois pas, il faut bien y remédier d'une façon ou d'une autre. Alors j'utilise mon odorat, mon ouïe... et surtout le toucher, précisa-t-elle en sortant un livre de son sac. Tu vois? C'est écrit en braille, expliqua-t-elle en passant ses doigts sur une page ouverte au hasard. «Que meure avec moi le mystère qui est écrit sur la peau des tigres», lut-elle à voix haute. «Qui a entrevu l'univers, qui a entrevu les ardents desseins de l'univers ne peut plus penser à un homme, à ses banales félicités ou à ses bonheurs médiocres, même si c'est lui cet homme. Cet homme *a été lui*, mais, maintenant, que lui importe? Que lui importe le sort de cet autre, que lui importe la patrie de cet autre, si lui, maintenant, n'est personne? Pour cette raison, je ne prononce pas la formule; pour cette raison, je laisse les jours

m'oublier, étendu dans l'obscurité[1]. » Ça te plaît ? C'est *L'Écriture du Dieu*, de Borges. Drôle de titre, n'est-ce pas ? Parfois je me dis que le braille aussi est l'écriture d'un dieu.

Michele acquiesça. Serena referma le livre en soupirant.

— Je peux te jeter un coup d'œil ? Tu es d'accord ? lui demanda-t-elle en souriant.

— Oui, mais...

— Tu dois juste rester immobile, ajouta-t-elle en cherchant son visage et en le parcourant lentement avec ses mains. Tu es très beau, murmura-t-elle. Tu es jeune... Trente ans ?

— Exact, confirma Michele qui n'en revenait pas.

— Eh oui... ton cou et ton visage sont encore toniques, confirma-t-elle en continuant. Grands yeux...

Puis elle lui effleura les lèvres.

— Ça c'est une blessure, non ? Sur la lèvre...

— Oui.

— Mais tu as une bouche magnifique.

Michele déglutit. Les caresses de Serena étaient devenues lentes, sensuelles, décidément provocantes.

— Ferme les yeux et regarde-moi comme je te regarde... avec les mains.

Elle retira ses lunettes, dévoilant deux yeux bleus sans fond ni vie, ni nuances de couleur.

---

1. Jorge Luis Borges, *L'Écriture du Dieu*, trad. Roger Caillois in *L'Aleph*, « L'Imaginaire », Gallimard, 1967.

— Touche-moi le visage, l'encouragea-t-elle.

Michele posa ses mains sur elle et l'explora avec les doigts.

— Tu as vu ? Ce n'est pas difficile ! On reconnaît un tas de choses..., dit-elle en lui rendant ses caresses, lui effleurant les lèvres et le menton avec ses doigts.

Michele sentit ses sens vibrer et quelque chose qui ressemblait à du désir émerger lentement. Ces caresses silencieuses dessinaient la trame subtile d'une attirance réciproque et imprévisible. Quand il effleura les lèvres de Serena avec ses doigts, elle ouvrit lentement la bouche et sa respiration se fit plus lente et profonde. Michele se sentit en équilibre au bord d'un précipice, tiraillé entre la peur et l'envie de se lancer sans penser à rien d'autre. Il avait déjà éprouvé cette sensation, et cela le ramena soudain à Elena. Il repensa à son sourire désarmé et à sa peau de soie, lisse et compacte. Alors il comprit que, par une étrange magie, au plus profond de son cœur et sans même s'en rendre compte, il lui avait juré de lui être fidèle depuis le premier instant où il l'avait vue, à la porte de chez lui, tandis qu'il comptait les secondes pour retourner à ses œufs au bouillon qui étaient déjà destinés à brûler. Il retira ses mains du visage de Serena, fit un pas en arrière et lui sourit.

— J'ai l'impression que tu es du genre fidèle, hein ? demanda-t-elle, amusée.

— Comment... comment tu as fait pour le comprendre ? demanda Michele, blême.

— C'est ça que ça veut dire, entraîner ses sens... ça développe l'intuition de choses que les autres ont besoin de dire... ou bien qu'ils doivent voir.

Elle posa à nouveau ses mains sur le visage de Michele, cette fois sans aucune intention de le provoquer.

— En effet... tu as une expression loyale... le regard limpide.

Michele se tut, écarlate. Serena éclata de rire.

— Mais ce n'est pas vrai, c'est une blague ! Je peux avoir des intuitions, lire avec mes doigts à quoi tu ressembles physiquement... Mais ton expression, ton regard, ça je ne pourrai jamais les voir. Le visage est la partie la moins physique de tout le corps, tu savais ? Ce n'est pas comme un bras ou un thorax, quand on les touche on a une idée de comment ils sont faits... le visage est fait d'expressions, de façons de regarder, de mille plis et muscles qui bougent en permanence. Il y a la vie vécue, sur le visage d'une personne. Il y a son âme... Et malheureusement on ne capte pas l'âme avec le toucher...

Michele acquiesça, attendri et remué.

— Ne fais pas cette tête affligée, sinon je me fâche ! s'exclama durement Serena. J'ai appris à six ans à ne pas pleurer sur mon sort et je ne veux la pitié de personne.

— Mais non, je t'assure que... que je ne ressens aucune pitié, au contraire...

— Ah, je ne te fais pas peine ? l'interrompit-elle. Alors tu es un salaud sans cœur.

Michele soupira, perplexe. Serena éclata à nouveau de son rire cristallin.

— Mais non, je plaisante, allez…, le rassura-t-elle en remettant ses lunettes. Il est tard, je dois rentrer chez moi et préparer le dîner, parce que mon mari aime que ça soit prêt quand il rentre. C'est un terrible macho, mais je l'aime… Oui, je suis mariée, ou plutôt je vis avec quelqu'un, mais pour moi c'est la même chose, conclut-elle en tendant la main à Michele. Merci d'avoir trouvé Figaro. Ça m'a fait plaisir de faire ta connaissance.

— Moi aussi, répondit Michele en lui serrant la main.

Quand il s'éloigna, le labrador aboya dans son dos.

Il marcha sans arrêter personne, plongé dans ses pensées. La rencontre avec Serena lui avait fait comprendre, une fois encore, à quel point il avait du mal à interagir avec les gens, à entrer dans le monde des autres sans se laisser écraser par la confusion, sans en sortir avec cette sensation d'inadaptation qui alternait avec les moments de sécurité et de confiance qu'il avait connus pendant le voyage et les rendait vains. Mais ce qui l'avait le plus secoué, c'était de penser à Elena, cet étrange sentiment d'appartenance qu'il avait tenté d'effacer mais qui de toute évidence s'était enraciné en lui. Il marcha jusqu'au bout de la rue principale puis s'arrêta dans un bar parce qu'il avait envie d'un café. Il l'avala d'un trait, distrait, et sentit sa gorge brûler au contact du liquide chaud. Il ne montra la photo de sa mère à personne, ne posa pas de questions, laissa un euro sur le comptoir et sortit sans attendre le reçu.

La nuit tombait, les lampadaires venaient de s'allumer, encore pâles et incertains.

Quelques minutes plus tard, il se retrouva dans une rue qui menait vers la banlieue et longea une rangée de petites villas alignées, basses et toutes identiques, au toit en tuiles couleur rouille. Puis la route tourna en montant et au bout d'une centaine de mètres il déboucha sur un boulevard, éclairé uniquement par les quelques enseignes qui restaient allumées toute la nuit, sur les façades des ateliers de réparation ou des locaux d'artisans aux rideaux baissés. Autour de lui aucune trace de vie, pas un passant ni une voiture. Michele fut contraint de revenir sur ses pas, vers le centre historique, pour chercher un petit hôtel et se reposer. À ce moment-là, il entendit une voix. C'était un appel rauque, presque suffoqué, comme si quelqu'un voulait attirer son attention mais sans se faire remarquer.

— Oh! Hé! Hé!

Michele regarda autour de lui sans comprendre d'où provenait la voix. Suivit un sifflement, aigu et bref.

— Hé! Je suis là! Oh! Tu me vois?

La voix résonna à nouveau, masculine et rauque, comme si elle venait de nulle part.

Michele plissa les yeux et aperçut une silhouette sombre, tapie dans l'ombre à côté d'une voiture. Elle se trouvait à une vingtaine de mètres de lui, plus loin que le bord de la route, dans une station-service abandonnée. Il hésita : il était devenu méfiant. En plus, la silhouette était plongée dans le noir ; il ne distinguait que les reflets argentés d'une chevelure fournie qui brillait à la lueur intermittente d'une enseigne lointaine.

— Tu peux venir un moment, s'il te plaît ? J'ai besoin d'un coup de main... ça ne prendra pas longtemps, juste un instant..., dit l'homme sur le ton de la conspiration.

Il avait un drôle d'accent étranger, une cadence imperceptible que Michele ne parvint pas à identifier. Il hésita encore, regarda autour de lui.

— Je ne mords pas, l'ami, s'exclama-t-il, presque ironique, mais avec une pointe d'impatience, comme s'il avait lu dans ses pensées.

Michele prit son courage à deux mains et approcha, circonspect. Il traversa la rue et entra dans la station. Les pompes étaient rouillées, en partie déracinées, et une odeur d'herbe pourrie envahit ses narines malgré le froid, comme si elle pénétrait le vent, se l'appropriait. Il approcha encore et aperçut enfin l'homme qui l'avait appelé. Il était petit et maigre, le visage creusé de rides accentuées par le hâle typique des gens qui vivent la plupart du temps dehors. Son âge était indéfinissable : entre une cinquantaine d'années mal portées et soixante-dix en pleine forme. Sa chevelure épaisse et argentée, qui descendait jusqu'aux épaules, s'accordait à la perfection avec ses yeux d'un bleu intense, brillant, légèrement voilés par la fatigue. L'homme sourit et tendit la main à Michele.

— Je m'appelle Erastos, dit-il.

Michele se présenta à son tour, serra la main de l'homme et sentit sa poigne décidée.

Erastos indiqua la voiture à côté de lui. C'était une vieille Fiat 127 recouverte de poussière, les pneus dégonflés.

—Tu pourrais m'aider à retirer cette roue, s'il te plaît? demanda l'homme en désignant une barre en fer posée sur trois briques alignées, entre les roues avant et arrière.

Il lui expliqua qu'il n'avait pas de cric et qu'il fallait donc faire levier avec la barre en fer et les briques pour soulever la voiture. Les trois briques devaient servir de pivot, la barre de bras.

— Moi je pousse levier et je soulève voiture, toi tu retires roue. Compris? J'ai dévissé les boulons. Mais dépêche-toi, je sais pas combien de temps je résiste. Elle pèse, la voiture. Elle pèse.

Michele acquiesça. Erastos glissa la barre de fer sous la voiture, posa la partie centrale sur les briques et respira deux ou trois fois pour se préparer.

—Tu es prêt, ami? murmura-t-il en le regardant dans les yeux.

Michele se pencha au niveau de la roue et Erastos poussa la barre de fer vers le bas avec un gémissement. La barre se plia, sembla ne pas pouvoir résister. L'homme émit une sorte de grognement de rage et poussa encore plus fort vers le bas. La voiture se souleva avec un grincement sinistre, de plusieurs centimètres.

— Allez! implora Erastos, écarlate à cause de l'effort, les veines du cou pulsant, prêtes à exploser d'un instant à l'autre.

Michele saisit la roue, la sortit de son moyeu et juste après Erastos lâcha la barre qui, en réaction, fut projetée en avant contre le flanc de la voiture, brisa la vitre avant et rebondit sur le sol avec un bruit métallique sec.

Michele recula pour éviter les éclats de verre et, instinctivement, se protégea avec la roue. Erastos poussa un soupir de satisfaction.

— Excellent travail, mon ami, dit-il en se penchant vers Michele pour l'aider à se relever.

— Mais... la voiture est bonne pour la casse, observa Michele en se frottant les mains pour se débarrasser de la poussière du pneu.

— De toute façon elle pas à moi, répondit Erastos imperturbable.

Michele le dévisagea, ébahi, puis regarda autour de lui pour s'assurer que personne ne les ait vus.

— Comment ça, elle n'est pas à toi? Et la roue? Tu es en train de la voler?

— Voler, voler... gros mot, ami. La voiture est abandonnée, j'ai pris une roue. Pas toute la voiture...

Michele écarta les bras, résigné. Erastos lui

posa une main sur l'épaule, le regarda dans les yeux.

— Maintenant j'ai dette envers toi, ami, dit-il sincèrement. Pour nous Grecs c'est important. Comme pacte de sang. Je dois payer ma dette. Toi demandes... moi que peux faire pour toi, ami?

Michele hésita un instant, puis sortit de son sac la photo de sa mère et la montra à Erastos.

—Voilà. Il me suffit que tu regardes cette photo et que tu me dises si tu as déjà vu cette femme.

Erastos regarda la photo avec attention. Il se déplaça en direction de la lumière qui provenait des enseignes lumineuses pour mieux voir et Michele le suivit, comme s'il craignait qu'il puisse s'enfuir avec la photo.

— Belle femme. Très belle... Je me souviendrais si j'avais vu si belle femme. Très belle...

Il siffla d'admiration. Michele sentit une gêne, comme une jalousie instinctive, et retira la photo des mains de l'homme.

— La photo date d'une trentaine d'années, exagéra-t-il comme pour souligner le respect dû à une personne âgée, en plus d'être sa mère.

Erastos sembla frappé, une lueur d'intérêt éclaira son regard.

— Pourquoi tu la cherches? demanda-t-il en sortant de sa poche un paquet de cigarettes froissé.

— C'est ma mère.

—Ami! Tu as grande histoire à raconter à Erastos, alors! s'exclama-t-il en allumant une cigarette. Tu fumes pas, hein ? Bon teint, non-fumeur. Tu prends coups mais tu fumes pas, dit-il en indiquant les bleus sur le visage de Michele.

L'homme se dirigea vers la roue qui était restée sur le sol, la souleva d'une main puis lui fit signe de le suivre.

— Maintenant on va chez moi. Vin, quelque chose à manger et tu racontes histoire, dit-il en se dirigeant vers la zone plongée dans l'obscurité à l'arrière de la station-service.

Michele resta immobile, indécis.

— Déjà dit : je ne mords pas, ami. Tranquille, le rassura Erastos sans se retourner.

Michele hésita encore, puis décida de le suivre.

Après vingt minutes de marche ils arrivèrent à une construction cachée dans les fourrés, hors de la ville. C'était un vieux préfabriqué avec des fissures sur la façade, entouré d'herbes sauvages et de buissons de ronces. En le voyant, on le croyait abandonné depuis longtemps. Les vitres des fenêtres à côté de l'entrée étaient recouvertes de poussière et de toiles d'araignée. Seul un tas de bois à brûler, protégé par de la cellophane maintenue par des briques, pouvait laisser supposer une forme de vie à l'intérieur. Erastos posa la roue devant l'entrée, sortit des clés de sa poche et ouvrit la porte, puis il reprit la roue et entra dans le bâtiment obscur. Michele hésita. Il était encore méfiant. Il regarda autour de lui : seule la lune éclairait le sommet des arbres qui entouraient le lieu et le silence de la nuit était à peine dérangé par les feuilles et par la douce inquiétude d'un hibou qui hululait au loin. Soudain l'intérieur de la maison s'éclaira d'une lumière tremblotante et Erastos apparut sur le seuil.

— Ami, tu attends un autre invité pour entrer ?
Michele avança, circonspect.

La pièce était immense, beaucoup plus grande que ce à quoi on s'attendait, mais le plafond était haut d'à peine deux mètres. Au fond, un vieil escalier métallique rouillé en colimaçon menait à une ouverture irrégulière dans le plafond, aux bords tachés de moisissure. Sur la droite, à côté d'un évier de cuisine, deux chariots de supermarché tenaient lieu de placards : ils étaient remplis de casseroles, assiettes et couverts entassés. Dans un coin, un réchaud de camping était posé sur une étagère sous laquelle on apercevait une bombonne de gaz. Sur le mur opposé, les restes d'un canapé défoncé, en velours vert foncé.

Erastos se dirigea vers une vieille table en bois épais, sortit une miche de pain foncé et dense, la posa sur une planche et entreprit de couper de grosses tranches irrégulières.

— Ami, fais plaisir... prends olives, fromage et vin dans le frigo, dit-il toujours en coupant le pain.

Michele regarda autour de lui, perdu, à la recherche du frigo.

— Frigo naturel, ami, suggéra Erastos amusé en indiquant une fenêtre au fond de la pièce.

Michele alla l'ouvrir et fut assailli par un vent

glacial qui sentait le fromage et les olives. Il vit deux paquets graisseux posés sur le rebord et une bouteille de deux litres remplie de vin blanc. Il prit le tout et revint vers la table, où Erastos avait déjà disposé assiettes, verres et couverts. Ils s'assirent et le Grec remplit les deux verres de vin, puis il prit un morceau de fromage et le coupa en dés, qu'il disposa dans les assiettes avec les olives, avant de tendre une tranche de pain à Michele.

— Mange et raconte, ami. Raconte-moi ton histoire..., dit Erastos en vidant son verre d'un trait.

Puis il mangea, en silence. Il choisissait soigneusement les morceaux de fromage et les olives dans son assiette, comme si c'étaient des pierres précieuses qu'il examinait, dont il admirait le reflet dans la lampe à huile, puis il les portait à sa bouche de façon quasi obséquieuse, voire religieuse. Il semblait remercier un dieu personnel en mâchant lentement sa nourriture. En même temps il écoutait Michele qui, après un moment d'hésitation, avait entrepris son récit. Il l'écoutait sans le regarder, mangeant et buvant, comme si la voix du jeune inconnu provenait d'une radio allumée dans la pièce. En racontant, Michele eut l'impression que l'histoire de sa vie, à ce moment-là, appartenait à un autre. Comme si, à force de la répéter durant ces deux jours, après l'avoir tue pendant des années, elle lui avait échappé pour atteindre une réalité parallèle, jusqu'à devenir une légende urbaine murmurée par des voix étrangères dans les salles enfumées d'un bar de banlieue.

Quand il eut achevé son récit, Erastos leva les yeux de son assiette pour le regarder.

— Ami, tu peut-être le sais pas, mais tu cherches ton paradis terrestre! dit-il comme s'il lui adressait un compliment.

— Je... Je ne comprends pas.

Erastos soupira, fit un demi-sourire puis resservit Michele en vin.

— Tu sais l'histoire d'Adam et Ève, ami? Paradis terrestre, serpent, pomme... Ève croque la pomme, etc.?

— Oui, bien sûr. Mais quel rapport avec ma mère, le journal et tout le reste?

Le Grec rit à gorge déployée, vida à nouveau son verre et s'essuya la bouche du revers de la main.

— Ami, cette histoire est histoire de nous tous, dit-il en observant une olive avec respect avant de la mettre dans sa bouche. Toi, ami, réfléchis-y... quand on naît, on est petit et on semble sans défense. Mais, si on naît dans famille normale, on est pas différent, même pas un peu, mon ami. Tu sais pourquoi? Parce que tout le monde autour de nous, ami... maman, papa, grands-parents, famille... tout le monde autour de nous pour protéger et dire «quel bel enfant» et rire quand on fait rot après tétée, ou bien applaudir quand on dit premier mot qui veut rien dire. On est au centre du monde, ami, réfléchis-y...

Michele y pensa en avalant une gorgée de vin.

— Tout le monde autour de nous comme miracle, tout le monde faire compliments et quand on fait premiers pas dire : « Merveille, il marche ! » Ami, nous petits on peut faire même une connerie, tout le monde dit bravo. Résultat, ami ? Résultat est qu'on se sent imbattables comme héros grecs, on pense que tout est possible pour le futur parce que autour de l'enfant il y a amour. Amour et admiration. C'est ça le paradis terrestre, mon ami. Notre paradis terrestre. Mais ensuite qu'est-ce qui se passe, ami ?

— Je ne sais pas. Qu'est-ce qui se passe ? demanda Michele en vidant son verre à son tour.

— Il se passe que nous après premiers pas on tombe et que notre tête se casse, mon ami. Il se passe qu'une journée étrange arrive et que papa au lieu d'applaudir il nous donne baffe forte parce qu'il est nerveux à cause de ses histoires à lui. Ou bien… il se passe que maman part avec train et ne revient pas, conclut-il en le regardant dans les yeux.

Michele acquiesça et sentit un frisson lui parcourir le dos.

— Alors toutes les certitudes d'être héros grec vont se faire foutre et nous on comprend qu'ils nous ont trompés, que paradis terrestre n'existe plus et qu'on a été chassés et bernés, comme Adam et Ève.

Un silence dense et prolongé suivit les mots d'Erastos. L'homme soupira, comme aspiré par une douleur personnelle.

— À partir de ce moment, mon ami, toute

notre vie est espoir. Espoir de revenir à paradis terrestre. Toutes nos actions, toutes les pensées, les choix, les décisions... tout ce qu'on fait est pour essayer de revenir à paradis d'enfance. Quand tout le monde autour de nous applaudit pour un rot, dit Erastos en leur resservant du vin. Tu cherches ta mère, mon ami... parce que tu crois que ta mère est paradis terrestre perdu. Peut-être c'est vrai. Peut-être pas. Peut-être tu le sauras jamais. Mais bien sûr je te souhaite beaucoup de réussir.

Il leva son verre. Michele l'imita et ils trinquèrent, comme suspendus dans les airs. Ils burent et Erastos émit un rot sonore et libératoire. Michele, un peu ivre, applaudit, convaincu. Le Grec fit une petite révérence pour exprimer sa gratitude, riant de bon cœur.

— Merci, ami. Erastos est redevenu enfant...

Il les resservit, une fois encore. Michele hésita : il voulait poser une question mais n'en avait pas le courage.

— Et toi ? demanda-t-il en rassemblant ses forces. Tu cherches encore ton paradis terrestre ?

— Bien sûr que je cherche paradis, mon ami. Et ce soir je l'ai trouvé, enfin, dit-il en indiquant la roue de la Fiat 127 qui reposait dans un coin.

— Une vieille roue ? C'est ça ton paradis terrestre ?

— Cette roue est le dernier morceau qui servait à mon paradis, ami.

Erastos se leva, enfila un coupe-vent et alla prendre la roue, puis il alluma une lampe à huile et se dirigea vers l'escalier en colimaçon en faisant signe à Michele de le suivre.

— Couvre-toi bien. Et viens voir avec tes yeux.

Michele vida son verre puis se leva à son tour, enfila son blouson et suivit Erastos qui monta les marches bringuebalantes.

Au fur et à mesure qu'ils montaient, il faisait de plus en plus sombre. Quand ils passèrent l'espèce de lucarne, leurs ombres se dessinèrent sur un sol en béton brut jonché de pinces, tenailles, tournevis, clés et outils divers. Michele sentit un froid soudain et se rendit compte qu'au-dessus de leurs têtes il y avait le ciel, parsemé d'étoiles. Ils se trouvaient sur une terrasse entourée de murs d'un mètre de haut. Seules la lune et les étoiles, avec la lampe d'Erastos, éclairaient la nuit. Mais quand Erastos, qui le précédait, s'écarta, Michele resta bouche bée : au centre de la terrasse il y avait une voiture. Quand le Grec augmenta la lumière de la lampe à huile, Michele s'aperçut que cette voiture, en plus de sa forme indéfinissable, n'était pas d'une couleur homogène : une portière était bleue, l'autre blanche. Le capot était d'un gris perle passé, les ailes couleur amarante.

Il lui manquait une roue.

Erastos donna une tape sur le toit noir de son étrange créature et sourit fièrement.

—Voilà mon paradis terrestre, ami ! dit-il avant d'expliquer qu'il l'avait construite à partir de pièces de moteurs et de carrosseries abandonnés, ou bien en fouillant dans les casses de la région. Je l'appelle Frankenstein, ami, parce que c'est moi qui l'ai créée, exactement comme le célèbre monstre. Il ne manquait qu'une roue, poursuivit-il en la soulevant à l'aide d'un cric. Maintenant la voiture est terminée. Tu me la passes, ami ?

Michele saisit la roue et la poussa vers Erastos qui l'attrapa et entreprit de la monter.

— Je suis né sur une petite île grecque, continua l'homme en glissant le cercle dans les pivots de l'axe. Très petite. Trop petite. On n'avait pas besoin de voitures, personne n'avait de voiture. Il n'y avait que des barques, mon ami. Tous pêcheurs. Mon père pêcheur, mon oncle pêcheur. Et moi je rêvais d'avoir voiture. Alors à dix-huit ans je suis parti de l'île. Tu me passes la clé pour les boulons, ami ?

Michele se pencha, prit la clé et la lui tendit. Le Grec se mit à dévisser les boulons, tout en racontant.

— J'étais jeune, j'avais force, ami. Mais tu sais ce que j'ai trompé ? Je voulais tout vite... Voilà, encore un boulon et travail terminé...

Michele fit le tour de l'étrange véhicule, passa son doigt sur l'aile poussiéreuse.

— Et ensuite ? Que s'est-il passé ? demanda-t-il à Erastos en observant l'intérieur de l'automobile, dont les sièges arrière étaient dépareillés. Même le tableau de bord était un assemblage de plusieurs marques.

— Il s'est passé qu'être pressé, ça crée mésaventures, ami. Alors je volais pour avoir argent. Et dans mes quarante dernières années de vie, j'ai passé la majorité en prison. Je connais prisons de toute l'Europe, mon ami. Long prison à celle de Kiev, aussi. Jamais eu famille, jamais eu femme fixe, jamais eu maison, ami. Ceci est ma première maison, même si elle n'est pas à moi. Je l'ai trouvée vide… je suis entré, personne ne m'a chassé. C'est peut-être une maison qui intéresse personne, tu ne crois pas, ami ?

Michele acquiesça, un peu tendu. La tranquillité et la gentillesse d'Erastos contrastaient avec le récit de sa vie et il n'arrivait pas à comprendre s'il était en danger ou bien en sécurité.

— Mais j'ai eu beaucoup voitures, ami. Même de luxe. Mais toutes volées. Elles étaient à moi pas pour longtemps, puis je devais les laisser quelque part, avant que police m'arrête.

Erastos acheva le montage de la roue et se leva, s'étirant pour détendre ses muscles.

— Mais quand je suis arrivé ici j'ai compris que j'avais maison. Et si j'avais maison, je pouvais aussi avoir voiture. Alors j'ai commencé à chercher morceaux pour la faire, conclut le Grec l'air satisfait avant de sourire à Michele. On fait un tour, ami ?

Avant que Michele puisse répondre, il ouvrit la portière côté conducteur et s'installa dans la voiture. Michele ne bougea pas.

— Qu'est-ce que tu fais, ami ? Tu montes ou tu restes ici ?

Michele regarda la voiture, puis regarda autour de lui.

— Mais... comment tu fais pour sortir d'ici?

Le Grec rit, amusé, en tapant sur le volant.

— Sortir, ami? Tu ne vois pas que c'est impossible sortir? Nous sommes sur terrasse, au premier étage, autour que des murs. Tu vois porte? Tu vois descente vers la route? Alors comment tu veux que la voiture sorte? Moi construite sur terrasse justement parce qu'elle peut pas sortir, personne peut la voler ou la séquestrer, ami. Tant que je vis ici, voiture est à moi. Tu as compris, ami? Maintenant, tu montes?

Michele toussa, comme pour s'éclaircir les idées, plus que la voix. Finalement, il s'installa à côté d'Erastos.

— Mets ceinture, ami, lui dit l'autre en mettant la sienne.

Michele était gêné et inquiet. La situation lui semblait absurde, irréelle. Peut-être qu'Erastos était fou. Dans ce cas, il ne pouvait pas prévoir ses réactions. Aussi il décida de lui obéir et il attacha sa ceinture.

— Tu crois que je suis fou, ami?

— Non, non, je...

— Ne t'en fais pas... tout le monde croit que ceux qui essaient d'être heureux sont fous, dit Erastos en fixant une route imaginaire devant lui.

« Surtout quand ils construisent une voiture sur une terrasse sans sortie », pensa Michele. Mais ensuite il considéra sa vie à l'intérieur d'une petite maison, en compagnie d'objets trouvés à qui il parlait comme si c'étaient des amis, sans jamais sortir, pendant des années et des années, du périmètre de la gare ferroviaire. Et il comprit que si Erastos était fou, peut-être que lui-même l'était tout autant.

— Où allons-nous, ami? demanda Erastos en le regardant avec un sourire amusé.

Michele haussa les épaules : il n'en avait pas la moindre idée.

— Laisse-moi faire..., poursuivit Erastos. Tu as déjà été à Lisbonne? J'ai vécu en prison deux ans là-bas... Belle ville, très belle, ami. Allons à Lisbonne.

Le pied droit d'Erastos appuya sur l'accélérateur et soudain, d'une façon que Michele ne comprit pas, la voiture démarra, légère et silencieuse. Sous la lune et les étoiles, ils roulèrent dans les rues de Lisbonne puis, sur la vague des récits d'Erastos, ils empruntèrent des sentiers inconnus près du fleuve Tage, jusqu'à la frontière espagnole. Ils voyagèrent toute la nuit, jusqu'à ce que le soleil du matin les surprenne, endormis sur les sièges de la drôle de voiture.

Michele fut ramené à la réalité par une étrange vibration qui provenait de la poche droite de son jean. Il ouvrit les yeux et regarda autour de lui, enveloppé dans son blouson et transi de froid, essayant de faire le point. La lumière du soleil était aveuglante et à côté de lui Erastos dormait profondément. La vibration lui chatouillait toujours le flanc droit. Il comprit enfin qu'il s'agissait du portable d'Elena. Il le sortit et répondit, la voix pâteuse.

— Allô...

La voix d'Elena était chargée d'une étrange tension.

— Salut Michele, excuse-moi de te déranger...

— Elena, murmura-t-il en se redressant sur son siège, frissonnant de froid et d'émotion.

— Écoute... Tu as du nouveau ? Tu as appris quelque chose sur ta mère ?

— Non. Et je ne crois pas que...

— Écoute-moi, l'interrompit Elena. Je ne sais pas comment te le dire mais... moi, je l'ai peut-être trouvée.

12

La veille, durant le voyage pour rentrer de Piana Aquilana, Elena avait vu par la fenêtre du train un aigle royal en vol. La stupeur avait interrompu pendant un instant la douleur et la déception du brusque détachement de Michele. Les yeux grands ouverts, elle avait suivi la courbe large de son vol, ses ailes dépliées au vent, immobiles et coupantes. Pendant quelques instants, la silhouette de l'oiseau avait caché le cercle pâle du soleil qui se couchait à l'ouest du panorama montagneux. Puis il avait piqué vers le bas, ralentissant à peine, pour attraper un pinson. La respiration d'Elena s'était arrêtée tandis que l'aigle royal, poussant vigoureusement sur ses ailes, remontait, sa petite proie entre ses griffes et le bec qui semblait pointer tout droit vers l'infini.

L'admiration pour le vol du rapace et la peine pour le sort du pinson avaient alterné dans l'esprit d'Elena et l'avaient ramenée à sa dernière discussion avec Michele. Qui d'eux deux était l'aigle, et qui le pinson alpin? Elena l'avait attaqué sans préavis, exactement comme un aigle, avant de partir. Les mots, comme des griffes, l'avaient accusé de ne penser qu'à lui, de ne pas voir d'autre douleur que la sienne. Pourtant, durant toute la matinée, elle s'était sentie comme un pinson transporté par le vol de Michele, par son refus : «Je suis bien, seul, tu le comprends, oui ou non? Comment je dois te le dire?» Ses mots l'avaient blessée puis vidée, exactement comme la carcasse de ce pinson tout juste capturé, qui serait bientôt privé de cœur et de respiration. Elle avait senti le besoin de se défendre. Elle avait laissé la rage monter en elle jusqu'à devenir rébellion. Elle ne voulait plus souffrir, elle ne voulait plus tomber dans l'obscurité de la douleur qu'elle avait affrontée des années auparavant.

«Je te l'avais promis, et je tiens mes promesses…», avait-elle dit à Milù le soir en rentrant chez elle.

Se rappeler que la vie est belle. Une promesse infantile, en apparence. Mais peut-être la plus terrible et engageante des promesses. Parce que, ensuite, c'est la vie qui nous rappelle, jour après jour, à quel point elle peut être dure, difficile, imprévisible. Parfois sans pitié. Mais Elena veut l'aimer quand même.

«Alors pourquoi ne pas aimer Michele, même s'il te fait souffrir?» lui avait demandé Milù, la troublant comme la vie peut nous troubler parfois.

Elena n'avait pas répondu. Elle avait laissé le sommeil calmer ses pensées.

Au lever du soleil elle s'était dirigée vers la gare, elle était montée dans le train et en était descendue à Solombra Scalo pour se rendre au café. Cosimo l'avait accueillie avec son demi-sourire habituel et elle avait préparé des cafés et cappuccinos pour les clients, les uns après les autres, comme si elle voulait éloigner les pensées et s'annuler dans la répétitivité du geste.

Puis son regard s'était posé sur la photocopie de la photo de la mère de Michele, qu'elle avait elle-même accrochée à la vitrine et qui reposait maintenant, pliée en quatre, sur un tabouret à côté de la caisse. Elle s'apprêtait à la ranger quand Cosimo s'était soudain rappelé :

— À propos, Elena... J'avais oublié qu'hier un type est passé, il a dit qu'il avait vu cette femme.

Elena s'était tournée vers lui, le cœur battant la chamade.

— Il a écrit une adresse sur la photocopie... c'est pour ça que je l'ai mise là, avait poursuivi le patron du bar en indiquant la feuille sur le tabouret.

Elena s'était précipitée pour lire l'indication, écrite au crayon, d'une graphie ronde :

Fromagerie au km 9 de la route nationale de Piana Aquilana, vers Carvagnaso.

Maintenant, au téléphone avec Michele, elle tremblait un peu sous le coup de l'émotion. Entendre à nouveau sa voix avait été comme sortir d'une anesthésie et retrouver tous ses sens en alerte. Elle écoutait les bruits de fond et les pas de Michele qui lui avait demandé d'attendre un instant tandis qu'il cherchait un papier et un crayon pour noter l'adresse de la fromagerie. Elle essayait de comprendre où il était.

— Me voici..., dit enfin Michele dans le combiné, essoufflé.

Elena lui répéta l'adresse, que Michele nota. Puis il se tut. Sa respiration était agitée.

— Tu as écrit l'adresse ? demanda-t-elle.

— Oui.

— Bien.

Elena sentit que le monde des mots, dans la mesure où le trop peut coïncider avec le vide, s'était soudain épuisé.

Michele fixait l'adresse, notée sur un papier, et peinait à reconnaître son écriture : les traits étaient tremblants, à peine lisibles. Tout lui semblait irréel, comme la réverbération d'un rêve.

— Mais tu es sûre que ma mère est là ? lui demanda-t-il, encore sous le choc et incrédule.

Elena regarda la machine à café derrière le bar comme si elle la voyait pour la première fois.

— Et si je ne la trouve pas ? reprit-il comme s'il voulait se rassurer sur l'existence d'une possibilité de ne pas atteindre son but.

Elena sentit monter une rage sourde mêlée de

déception, le monde des mots refit surface dans son esprit. Elle choisit les premiers qui arrivèrent :

— Michele, excuse-moi mais c'est quoi, cette question ? C'est-à-dire, j'obtiens cette information, je t'appelle tout de suite pour te la donner, après moi je n'en sais rien si la personne qui prétend avoir vu ta mère se trompe ou... ou non. Au lieu de me remercier, en plus tu veux une assurance ?

— Non, je... quel rapport... C'est juste que...

— Hé, ami, avec qui tu parles ? cria Erastos qui venait de se réveiller et avait rejoint Michele dans la pièce du rez-de-chaussée.

Elena entendit sa voix.

— Tu parles avec une femme, pas vrai ami ? Ça se voit sur visage... tu baisée ? Pas encore ?

— Chuuut, implora Michele en mettant sa main sur le micro du téléphone.

— Baisée oui ou non ? répéta Erastos en s'étirant.

— Taisez-vous, s'il vous plaît..., le supplia Michele tandis qu'Elena n'entendait plus rien. C'est important.

Erastos leva les deux mains en signe de reddition.

— Je prépare le café, ami, dit-il en se dirigeant vers le réchaud.

— Elena, reprit Michele, excuse-moi, c'est un ami qui m'a hébergé.

— Bien, explosa Elena. Je suis contente que tu aies un ami.

— Je l'ai rencontré hier, je ne sais pas encore si c'est vraiment un ami, répondit Michele, gêné.

— Bien sûr. Parfois il faut du temps pour comprendre certaines choses. C'est toi qui as dit que c'était ton ami : essaie de te mettre en paix avec ton cerveau.

Une fois encore, Elena se sentait déçue et blessée.

Michele ne répondit pas. Il n'était pas préparé à l'attitude caustique et énervée d'Elena. Il comprit qu'il était trop chamboulé pour se disputer et que ses mots ne feraient qu'aggraver la situation.

— Elenaaaa! Je dois les faire moi-même, ces cafés? cria à son tour Cosimo depuis la caisse.

Michele poussa un soupir de soulagement.

— Je dois y aller, dit Elena.

— Oui, j'ai entendu, répondit Michele.

Elle raccrocha sans lui dire au revoir, comme si elle lui claquait la porte au nez.

Il se tourna vers Erastos qui remplissait deux tasses de café. Il se dirigea vers la table, s'assit et prit celle que le Grec lui tendait. La chaleur lui procura une sensation de soulagement. Il comprit qu'il ne voulait pas penser. Il voulait l'oubli. Il désirait le vide, l'absence, l'obscurité. Alors il les chercha derrière ses paupières fermées, comme quand il était enfant et qu'il fermait les yeux dans l'espoir de se rendre invisible et insaisissable.

Dans son esprit, la voix d'Elena résonnait encore, mais plus le sens de ses mots ni leur dispute. Il se sentit flotter dans un état de calme absolu et de vide. Comme si toutes les portes qui donnaient accès à sa conscience étaient fermées.

Mais le vide et le calme se dissipèrent à la première gorgée de café. La conscience de la proximité possible de sa mère l'envahit soudain, comme une vague de retour, et lui noua la gorge.

La chaleur du liquide sur sa langue lui sembla abrasive, il sentit comme une griffure à l'intérieur de son thorax et sa respiration s'arrêta.

— Hé, ami, que se passe-t-il? Tu as une tête d'infarctus, dit Erastos en posant sa tasse sur la table et en se levant pour aller lui taper dans le dos. Respire. Doucement. Tu regardes moi et restes calme, ami. Prends souffle, envoie dans les poumons...

Michele inspira profondément et sentit l'air revenir et lui remplir les poumons avec un sifflement rauque. Il fit un geste rassurant pour informer Erastos que tout allait bien, puis avala le reste de son café, cette fois sans problème. Sa respiration redevint régulière. Michele prit le papier avec l'adresse de la fromagerie et le montra à Erastos, lui demandant des indications sur le chemin pour s'y rendre.

— C'est beaucoup de route, ami. Beaucoup de route... Tu ne peux pas aller à pied, mais il y a un bus qui t'amène pas loin.

Michele acquiesça, tourneboulé.

— Pourquoi tu dois aller à fromagerie, ami? demanda Erastos en mordant dans une tranche de pain sec qui traînait sur la table depuis la veille.

— Parce qu'on m'a dit que ma mère s'y trouvait, répondit Michele dans un souffle.

Erastos ouvrit grand ses yeux bleus et siffla.

— Putain, ami..., dit le Grec. Et tu es encore là en train de boire ton café? Sacrée peur de la trouver, pas vrai?

Michele ne répondit pas. Il sentit l'odeur des cheveux de sa mère qui se frayait un chemin entre l'arôme du café et les effluves de pain sec, comme un souvenir lointain qui refait surface et prend le dessus sur le reste. Il comprit enfin pourquoi il avait peur de la retrouver.

13

Les rayons du soleil, contrastant avec le froid des montagnes environnantes, se reflétaient sur les cuivres de la fanfare de Carvagnaso, en déplacement à Piana Aquilana, et rebondissaient sur les façades des vieilles demeures. Les notes à la fois joyeuses et martiales de *La Straniera* de Vincenzo Bellini semblaient souligner, ironiquement, les pas incertains de Michele, surpris et incrédule, obligé de suivre, à cause du manque d'espace sur les côtés de la route, le petit cortège de curieux et de touristes qui accompagnaient les musiciens d'un pas lent. Au premier élargissement, il dépassa le groupe pour filer vers le centre historique de Piana Aquilana. Le terminus des bus était situé sur la place de la gare. Le réseau reliait la petite ville au reste de la région. Un employé de la billetterie l'informa que le bus pour Carvagnaso partait à 11 heures et qu'il marquait deux arrêts assez proches du kilomètre 9 de la nationale. Quand il lui donna son billet, l'horloge du campanile de la place indiquait 9h10. Michele se demanda comment occuper son temps en attendant sans se laisser gagner par la nervosité et le doute, par les mille questions qui se pressaient dans son esprit, par la crainte mais aussi par l'étrange espoir de ne pas trouver sa mère dans cette fromagerie. Parfois il lui semblait impossible de la revoir, comme si c'était une ligne d'arrivée inatteignable. Mais ensuite la sensation de n'être plus qu'à quelques kilomètres d'elle devenait palpable, réelle. Alors son cœur battait plus vite et son estomac se nouait au point de lui donner la nausée, qu'il ne parvenait à calmer qu'en respirant profondément, lentement. Il se sentait sale. La douche prise dans l'hôtel de Ferrosino la veille lui semblait un événement très éloigné dans le temps. Il se dit que, s'il trouvait sa mère, il devait être présentable. Il acheta un paquet de lingettes puis chercha un bar, commanda un café et se dirigea vers les toilettes. Il frissonna au contact du liquide froid et huileux qui imprégnait les lingettes. Il choisit un tee-shirt propre dans son sac à dos, retourna au bar et paya. Il avait à peine touché à sa tasse.

Quand il se retrouva dans la rue, le vent apporta à ses narines l'odeur de lavande et d'agrumes qui de la lingette s'était transférée sur sa peau. Il réalisa qu'il ne s'était pas rasé depuis deux jours. Il leva les yeux vers la vitrine d'une boutique de vêtements et vit son reflet. À part la barbe, quelque chose avait changé dans son physique, à tel point qu'il eut du mal à se reconnaître. Sa posture s'était améliorée, ses épaules étaient droites, sans cette légère courbure qui le caractérisait quand il se regardait dans le miroir de sa salle de bains. Marcher autant pendant ces trois jours lui avait fait du bien. Ses muscles avaient repris de l'élasticité et du tonus, son visage s'était un peu creusé et il avait probablement perdu du poids. Il semblait plus tonique, et même mieux bâti. Il prit une rue latérale et se dirigea vers l'échoppe d'un barbier où il était allé la veille pour montrer la photo de sa mère. Il y entra et s'installa en attendant son tour. Un quart d'heure plus tard, quand le barbier eut achevé une coupe de cheveux et salué un client âgé, Michele s'assit dans le siège anatomique et demanda un shampoing et un rasage. Il n'était pas encore 9 h 30, il avait plus d'une heure et demie devant lui, avant le départ du bus.

L'eau chaude glissa avec le shampoing sur ses cheveux et les doigts du barbier parcoururent son crâne comme les pattes pressées d'une araignée. Michele apprécia le contact rassurant de ce massage du cuir chevelu et se rappela toutes les fois où, enfant, il avait regardé son père installé dans la même position dans le salon de Miniera di Mare. À cette époque, le lieu lui semblait être un monde secret d'adultes. Avec le temps Michele avait appris à se couper les cheveux seul, au toucher. Il évaluait la longueur en serrant les mèches entre ses doigts et donnait de légers coups de ciseaux à celles qui semblaient les plus longues.

Mais le souvenir du barbier, des longues attentes tandis que son père se faisait raser et coiffer, était resté imprimé dans sa mémoire comme une époque heureuse. Se soumettre à ce lavage des cheveux, au contact de ces mains inconnues, fut une conquête : la confirmation qu'il était soudain passé dans un monde adulte auquel il se sentait étranger quelques jours auparavant. Le barbier lui couvrit la tête d'une petite serviette-éponge, la frictionna délicatement et compléta l'opération à l'aide d'un sèche-cheveux. Puis, suivant un rituel bien établi, il glissa un linge en coton blanc autour du cou de Michele et lui savonna le visage avec un blaireau. Jusque-là, tout s'était déroulé dans un silence absolu. Quand le rasoir parcourut, glacial et précis, les joues de Michele, les regards des deux hommes se croisèrent dans le miroir.

— Vous avez trouvé la femme que vous cherchiez ? demanda alors le barbier, dévoilant ainsi à Michele qu'il se souvenait de sa visite de la veille.

— Peut-être que oui..., répondit Michele après une légère hésitation.

Le barbier acquiesça légèrement, puis lui rasa la gorge avec des gestes rapides et sûrs. En quelques minutes le visage de Michele fut parfaitement lisse. Le barbier l'essuya avec un linge frais, puis fit tourner son siège vers le miroir.

— On met un après-rasage ? demanda-t-il d'un air complice, comme s'il promettait quelque chose d'illicite et de précieux.

Michele accepta, plus pour lui faire plaisir que par conviction.

Le barbier sautilla jusqu'à une étagère, attrapa un flacon et vaporisa du liquide sur le visage de Michele avant de le masser. Michele se sentit enveloppé d'un parfum impudent de menthe et tabac mélangés, puis il se leva lentement, paya les dix euros demandés, salua le barbier et sortit du salon comme on quitte un rêve pour revenir à la réalité.

L'après-rasage brûlait légèrement autour des blessures et le vent frais qui éloignait les nuages lui offrait un peu de soulagement, quand Michele vit plusieurs personnes courir vers une rue latérale. Il avait encore le temps, aussi se laissa-t-il pousser par la curiosité. Il les suivit, accélérant le pas, et se retrouva devant un parc où une petite foule s'était regroupée en cercle. De temps à autre on entendait des applaudissements et une langue de feu jaillissait vers le haut, accompagnée de murmures d'émerveillement et de cris excités d'enfants. Michele se fraya un chemin jusqu'au centre du cercle et vit un homme d'une trentaine d'années en tenue bariolée, de style indien. Son pantalon était roulé sur ses mollets et ses pieds nus reposaient sur un tapis d'éclats de verre. Tout en se déplaçant dessus, il portait à sa bouche une torche enflammée faite de chiffons imbibés d'essence enroulés autour d'une barre de fer puis, tel un dragon, il soufflait des flammes qui incendiaient le ciel. On aurait dit le maître du

Feu et de l'Absence de douleur, avec ses pieds nus qui défiaient les lames de verre à chaque pas, tandis qu'il souriait. Michele regarda un moment le spectacle, bouche bée, fasciné par les flammes, par la chaleur soudaine qui enveloppait l'air à chaque souffle, par le crissement du verre sous les pas de l'homme et par ce sourire impertinent qui semblait accepter tous les défis. Puis il vit les cheveux blonds et frisés de l'homme, son nez légèrement écrasé, il vit sa façon d'agiter la main en répondant aux applaudissements et cela lui sembla familier, comme un souvenir qui revient soudain. Incrédule, ému, il avança encore dans la foule et arriva au premier rang, où il s'agenouilla pour ne pas gêner les gens qu'il avait doublés.

« C'est impossible », pensa-t-il. « C'est une vue de l'esprit... ça ne peut pas être lui ! » Mais quand il vit de près son sourire, il remarqua l'incisive cassée et reconnut son regard.

— Antonio, murmura-t-il, les yeux brillants, très ému.

C'était l'ami d'enfance qu'il avait perdu, l'enfant qui rêvait de construire des vaisseaux spatiaux sans jamais partir, qui voulait épouser la fillette de CE2-C et qui jouait au foot avec lui sur le petit terrain à côté de l'école. Il chercha son regard et quand il le croisa il lui fit un signe. Antonio leva une main, simplement, comme s'il répondait au salut d'une personne dans le public. Il ne l'avait pas reconnu.

Il lança encore deux ou trois flammes vers

le ciel, puis mit la pointe de la torche dans sa bouche et éteignit le feu. Sous les applaudissements du public il sautilla longuement sur les éclats de verre, comme s'il dansait, léger. Enfin il s'inclina, écarta les bras et émit un sifflement strident et puissant. Le même que celui qui avait si souvent résonné dans la cour de l'école de Miniera di Mare.

Le public se dispersa lentement et certains déposèrent des pièces dans la caisse qu'Antonio avait posée par terre, à côté d'une vieille Vespa chargée de bagages et d'un étui de guitare. Michele le regarda ranger son matériel dans un gros sac, ramasser les éclats de verre et les pièces, puis il s'approcha.

— Antonio…

— On se connaît? demanda l'autre.

— Antonio Pepe…, répéta Michele.

— Oui, c'est moi, mais toi qui es-tu? Je n'ai pas l'impression que… Attends, dit-il en écarquillant les yeux. Mais… tu es Michele? Michele Airone?

Michele acquiesça, ému.

— Incroyable! s'exclama Antonio. Ce n'est pas possible!

Il l'attrapa par les épaules et le tira vers lui pour le serrer dans ses bras.

— Qu'est-ce que tu fais ici? Je ne t'avais pas reconnu. Bon, on va boire un coup et tu me racontes. J'ai la gorge sèche, si tu vois ce que je veux dire.

— Je te crois ! répondit Michele en éclatant de rire.

Ils se dirigèrent vers un kiosque à l'intérieur du parc et choisirent une table libre. Antonio commanda une bouteille d'eau minérale et deux cafés. En le regardant, enchanté, Michele revoyait le visage de l'enfant qu'il avait connu. Antonio se massait les pieds, ses plantes étaient dures et épaisses comme des semelles.

— Comment tu fais pour marcher sur du verre ? lui demanda Michele.

— Tout est dans la tête... et dans l'entraînement. Je t'explique : d'où part la douleur ? Du cerveau. C'est le cerveau qui active les centres nerveux, non ? Voilà, tu éteins le cerveau qui commande la douleur et tu marches sur n'importe quoi qui fait mal, jusqu'à ce que les cals se forment et que tout devienne normal.

— Comment tu fais pour éteindre ton cerveau ?

— Avec un *clic*, répondit Antonio en pointant son index sur son front.

— Allez, comment tu fais ? demanda à nouveau Michele, en riant.

— C'est une technique de méditation, difficile à expliquer. Je l'ai apprise en Inde, il y avait une sorte de gourou qui vendait du poulet *tikka masala* dans la rue, et pendant son temps libre il se roulait sur des bouteilles cassées, histoire de se détendre.

— Mais comment diable es-tu arrivé en Inde ?

Antonio sourit. Juste à ce moment-là, le serveur apporta les boissons.

— Tout s'est passé très vite, Michele..., commença-t-il en se servant un verre d'eau qu'il vida d'un trait. Je suis allé à la fac, tu sais ? J'ai obtenu un master en ingénierie mécanique, poursuivit-il en se resservant.

— Vraiment ? Pour construire des vaisseaux spatiaux ?

— Tu te souviens de ça ? Exactement. C'était mon idée fixe. Bref, j'ai eu mon diplôme à vingt-trois ans, un vrai génie. Institut Sant'Anna de Pise, meilleure note, je m'apprêtais à épouser ma petite amie...

— Carrément ?

— Maria. Une belle fille, douce, intelligente... Il ne lui manquait rien. Mais... Bref, mon ami... Tout filait droit, le diplôme, le mariage qui approchait, mes parents aux anges. J'avais même signé pour acheter un appartement à Turin... Tu te souviens que j'avais déménagé à Turin avec mes parents ? Voilà. C'est juste que... comment t'expliquer ? À un moment j'ai senti que quelque chose n'allait pas... Je dormais mal, ou bien trop. J'avais mal à la tête, je digérais mal... Bref, je sentais monter une sorte d'impatience qui me faisait souffrir, expliqua-t-il en goûtant le café sucré que Michele lui tendait. Tu ne vas pas me croire mais tout s'est passé un matin, pendant que j'allais en voiture à un entretien d'embauche... La faute à Francesco De Gregori.

— Le chanteur ?

— Oui. Bref, je suis dans ma voiture, arrêté à un feu rouge qui n'en finit plus, je m'énerve comme un imbécile parce que je suis en retard... puis à un moment j'entends à la radio *Pezzi di vetro*, « Morceaux de verre », tu la connais ?

Michele haussa les épaules, indécis.

— Je ne sais pas... je pense que oui, mais je n'écoute pas beaucoup de musique.

— Tu as le temps ? lui demanda Antonio.

Michele regarda sa montre, il lui restait une petite heure avant le départ du bus et la gare était à deux pas. Il acquiesça.

Antonio se leva, courut à sa Vespa, prit son étui de guitare et revint s'asseoir.

— Je vais te la jouer... c'est mon deuxième job. Quand je n'ai pas envie de roter du feu ou de marcher sur du verre, je m'assieds dans un coin et je chante. J'en vis, tu sais ?

Michele, de plus en plus étonné, regarda son ami sortir la guitare de sa housse et l'accorder.

— Écoute les paroles, c'est important, annonça-t-il sur un ton quasi solennel.

Puis il se mit à chanter, accompagné de son instrument.

L'homme qui marche sur les morceaux de verre
On dit qu'il a deux âmes
Et un sexe en bois dur
Et un cœur et une lune et des feux aux épaules
Pendant qu'il danse et danse
À angle droit sous une étoile.

La voix d'Antonio était chaude, juste et légèrement rauque. Michele ferma les yeux, plongé dans une sensation de paix. Antonio lui sourit.

Il ne connaît pas la peur
L'homme qui saute et vainc sur le verre
Il brise des bouteilles et rit et sourit
Parce qu'il est impossible de se blesser
Encore plus de mourir, jamais.

— Tu comprends ? demanda Antonio en posant la guitare sur la table. *Parce qu'il est impossible de se blesser, encore plus de mourir, jamais.* Eh bien, à ce moment-là j'ai compris que j'étais en train de me blesser et que si je continuais comme ça j'allais mourir de la pire façon, c'est-à-dire en restant vivant.

Michele poussa un petit gémissement. « J'ai traversé la même chose », pensa-t-il. « Mourir et rester vivant… »

— Je ne peux pas t'expliquer comment c'est arrivé, poursuivit son ami. Mais j'ai compris que la seule chose que je voulais faire dans la vie, c'était marcher sur des morceaux de verre et voyager dans le monde entier. Alors j'ai tout plaqué, j'ai quitté Maria, j'ai dit au revoir à mes parents et je suis parti pour l'Inde, parce que je savais que c'était là-bas que se trouvaient les meilleurs fakirs. Puis j'ai appris aussi à cracher le feu, mais uniquement pour conquérir une femme, en Norvège, qui était passionnée par ces choses-là. Je me suis brûlé la moitié de la bouche mais je n'ai pas réussi à coucher avec elle.

Michele rit tandis qu'Antonio secouait la tête, amusé.

— Bref... c'est ta vie ?

— Je veux voyager, en attendant. D'ailleurs c'est un hasard qu'on se soit rencontrés, parce que je descends en Sicile, avant de poursuivre vers la Tunisie.

— Ta vie d'avant ne te manque pas ?

— Parfois... mais ça ne dure pas. J'aime trop ce que je fais, cette liberté absolue... Ça fait des années que je n'ai ni montre, ni téléphone, ni adresse fixe... Ma maison est là où je vais, je dors quand je veux, je mange quand je peux et je me sens heureux, tu comprends ?

— Et quand tu seras vieux, qu'est-ce que tu feras ?

— Michele, tu me fais penser à mon père. Il m'a posé la même question, d'ailleurs il me la pose chaque fois que je passe les voir... Que dire ? Quand je serai vieux, si je deviens vieux un jour, j'y réfléchirai à ce moment-là. La vie c'est aujourd'hui, non ? Hier est déjà passé et demain n'existe pas encore. Un jour demain deviendra hier, et ainsi de suite. Je m'arrêterai quand j'arriverai à cent.

— Cent ?

— Je t'explique. Tu sais quels ont été les deux moments les plus émouvants avec Maria et dans ma vie avant de partir ? Je vais te le dire... quand elle m'a dit « je t'aime » pour la première fois... et quand elle m'a envoyé me faire foutre parce que je la quittais. Deux phrases, deux émotions différentes... je t'aime et va te faire foutre. Voilà, moi j'ai décidé que je devais réussir à me faire dire aussi bien je t'aime que va te faire foutre dans toutes les langues du monde. Or il y a cent langues, à peu de chose près, du mandarin au slovaque. J'ai exclu les dialectes, sinon ça devient trop compliqué, je risque de ne pas y arriver.

Ils rirent de bon cœur.

— Tu es fou, soupira Michele, pensif. Moi j'ai fait tout le contraire de toi, avoua-t-il.

— Raconte-moi, dit Antonio en s'installant confortablement sur sa chaise.

Michele raconta. Du départ de sa mère jusqu'à ce jour. Et les raisons qui l'avaient poussé à son premier voyage après des années de solitude et de gare ferroviaire, comment en quelques jours la vie lui tombait soudain dessus avec les variables et les imprévus qu'il n'arrivait pas à contrôler.

Quand il acheva son récit, Antonio siffla longuement pour exprimer sa surprise et son admiration.

— Bon sang, mon ami. Tu as plus de courage que moi. Tu t'es inscrit à un cours accéléré de saut dans le vide et tu as laissé ton parachute chez toi. Ce n'est pas facile de s'exposer après avoir vécu une vie comme la tienne, tu sais?

— Je sais juste que je ne comprends plus rien, et je ne sais pas vers quoi je vais : si je trouve ma mère dans cette fromagerie, qu'est-ce que je lui dirai? Qu'est-ce que je ferai? Je n'arrive à rien imaginer, répondit Michele avec un filet de voix.

— Sois tranquille. Pense seulement que la vie

est toujours un risque, pour tout le monde. Si tu fais attention et que tu utilises ton cerveau, c'est un risque contrôlé. À n'importe quel moment tu peux t'arrêter et revenir en arrière... à moins que tu sois mort. C'est tout. Or tu ne me sembles pas mort.

Michele acquiesça, pas du tout rassuré, et juste à ce moment un ballon en caoutchouc atterrit sur leur table, faisant voler les tasses et les verres. Les deux amis sursautèrent. Un petit garçon courut vers eux, s'excusa puis attrapa son ballon et retourna au centre du parc, où ses camarades l'attendaient.

Antonio regarda Michele avec un éclair dans les yeux.

— Tu te rappelles quel tandem on faisait au foot, toi et moi?
— Bien sûr que je me rappelle...
— Depuis combien de temps tu n'as pas joué?
— Des années, Antonio...
— Tu sais que moi non plus je n'ai pas touché un ballon depuis des siècles ? Peut-être qu'on est encore bons...

Michele sourit. La seconde d'après ils se levèrent, coururent vers les enfants et leur demandèrent s'ils pouvaient jouer un match avec eux.

Je te vois, Antonio. Je vois tes boucles blondes et ta façon de courir, dégingandé, comme si tu rebondissais à la surface de l'eau. Je sais que quand tu me fais un signe de la main, en courant, ça veut dire que tu es sûr de tous les dépasser pendant l'action. Je sais que tu attends que moi, qui ai le ballon dans les pieds, je lui fasse dessiner dans le ciel une parabole qui arrive pile sur ton front. Et ce n'est pas parce que je suis bon pour lancer, c'est parce que c'est toi qui as deviné où finira la trajectoire. Peut-être parce que tu as dans le sang cette façon mystérieuse d'errer entre les choses de la vie, la règle désordonnée mais très stricte de l'improvisation. Et maintenant je la vois, ta main qui se lève vers le haut, comme un salut. Je te réponds en touchant le ballon du pied. Tu vois comme il vole, maintenant ? Tu vois comme il dessine sa trajectoire sur les toits du monde ? Fais attention, mon ami : il va bientôt commencer à redescendre. Sois prêt, comme à l'époque, pour notre rendez-vous...

Antonio fit une tête que le gardien adverse ne réussit pas à parer.

— Buuut ! crièrent ensemble, à gorge déployée, les deux amis retrouvés.

Ils coururent l'un vers l'autre et s'embrassèrent, heureux et en nage, comme autrefois.

— Buuut !

Ils crièrent encore, comme s'il n'y avait rien d'autre à conquérir, dans la vie.

En criant ils s'aperçurent qu'ils pleuraient de joie, parce que parfois le temps accomplit le miracle de revenir en arrière comme une bande devenue folle qui nous offre des instants déjà vécus, qui semblaient enterrés dans l'oubli.

Quelque part les cloches d'une église sonnèrent.
Ding...
Dong...

Ding...
Dong... jusqu'à onze.
Michele blêmit.

— Mon bus! hurla-t-il. Je vais rater le bus! Il est 11 heures!

— Dépêche-toi, tu as encore le temps, lui dit Antonio encore essoufflé.

Michele courut vers la table, ramassa son sac à dos puis serra dans ses bras son ami, qui l'avait rejoint.

— Je passerai te voir un jour ou l'autre, je te le promets. À la gare...

— J'espère bien! répondit Michele avant de partir en courant.

Antonio le suivit du regard, pieds nus, en nage, libre et heureux.

«Bonne chance, mon ami», pensa-t-il avant de retourner jouer avec les enfants.

Il arriva en courant sur la place au moment où les portes du bus se fermaient avec un bruit métallique. Il sauta à l'intérieur juste à temps et les passagers le regardèrent, agacés et méfiants. Il était trempé de sueur, les cheveux collés au front, le tee-shirt mouillé, haletant et le travail de bénédictin du barbier totalement annulé. Il tenta de reprendre son souffle et chercha une place. Il choisit un siège à l'avant-dernier rang, à côté de la fenêtre, sur la droite. Il posa son sac à dos et le bus partit. Il étendit ses jambes sous le siège devant lui et regarda la place et ses immeubles défiler devant ses yeux. Il jeta un coup d'œil à sa montre : le bus arriverait à la fromagerie dans moins d'une heure. Une soixantaine de minutes, puis le verdict. Il regretta de n'avoir rien acheté à boire et à manger. Après le match de foot il se sentait quasi déshydraté et son estomac émettait des gargouillis incontrôlables, se contractait, se détendait puis se contractait à nouveau. Il fouilla dans son sac et trouva deux biscuits secs de la femme aux cheveux violets. Ils s'étaient émiettés au fond du sachet mais il les avala tout de même, avec soulagement.

Le bus sortit du centre-ville, parcourut une ligne droite puis se dirigea vers les monts les plus hauts de la chaîne des Apennins. Assis côté fenêtre, Michele vit le paysage changer soudain. Au troisième virage, qui contournait la montagne et ses épais fourrés, le blanc de la neige prit définitivement le dessus sur les autres couleurs. Des corbeaux impériaux et des craves à bec rouge dessinèrent des arabesques dans le ciel et firent ombre au soleil, se détachant sur les silhouettes de plus en plus proches des pics enneigés et des glaciers de haute montagne. À cause du gel dehors, le chauffage du bus créait une épaisse couche de condensation sur les vitres, que Michele essuyait du revers de la main pour suivre le chemin du regard et repérer le début de la route nationale qui conduisait à Carvagnaso.

Au bout d'une petite demi-heure, la nationale fut annoncée par un panneau rouillé. Michele vit la borne qui indiquait le premier kilomètre et son cœur sursauta.

La montée se fit plus raide puis se transforma en faux plat, deux ou trois kilomètres plus loin. Sur les côtés de la route apparurent quelques maisons couvertes de neige, les cheminées fumant. Les tas de bois, à l'abri sous des toits en vieilles tuiles, racontaient un travail prévoyant et laborieux pour se protéger du gel. Puis les habitations se densifièrent au fur et à mesure que le faux plat s'adoucissait, jusqu'à former un petit bourg. Michele aperçut une église, quelques magasins, un restaurant et une école.

Le bus s'arrêta et le chauffeur ouvrit les portes. Certains passagers descendirent, mais Michele n'eut pas le courage de les suivre. Il décida d'attendre l'arrêt suivant, qui était peut-être plus proche du kilomètre 9, mais en réalité il voulait gagner du temps. Quand les maisons se raréfièrent et que la route monta à nouveau, il aperçut une borne indiquant « kilomètre 8 » et il sentit ses mains se glacer et fourmiller. Bientôt, il distingua la fromagerie.

C'était une construction basse, en vieilles pierres, rectangulaire, très vaste. Quelques voitures étaient garées sur la route, juste devant, ainsi qu'un fourgon portant l'inscription « Fromagerie Orlandini ».

Derrière, des enclos entourés de palissades en bois côtoyaient un bois de pins noirs et contenaient une cinquantaine de vaches de race brune, habituées à l'altitude et à trouver l'herbe séchée sous la neige et la glace. Michele comprit que ces vaches fournissaient le lait à la fromagerie qui, en attendant, s'éloignait derrière lui. Il espéra que l'arrêt suivant ne soit pas trop loin. Le bus stoppa à la hauteur du kilomètre 11. Il prit son sac, enfila son gros blouson et un bonnet en laine, puis il descendit et le bus repartit avec le bruit cadencé de son moteur diesel.

Il regarda autour de lui. Pour la première fois de sa vie, il eut la sensation de voir le gel. Il le traversa, se dirigeant vers la fromagerie. Il parcourut un kilomètre, lentement.

Il tentait d'élaborer une stratégie : que ferait-il une fois arrivé à la fromagerie ? Entrerait-il, demanderait-il si quelqu'un connaissait sa mère, Laura Puglia ? Et s'il la voyait, comment réagirait-il ? Que lui dirait-il ? Et elle, le reconnaîtrait-elle ? Lui, il en était certain, l'identifierait au premier regard, même si elle avait vieilli, même si elle avait changé de coupe et de couleur de cheveux, même si elle avait fait semblant d'être quelqu'un d'autre, d'avoir un autre nom et une autre histoire. Et si elle faisait semblant de ne pas le reconnaître ? Que ferait-il, dans ce cas ? Partirait-il sans discuter ? Ressentirait-il de la colère ou de la déception ? De la peine ou du mépris ?

Qu'allait-il se passer ?

Il reprit son souffle et observa à nouveau le bâtiment. Les voitures garées devant étaient plus nombreuses qu'avant. L'heure du déjeuner approchait, les clients étaient venus faire leurs courses. Il gagna le parking et se sentit envahi par un calme irréel. Comme s'il s'était détaché de son être et qu'il s'observait d'un point de vue lointain et étranger. Il se vit approcher de la porte d'entrée du magasin, tendre un bras pour saisir la poignée métallique et la baisser.

Mais le contact avec le métal froid le fit rentrer en lui et une douleur à l'estomac le paralysa. Il retira sa main et recula d'un pas. Le calme irréel avait disparu. Et avec lui le courage de franchir le seuil. Il essaya de respirer lentement, de remplir ses poumons d'air. Puis il aperçut, sur sa droite, une vitrine où étaient présentés les produits de la fromagerie. Il s'en approcha avec l'intention de regarder à l'intérieur sans être vu. Une dizaine de clients se pressaient devant un comptoir et deux femmes en blouse bleu ciel et petite coiffe blanche en coton les servaient. Elles avaient toutes deux la quarantaine, l'une d'elles était petite et maigre, l'autre plus grande et massive. Aucune des deux ne ressemblait, même de loin, à sa mère. Puis il en aperçut une troisième, de dos, également vêtue de l'uniforme de la fromagerie.

Il sortit tout l'air de ses poumons. Cette femme était le portrait de sa mère ; ses cheveux contenus par la coiffe, la forme de son cou et de sa nuque, tout appartenait à l'image qu'il conservait d'elle. Elle n'avait pas grossi. Au contraire, elle lui semblait plus mince, le dos bien droit, juste comme il se la rappelait.

Michele se mordit la lèvre et se mit à trembler. Il attendit que la femme se retourne pour voir son visage, en retenant son souffle.

Quand elle pivota, il la reconnut.

C'était elle.

À ce moment-là, il sentit son ventre se tordre et se rebeller.

Il courut jusqu'à l'arrière de la fromagerie, s'appuya au mur et sentit exploser avec violence toute l'angoisse et l'incrédulité qui l'avaient assailli au moment où il avait vu ce visage. Il ouvrit la bouche sans réussir à crier, il se laissa aller aux sanglots sans réussir à pleurer, puis il s'assit sur le pavé, le dos contre le mur, et prit sa tête dans ses mains.

Il regarda le ciel, en quête d'une explication.

— Ce n'est pas possible..., murmura-t-il quand sa respiration redevint plus régulière. Ce n'est pas possible...

Il se releva d'un bond et retourna devant la vitrine pour épier à nouveau.

Elle parlait avec un client, lui souriait en emballant des morceaux de fromage qu'elle glissait dans un sachet en plastique. Son sourire, légèrement oblique. Ses dents blanches parfaitement alignées, comme les perles d'un collier.

La mère de Michele se trouvait devant lui.

C'était la même femme, identique à celle qu'il avait vue partir des années auparavant, un matin de novembre.

Seulement, elle n'avait pas vieilli d'un jour. Elle semblait même avoir rajeuni.

14

La pierre était froide derrière ses épaules. Michele était resté immobile, assis à l'arrière de la fromagerie, emprisonné dans le temps, ce temps qui semblait soudain devenu fou. Trois jours avaient suffi à lui creuser le visage. Plus de vingt ans n'avaient pas suffi à marquer celui de sa mère, à dessiner au moins quelques rides autour de ses yeux, comme chez tout le monde.

«Même les statues vieillissent», pensa-t-il, «les statues, les objets, les pierres. Les souvenirs, les rêves, les mots écrits et prononcés vieillissent. Les amours vieillissent. Le bord de mer vieillit, en se retirant avec le contour des choses ; la grève du fleuve vieillit, la silhouette des montagnes, qui change avec les saisons. Le ciel vieillit, parce qu'il perd ses étoiles. Parce que c'est ça, le pouvoir du temps : changer les visages, transformer l'amour en habitude, estomper les souvenirs, détruire les rêves, graver la pierre, avaler la mer et faire mourir les étoiles. Mais... mais nous réussissons à les voir, au moins les étoiles. Même quand elles sont déjà tombées. Des étoiles qui bafouent le temps, parce que leur lumière reste dans le firmament quand elles ont sombré dans l'abîme depuis des millénaires. Alors qu'est-ce que j'ai vu ? Le reflet lumineux d'une personne qui a disparu dans le temps ? Ou bien le destin a voulu m'offrir la possibilité de retrouver ma mère et de la voir vieillir comme je n'ai pas pu le faire pendant toutes ces années ? »

Il fouilla dans son sac et sortit la photo de sa mère. Il la regarda. C'était la même femme qui, à l'intérieur de la boutique, servait des fromages comme s'il n'y avait rien d'autre dans la vie.

Puis il la vit à nouveau. Elle était sortie de la fromagerie et portait maintenant un gros blouson noir et un jean glissé à l'intérieur de bottes robustes. Son sac en bandoulière, elle s'apprêtait visiblement à descendre à pied au bourg.

Michele se leva, glissa la photo dans son sac et entreprit de la suivre.

La placette devant la fromagerie s'était vidée. Les deux vendeuses, la petite menue et la grande corpulente, fermaient la boutique. Michele passa devant elles pour se mettre sur les traces de sa mère, qui s'était déjà éloignée à pas rapides.

Il l'avait déjà suivie en cachette une fois, un après-midi d'avril, dans les rues de Miniera di Mare, quand il n'avait que quatre ans. Il s'était réveillé sur le canapé de sa maison, juste à temps pour la voir sortir. Sans y réfléchir il avait couru pour la suivre, il était passé à quelques mètres de la billetterie de son père qui, distrait par une conversation avec ses collègues, ne l'avait pas vu passer, puis il avait réussi à ne pas perdre sa mère de vue, jusqu'à la place principale. Il voulait lui faire la surprise de lui saisir la main, pour lui montrer qu'il était grand et capable de la surprendre. Mais ensuite, dès qu'elle avait tourné le coin de la rue, il l'avait perdue de vue parmi les passants et il avait ressenti une peur inconnue auparavant. Il avait fondu en larmes, jusqu'au moment où il l'avait aperçue : sur le seuil d'un magasin, elle avait entendu son pleur et s'était retournée. Elle avait couru à sa rencontre et l'avait doucement réprimandé, puis elle l'avait serré contre elle et l'avait couvert de baisers et de caresses. Elle lui avait acheté une glace et lui avait juré qu'elle ne dirait rien à papa, pour qu'il ne se mette pas en colère. « Mais tu dois me promettre que tu ne sortiras plus jamais seul. Du moins avant d'être assez grand pour le faire. Compris, mon trésor ? ».

Michele promit. Et tint sa promesse.

Maintenant il la suivait à nouveau, des années plus tard. Elle avait toujours cette façon de lancer le pied droit vers l'extérieur en marchant. Ses cheveux étaient lâchés sur ses épaules, châtains et brillants, comme Michele se les rappelait. Elle semblait pressée, parce qu'elle marchait de plus en plus vite.

Une fois arrivée au village, qui s'appelait Borgo Sale, elle s'arrêta devant l'école que Michele avait vue par la fenêtre du bus. Des enfants en blouse blanche sortaient par bandes, poussés par les cloches qui annonçaient la fin des cours. Michele observa la femme de loin, son nez affilé et retroussé, juste comme il se le rappelait, ses yeux légèrement enfoncés, sa bouche charnue et boudeuse. Il s'arrêta à une vingtaine de mètres d'elle, le souffle coupé par l'émotion. Il posa son sac à ses pieds. Puis elle fixa le portail de l'école et il reconnut le regard qu'elle lui offrait quand la matinée prenait fin et qu'il courait à sa rencontre pour voler dans ses bras.

Et il vit l'enfant.

Il avait environ six ans. Les cheveux châtains, les yeux noirs comme des puits de pétrole. Il courut vers sa mère et sauta dans ses bras sans aucune pudeur. Michele reconnut en cet enfant la même course, le même sourire, le même amour sans limite et l'abandon total dans les bras de sa mère.

La femme et le petit s'éloignèrent, main dans la main.

Michele les suivit. Même leurs pas, leurs mains qui se serraient, lui évoquaient des images de son passé. Pourtant l'enfant, hormis les yeux noirs et les cheveux châtains, ne ressemblait pas à Michele petit. Il était plus gracile et ses traits étaient différents, son nez légèrement écrasé, ses lèvres fines. Quand il regarda sa mère et lui sourit, Michele imprima son profil et y reconnut une douleur silencieuse.

La même que Michele avait ressentie au départ de sa mère.

« Pour quelle raison ? » se demanda Michele, secoué. « Pourquoi cette douleur, si sa mère est avec lui et le tient par la main ? »

Mère et fils passèrent à côté d'un petit groupe d'enfants et l'un d'entre eux, les apercevant, leur offrit un sourire insolent. Il avait d'épais cheveux noirs et des yeux verts aussi fins que des fentes.

— Hé, Gianni! cria-t-il. Passe le bonjour à l'ours blanc, si tu le vois...

Les enfants du groupe éclatèrent d'un rire outrancier. Michele vit l'enfant se serrer encore plus contre sa mère, rougissant d'une rage réprimée teintée d'humiliation. Il se rappela les sourires railleurs, à l'école, quand sa mère avait disparu, les phrases murmurées par ses camarades pour le blesser, les répliques obscènes hurlées dans la rue quand il rentrait chez lui, seul, après l'école.

La femme sembla également blessée par ces rires et serra l'enfant contre elle, comme pour se donner du courage.

« Donc l'enfant s'appelle Gianni... », nota mentalement Michele. Et ce prénom si commun, si réel, le rassura, d'une certaine façon. Il ne rêvait pas. Il n'était pas fou. Il devait seulement trouver une explication rationnelle à ce qu'il vivait.

Michele continua de suivre à distance le petit Gianni et sa mère.

Ils parcoururent quelques ruelles du petit bourg et arrivèrent à une maison à deux étages, en briques de tuf peintes en jaune, entourée d'un petit jardin entièrement enneigé. En face de la maison se dressait au loin la silhouette puissante du Corno Grande del Gran Sasso, avec ses trois pics blancs et glacés. Michele vit sa mère et le petit Gianni entrer. Quand la porte se referma derrière eux, il s'approcha lentement. Il sentit l'odeur du bois brûlé dans la cheminée et entendit le bruit de leurs pas à l'intérieur.

Il regarda par une fenêtre du rez-de-chaussée et aperçut un petit salon accueillant : une table en bois massif, un canapé devant la cheminée allumée, un grand buffet rempli d'assiettes, de verres et de quelques bouteilles d'alcool fort. Puis il vit arriver Gianni, des jumelles dans les mains. L'enfant se dirigea vers la fenêtre et Michele s'écarta pour se cacher derrière une pile de bois entassée pour l'hiver.

Juste après, la fenêtre s'ouvrit et la tête de Gianni apparut. Il regardait avec ses jumelles en direction du Corno Grande. Michele s'immobilisa, le souffle coupé, dans la crainte d'être vu. S'il faisait le moindre mouvement, l'enfant l'entendrait.

Il parlait tout seul, comment font souvent les enfants pour se rassurer, comme on parle à un ami imaginaire.

— Allez, montre-toi... je sais que tu es là... comme ça je leur fais voir que je ne suis pas un menteur...

Sa voix était légèrement rauque, avec une touche imperceptible d'accent du dialecte de la région. Il avait le teint blanc, le menton un peu fuyant, les mains maigres et fuselées.

Puis l'enfant exécuta un lente panoramique, faisant pivoter ses jumelles vers l'ouest du Gran Sasso, pile en direction de Michele qui recula encore, instinctivement, dans la crainte d'être vu. Il heurta une bûche qui tomba et rebondit sur le sol. L'enfant sursauta, retira ses jumelles et vit Michele. Il le regarda, étonné, la bouche ouverte. Michele sourit pour ne pas l'effrayer, puis leva une main en guise de salut.

Naïvement, Gianni lui rendit son salut.

— Bonjour, dit-il un peu circonspect.

— Bonjour, répondit Michele, gêné, en essayant d'adopter une attitude désinvolte. Qu'est-ce que... qu'est-ce que tu regardais ?

— L'ours polaire, répondit l'enfant après une légère hésitation.

Michele le dévisagea, perplexe.

— Oui, je sais que les ours polaires vivent au pôle, anticipa Gianni comme s'il avait l'habitude de toujours répondre à la même objection. Et qu'ils sont blancs. Mais mon père a vu un ours blanc, là-haut, tu sais ? Juste là où il y a les glaciers. Moi aussi je l'ai vu. Je le vois toujours. Il est là-haut, vraiment.

Il indiqua les sommets lointains. Michele acquiesça, attendri, et revit une fois encore dans les yeux de l'enfant la racine d'une douleur profonde, une douleur qu'il sentit familière.

— Je ne suis pas un menteur, souligna l'enfant comme pour se rassurer lui-même.

Michele le conforta d'un signe de tête. Que voulaient dire ces mots ? Que cachait la douleur qu'il lisait dans ses yeux si semblables aux siens ? Et pourquoi cette douleur lui rappelait-elle sa propre douleur d'enfant ?

— Mais toi, comment tu t'appelles ? demanda le petit garçon.

— Michele.

— Et qu'est-ce que tu fais avec ce sac à dos ? Tu es explorateur ?

— Non, je... je travaille dans une gare, répondit Michele en souriant.

— Une gare routière ?

— Non, une gare des trains.

— J'adore les trains ! dit Gianni dont le regard s'éclaira. Tu sais les conduire ?

Michele s'apprêtait à répondre quand il entendit une voix dans son dos.

— Qui êtes-vous ? Que voulez-vous ?

Il se retourna. La femme le fixait avec méfiance. Elle avait peur, mais elle était prête à défendre son fils contre n'importe quel danger. Il ne reconnut pas la voix de sa mère mais ses yeux étaient identiques, le même regard, la même lumière, la même couleur d'iris.

Michele ouvrit la bouche mais ne parvint pas à émettre le moindre son. Il était comme paralysé par l'émotion. Mais aussi par la déception et la douleur : elle ne l'avait pas reconnu. Elle le regardait sans la moindre émotion, sinon la peur et la défiance.

— Alors ? Vous m'expliquez ?

Michele lui fit signe d'attendre. À la place des mots, il décida de lui offrir une réponse sans équivoque, quelque chose qui témoignât de son histoire et de tous ses pourquoi, sans devoir rien expliquer.

Il fouilla dans son sac, les mains tremblantes, en sortit la photo et la tendit à la femme.

« Regarde, maman... tu me reconnais, maintenant ? Maintenant tu as compris qui je suis ? » pensa-t-il sans réussir à parler, les lèvres mimant une prière silencieuse tandis que la femme prenait la photo dans ses mains.

Elle l'observa longuement. Son expression changea, passant de la stupeur au doute. Puis elle regarda Michele, comme si elle l'étudiait. Elle semblait troublée.

— Ceci est une photo de ma mère..., dit-elle dans un souffle.

— Votre... votre mère ? Laura Puglia ? bredouilla Michele.

— Oui, Laura Puglia est ma mère. Mais comment le savez-vous ? Comment avez-vous eu cette photo ? Qui êtes-vous ? Vous m'expliquez ?

Michele ferma les yeux. Il avait enfin l'explication de cette incroyable ressemblance. Sa mère avait eu une fille, qui se trouvait maintenant en face de lui.

— Elle habite ici ? demanda Michele avec un filet de voix. Ma mère... habite ici ?

La femme secoua la tête.

— Non, elle n'habite pas ici, répondit-elle gênée. Et maintenant partez, s'il vous plaît.

— Mais je...

— Ce que vous faites n'est pas juste. Vous ne pouvez pas débarquer chez moi avec une photo que vous avez trouvée Dieu sait où et... dire que ma mère est aussi votre mère.

— Mais c'est vrai, balbutia Michele. Je vous assure que... Laissez-moi vous expliquer, je...

— Je vous ai dit de partir ! s'exclama la femme plus effrayée qu'en colère. Et toi, ferme cette fenêtre !

Gianni regarda Michele, hésitant, puis obéit. La fenêtre se referma, Michele sentit son dos se voûter à nouveau et se débattit à la recherche d'autres mots pour convaincre la femme.

— Je... Je veux savoir où est ma mère.

— Elle n'est pas ici. Et je ne crois pas qu'elle soit votre mère, répondit la femme.

Puis elle rentra chez elle et elle claqua la porte. Michele entendit le bruit de la clé qu'elle tournait dans la serrure et le claquement sec d'un verrou.

Il resta immobile, la photo dans les mains, à la fois déçu et en colère, ce qui l'empêchait d'être lucide et de trouver une solution. Un nuage dense couvrit le soleil et l'air fraîchit encore. Michele s'appuya contre le mur, épuisé, avec l'envie de s'annuler pour toujours et d'éteindre la douleur.

Les larmes de la jeune femme étaient des larmes de stupeur et d'effroi. Elle était appuyée contre la porte qu'elle venait de fermer. Elle tenta de contrôler les petits frémissements qui lui faisaient trembler les lèvres et les mains, pour ne pas faire peur à son fils qui la regardait, ahuri.

— Tout va bien, mon chéri, tout va bien. Il ne s'est rien passé, lui murmura-t-elle.

— Alors pourquoi tu pleures ? demanda-t-il en se lovant dans ses bras. Je t'aurais défendu, si le monsieur avait été méchant. Mais il n'avait pas l'air méchant...

Sa mère lui caressa les cheveux en souriant.

— Il m'a dit qu'il travaillait dans une gare, avec les trains. C'est un beau travail, pas vrai ?

Elle sentit un frisson, quelque chose d'imperceptible, comme un appel lointain.

— Il t'a dit ça ?

— Oui, il était gentil... Je lui ai dit que j'aimais les trains et il a eu l'air content.

Les trains... les trains.

L'espace d'un instant, la femme sentit l'odeur de sa mère et entendit sa voix.

Il y avait un train... un train...

C'était une sensation, plus qu'un souvenir. Quelque chose d'éloigné dans le temps qu'elle n'arrivait pas à percevoir nettement. Les lèvres de sa mère... une grosse couverture...

Il y avait un enfant... un enfant...

Elle entendit le vent qui soufflait dehors, revit la main de sa mère qui bordait la couverture. Puis à nouveau sa voix...

Un enfant aux yeux noirs...

Sa respiration s'arrêta un instant, elle ferma les yeux et tenta de visualiser la photo que l'homme lui avait montrée, le visage de l'enfant à côté de sa mère, ses yeux noirs, si semblables aux siens, la maison qui donnait sur les voies de la gare. Et le souvenir, enfin, affleura d'une lointaine et glaciale soirée d'hiver.

La maman s'approche du lit de sa fille, la borde et se penche pour l'embrasser. La petite la supplie du regard : elle n'a pas sommeil, elle a besoin d'écouter sa voix pour éloigner la peur de la nuit qui apporte toujours l'obscurité et le silence. La maman acquiesce et sourit, s'assied à côté de sa fille, sur le bord du lit. Elle lui caresse les cheveux et s'étonne, une fois encore, de constater à quel point sa fille lui ressemble. À quel point ses yeux lui rappellent d'autres yeux, noirs comme des flaques de pétrole.

C'est une soirée différente des autres, peut-être parce que le froid est encore plus piquant que d'habitude, peut-être parce que ces yeux la ramènent à la douleur qui, cette fois, est plus impitoyable que le froid. Alors elle raconte une histoire différente. Pas Le Petit Chaperon rouge *ni* Blanche-Neige. *Pas ce dessin animé qu'elles ont vu à la télévision et qui a tant plu à la fillette, au point qu'elle se le faisait raconter encore et encore.*

Cette soirée est différente. Et la douleur doit s'envoler avec le vent qui siffle dehors, elle doit trouver une porte de sortie. Alors la maman raconte une histoire qu'elle n'avait jamais racontée auparavant.

« Il était une fois un petit garçon très beau, aux yeux noirs, exactement comme les tiens... il habitait une maison à l'intérieur d'une gare. Chaque jour il regardait les trains qui partaient et arrivaient... et il rêvait de partir, lui aussi... »

La femme raconte l'histoire de l'enfant, invente une trame amusante et une fin heureuse pour alléger sa douleur et, peu à peu, sa voix faiblit et devient semblable au souffle du vent. La fillette s'endort doucement, tandis que la femme interrompt son histoire et laisse enfin une larme couler sur son visage... et apaiser sa douleur.

Quand la porte de la maison s'ouvrit, Michele était encore appuyé au muret, le regard perdu dans le vide. Il se retourna et vit la femme, secouée et gênée. Un paquet de cigarettes à la main, elle fit quelques pas vers lui et en alluma une nerveusement. Michele ne comprenait pas ce qui se passait. La femme tira une longue bouffée, puis expira lentement la fumée et fixa un point au loin. Puis elle tendit une main vers Michele.

— La photo, dit-elle. Je peux la revoir ?

Michele la lui tendit. La femme l'observa longuement, concentrée, tendue. Ses doigts effleurèrent le visage de l'enfant, puis celui de la femme qui posait à côté de lui.

— Tu as les mêmes yeux qu'elle…, murmura-t-elle.

Michele ne répondit pas. Il sentit quelque chose de tiède glisser vers sa poitrine et l'associa à la respiration de la femme qui emplissait l'air de fumée chaude. Comme si elle respirait à l'intérieur de lui.

— Tu as dit à mon fils que tu travailles dans une gare. C'est vrai?

Michele acquiesça et la femme pâlit, imperceptiblement.

— Comme mon père…, ajouta-t-il. Je suis né et j'ai grandi dans cette gare que tu vois sur la photo. Ça a toujours été chez moi.

La femme soupira et baissa les yeux, comme pour s'excuser.

— Quand j'étais petite, ma mère me racontait l'histoire d'un enfant qui vivait dans une gare et qui regardait les trains partir…, dit-elle comme pour se libérer d'un poids.

Michele sentit sa tension monter, l'émotion battait dans ses tempes comme un tambour.

— Et ensuite? Que disait l'histoire? demanda-t-il en faisant remonter la salive amassée au fond de sa gorge.

La femme secoua la tête, le regard toujours rivé au sol.

— Tant de temps a passé. J'avais trois ou quatre ans, je ne me souviens pas. Juste cet enfant avec les trains, dit-elle, le regard soudain tendre.

C'était peut-être toi, cet enfant. Tu as les mêmes yeux que ma mère... mais aussi les miens.

L'émotion brisa sa voix.

Alors les yeux de Michele se plantèrent dans ceux de sa sœur, si semblables aux siens, qui s'étaient soudain voilés de larmes.

Non, je ne pleure pas. Je n'y arrive plus depuis longtemps. Peut-être que quelque part tu as mes larmes ? Essaie de te souvenir, tu sais peut-être où maman les a cachées, parce qu'elle les a emportées, dans le train, avec mon journal intime, il y a des années. Prête-moi quelques-unes des tiennes, si nos yeux sont si semblables, parce que j'aurais bien besoin de pleurer un peu, là, tout de suite. Ne pas pouvoir pleurer ça fait mal, tu sais ? Parce que la douleur ne sait plus par où sortir et elle reste à l'intérieur, enchaînée, elle marche dans ton sang, comme une bête en cage qui fait les cent pas, toute la journée et le lendemain et le lendemain... Et toi tu voudrais la faire sortir, tu voudrais t'en libérer, mais tu ne sais plus comment faire. Tu m'aides à pleurer ?

La femme jeta son mégot par terre, l'éteignit avec sa semelle puis indiqua la porte à Michele et lui fit signe d'entrer.

— Notre mère est à Piana Aquilana. Tout à l'heure, si tu veux, je t'accompagnerai, tu pourras la voir.

Michele hésita, puis la suivit à l'intérieur de la maison.

15

23 mars 1992

J'aime bien quand maman rit et puis elle met la main devant sa bouche parce qu'elle rit trop et on ne veut pas que papa nous entende, vu qu'il dort sur le canapé à cause de la fatigue des trains qu'il a fait partir tout seul. Hier il y avait un film comique à la télévision et on a tellement ri qu'après on riait encore plus et on risquait de réveiller papa, ensuite il allait s'énerver qu'on l'avait réveillé en riant, une fois j'ai entendu maman qui parlait au téléphone et elle disait que papa a l'air dérangé par les rires, des fois. Maman m'a expliqué que quand on ne peut pas rire on a encore plus envie de rire et j'ai pensé que c'est vrai parce que quand le curé vient à l'école et qu'il nous apprend les saints nous on a envie de rire encore plus parce que ensuite il s'en aperçoit et il se fâche et il dit des gros mots et ensuite il dit qu'il ne les a pas dits et qu'on a mal compris.

Maintenant qu'il l'observait de près, il parvenait à remarquer des différences entre ses traits et ceux de sa mère. Son front était légèrement plus large et au centre de son menton il manquait cette petite fossette dont Michele se souvenait bien. Son nez était plus fin et asymétrique, avec la pointe qui virait imperceptiblement vers la droite. En revanche, ses yeux étaient identiques : le noir absolu des pupilles, les longs cils, le léger renflement des paupières inférieures qui donnait un air doux et endormi. Mais surtout le même regard, jamais totalement centré, comme attiré par les contours des gens et des choses.

Ils étaient assis à la table en bois massif, au centre du salon, et les bûches émettaient des petits claquements dans la cheminée. Michele lui avait raconté son histoire, du départ de sa mère jusqu'au jour où il avait retrouvé son journal dans le train. Puis il le lui avait donné et maintenant elle le lisait. Au fil des pages elle se laissait aller à des esquisses de sourires pleins de tendresse et d'émotion. De temps à autre elle regardait Michele, comme pour partager ce qu'elle vivait, comme pour scruter ses souvenirs et se les approprier. Comme pour lui dire : «Je suis avec toi, je te comprends, je te vois, je te demande pardon, je te remercie, je te ressemble.» Comme pour lui dire : «Je suis ta sœur, même si nous ne le savions pas.»

De la cuisine montait une odeur de bouillon et d'épices. Gianni était assis sur le canapé, il faisait semblant de se concentrer sur un livre d'école mais en réalité il regardait furtivement Michele avant de se replonger dedans. Michele répondait à ses regards par des sourires gênés.

Quand elle eut achevé sa lecture, la femme referma le journal et passa ses doigts sur la couverture rouge, sans un mot. Puis elle le rendit à Michele et leurs mains se frôlèrent. Le cahier glissa sur la table. Elle prit les mains de Michele dans les siennes. Elles étaient froides et légèrement moites.

— Je m'appelle Luce, dit-elle dans un souffle.

Puis tout devint rouge. Son visage, ses mains, toute la pièce, même le blanc de la neige, dehors. Michele se sentit plongé dans ce rouge sans réussir à comprendre ce qui se passait. Il lui sembla évident que cette sensation étrange avait à voir avec la théorie des couleurs d'Elena. Ce rouge était la couleur de Luce et Michele arrivait à le distinguer. Elle était rouge, comme lui. La même teinte, identique.

— Ce que je ne comprends pas, c'est comment ce journal est arrivé jusqu'à toi…, murmura Luce comme si elle parlait toute seule.

— Tu ne l'avais jamais vu ? demanda Michele en revenant à la réalité.

— Je ne savais même pas qu'il existait, de même que je ne connaissais pas ton existence à toi.

Michele la regarda, surpris et déconcerté.

— Pourtant je l'ai vu, moi, ce cahier. Mamie le gardait dans sa caisse, caché au milieu d'autres objets, intervint Gianni.

— Gianni, dit Luce, tu es sûr ?

— Oui, maman. La caisse de mamie, là où elle garde les draps et tout ce qu'on lui offre, répondit fièrement l'enfant.

— Ne raconte pas de mensonges, mon chéri, ce n'est pas le moment.

— Je ne mens pas. Je l'ai vu dans cette caisse... il y a au moins dix ans.

— Mais tu en as six ! sourit sa mère, amusée.

— En tout cas je l'ai vu, je le jure, répéta l'enfant.

Luce regarda Michele comme pour lui dire : « Il invente tout le temps des histoires. »

— En tout cas, même si le cahier était dans cette caisse, reste à comprendre comment il est arrivé dans le train.

— J'ai... J'ai imaginé que peut-être notre mère avait pris le train et...

— Non, ça c'est impossible, l'interrompit Luce.

Michele se demanda pourquoi. Luce secoua la tête et soupira, se préparant à affronter un sujet compliqué.

— Comment t'expliquer ? dit-elle en croisant les bras et en se laissant aller contre le dossier de sa chaise. Inutile de tourner autour du pot, Michele... ça fait quatre ans que notre mère n'a plus sa tête. Elle ne reconnaît plus les gens, elle ne comprend plus rien... elle ne parle plus, juste quelques mots de temps en temps, mais sans aucun sens. Quand tu la verras, tu comprendras.

Michele ferma les yeux. Elle lui prit à nouveau

la main et la serra fort, comme pour lui donner du courage.

— Mais... comment est-ce arrivé? demanda-t-il, perdu.

— Je demanderai au médecin qui s'occupe d'elle de t'expliquer. Elle a eu une sorte d'infarctus qui lui a provoqué une anoxie cérébrale. Ça s'appelle comme ça. Le cœur s'arrête, le sang n'irrigue plus le cerveau et si on attend trop les séquelles cérébrales peuvent être terribles. C'est ce qui lui est arrivé. Elle était seule à la maison et quand on s'en est aperçu, c'était trop tard. Elle a failli y rester, les ambulanciers ont réussi à la ranimer, mais les dégâts étaient irréversibles.

Michele acquiesça. Il se sentait chamboulé et incrédule.

— Parfois elle semble avoir des moments de lucidité, elle semble reconnaître les gens et comprendre ce qu'on lui dit... mais ça ne dure qu'un instant. Puis elle retourne dans son monde où personne ne peut la rejoindre. Attends, je veux te montrer quelque chose, ajouta Luce en se levant.

Elle se dirigea vers un meuble à côté de la fenêtre. Elle fouilla dans les tiroirs. Michele regarda Gianni qui, cette fois, lui sourit.

— Alors tu es mon oncle? demanda l'enfant tout excité.

Michele acquiesça, étonné. Luce revint vers la table avec une photo.

— J'en ai une presque comme la tienne, annonça-t-elle en la tendant à Michele.

Elle avait été prise en montagne. Une cabane

dans la verdure, entourée de pins, au fond le massif du Gran Sasso. Au premier plan, un homme et une femme qui tenait une fillette par la main.

— C'est moi, j'avais dix ans, dit Luce en indiquant la fillette sur la photo. Et puis notre mère... et mon père, qui n'est plus là.

Michele regarda sa mère sur la photo et la reconnut immédiatement. Il frissonna en voyant les premiers signes du temps sur son visage, les traits de la maturité, le regard adouci et un peu mélancolique. Elle portait un pull à col roulé et un pantalon de montagne. À côté d'elle, un homme âgé, cheveux blancs et visage carré, l'air sympathique et débonnaire, un amour immense dans le regard.

Michele le regarda et sursauta. Sa mémoire le ramena au dernier été passé avec sa mère, quand ils se promenaient pieds nus sur la plage, main dans la main. Il revit ce regard dans la pénombre du soir, qui se perdait dans l'horizon, comme s'il cherchait une réponse à une question mystérieuse. Puis il se rappela un crépuscule, par un mois d'août ensoleillé.

Sa mère quitte la mer des yeux, comme si elle répondait à un appel, et regarde la route. Au moment où elle se retourne, Michele saisit un sourire sur ses lèvres. Un homme aux cheveux argentés lui rend son sourire, de loin. Et la regarde avec un amour immense.

Le même amour qu'exprimaient les yeux du père de Luce, sur la photo.

— Ils se connaissaient déjà, murmura Michele, secoué. Je me souviens de ton père. Il venait parfois sur la plage de Miniera di Mare. Ma mère et lui se regardaient... Mais il me semblait être un vieil homme.

— Oui, il était beaucoup plus âgé qu'elle, confirma Luce. Donc, voyons. Moi je suis née en mars 1993, il avait cinquante-sept ans. Presque trente de plus qu'elle.

Michele la regarda tandis qu'elle essayait de réfléchir.

— Excuse-moi... tu as dit que tu es née en mars 1993? Donc... neuf mois plus tôt, c'était juin. Et ma mère habitait encore avec nous. Ce qui veut dire que quand elle est partie elle était déjà enceinte de quatre mois.

Il sentit monter en lui une rage mêlée de rancœur.

«Mon père savait-il?» se demanda Michele. «En avaient-ils parlé? Et s'il savait qu'elle était enceinte, pourquoi ne me l'a-t-il jamais dit?»

Luce, troublée, alla ranger la photo dans le tiroir. Michele la suivit du regard. «Elle m'a abandonné à cause de toi. Pour te faire naître sans problème. Peut-être pour que personne ne sache. Même pas mon père», pensa-t-il en regardant sa sœur revenir vers la table.

Elle baissa les yeux, comme si elle avait lu dans ses pensées.

— J'imagine ce que tu ressens, murmura-t-elle.

— Non, tu n'imagines pas ! cria Michele. Personne ne peut l'imaginer ! Qu'est-ce que tu en sais de ce qu'on ressent, hein ? Toi, tu as eu de la chance. Tu as eu ta mère pour toi toute seule ! Maintenant elle est malade, mais tu l'as eue ! Tu ne sais pas ce que ça veut dire, être abandonné sans explication. Tu ne sais pas ce que ça veut dire pour un enfant de voir sa mère partir et de ne plus jamais avoir de nouvelles d'elle !

Il avait crié malgré lui. Luce le regardait en contenant sa rage. Avec cette expression, elle ressemblait encore plus à leur mère, et Michele, l'espace d'un instant, se sentit confus.

— Gianni, va dans ta chambre et ferme la porte, dit Luce à son fils.

— Mais... maman.

— Ne discute pas, vas-y. Je t'appellerai quand le déjeuner sera prêt, affirma la femme en regardant toujours Michele dans les yeux.

Gianni soupira, résigné, prit son livre et s'éloigna. Il monta à l'étage.

Luce et Michele se regardèrent, jusqu'à ce qu'une porte claque au premier.

— Comment te permets-tu de hausser le ton chez moi ? Tu me demandes ce que j'en sais ? Ce qu'on ressent quand on est abandonné ? Bien, alors je vais te raconter ce qu'on ressent... D'ailleurs, c'est mon fils qui peut te le raconter, si vraiment ça t'intéresse.

Michele la regarda sans comprendre. Luce alla à la fenêtre, prit les jumelles que Michele avait vues dans les mains de l'enfant et les lui montra.

— Tous les jours il prend ces jumelles et regarde vers les montagnes. Il cherche l'ours polaire. Tu comprends ? Un ours polaire dans les Apennins...

Ce disant, la rage et l'indignation cédèrent la place à la douleur.

— Tout à l'heure, quand j'étais dehors, il m'a dit qu'il l'avait vu, admit Michele.

— Il dit ça à tout le monde. C'est devenu la blague du village. Et tu sais pourquoi ? Parce que son père, il y a un an, est sorti un matin tôt, pendant que je dormais. Gianni l'a entendu, il s'est levé et il a couru lui demander où il allait. Et tu sais ce que lui a dit mon mari ? « J'ai vu un ours polaire dans la montagne. J'y vais, je le prends en photo et on va devenir célèbres, parce que c'est une grande découverte. » Voilà ce qu'il lui a dit. Et il lui a aussi demandé de ne rien dire à personne, surtout à moi. Pour me faire la surprise...

Luce retint ses larmes, mortifiée, pleine de honte, de ressentiment et de douleur.

— Et... il n'est pas revenu ? demanda Michele tout bas.

— Disparu. Sans explication ni raison apparente. Il s'était peut-être lassé de moi. Nous nous sommes mis ensemble quand j'étais encore au lycée. J'ai eu Gianni à dix-sept ans, c'était peut-être trop tôt... Peut-être qu'il avait une autre histoire. Je ne le saurai jamais. Si j'étais seule, j'aurais déjà cessé de l'attendre. Mais mon fils espère son retour, lui, jour après jour, comme tu l'as fait avec notre mère... Et il dit qu'il voit l'ours blanc dans ses jumelles. Peut-être qu'il dit ça pour y croire encore. Ou bien pour se donner du courage. Ou bien pour m'en donner, à moi. Voilà pourquoi nous savons ce que signifie être abandonné sans raison ni explication. Nous ne le savons que trop bien. Tu comprends, maintenant ?

Michele fit signe que oui avant de s'approcher.

— Excuse-moi, dit-il simplement.

— Ce n'est pas ta faute, répondit Luce.

Puis elle le serra dans ses bras, longuement, sans un mot.

— L'ours polaire, répéta-t-elle à voix basse avec un sourire ironique, au bord des larmes. En général, on dit : « Je vais acheter des cigarettes. » C'est l'excuse classique du mari qui disparaît, non ? Lui il a inventé l'ours polaire. Il a toujours eu beaucoup d'imagination...

Michele sourit. Luce le regarda et rit d'une drôle de façon. Cela gagna Michele et ils partirent tous deux dans un fou rire presque honteux, un rire nerveux de plus en plus irrépressible.

Plus tard, Luce appela son fils pour le prévenir que le déjeuner était prêt. L'enfant s'installa à table entre sa mère et Michele et pendant tout le repas il les regarda d'un air satisfait. Il mangea de bon appétit en posant à Michele mille questions sur sa vie, son travail de cheminot et les trains.

— C'est bien de manger à trois, dit-il soudain.

Les deux adultes se regardèrent, émus et attendris. Michele reconnut sa propre douleur, il se rappela le vide et le silence des repas pris avec son père, la nostalgie de la troisième place à table, son absence, les deux assiettes, les deux verres et les deux jeux de couverts. Ces détails : la nappe à carreaux blancs et rouges que son père tachait de vin, les verres verts, épais et opaques, les couverts dépareillés, les miettes de pain partout, l'odeur de moisi refirent surface dans son esprit, devinrent même plus réels que la table dressée à laquelle il était assis. Il se secoua quand Luce dit à l'enfant qu'après le déjeuner elle accompagnerait Michele voir mamie et qu'il resterait seul à la maison.

— Tu fais tes devoirs et tu n'ouvres à personne, précisa-t-elle sur un ton à la fois doux et décidé.

— Si tu m'expliques où c'est, je peux y aller seul, intervint Michele, inquiet à l'idée de laisser le petit Gianni sans compagnie.

— Je préfère venir avec toi, répondit Luce. Ce n'est pas l'horaire des visites et, si tu viens seul, ils ne te laisseront pas entrer. Et puis je dirais que tu as fait assez de choses tout seul, non ?

Michele acquiesça, étonné. Il regarda Gianni qui le fixait, décidé à ne pas perdre une miette de ce que disaient les adultes.

Après le déjeuner, Michele aida Luce à rapporter la vaisselle sale dans la cuisine. Puis Gianni l'appela depuis le salon, il le rejoignit et vit à nouveau l'enfant accroché à ses jumelles, pointées vers la montagne.

— Je l'ai vu ! L'ours polaire ! Regarde ! s'exclama Gianni.

Michele hésita puis les prit et les pointa vers la fenêtre.

— Regarde en haut à gauche, tu vois? Là où il y a la tache verte au milieu de la neige! dit l'enfant, euphorique.

Michele regarda le blanc absolu des cimes, qui contrastait avec le bleu limpide du ciel dégagé. Blanc et bleu, parfois dans le désordre. À cette distance, il était impossible de voir quoi que ce soit avec ces jumelles.

— Tu l'as vu? Tu as vu l'ours polaire, comme a dit papa?

Michele continua de scruter le paysage, pour ne pas le décevoir.

— Alors? insista l'enfant.

— Peut-être que oui... peut-être que j'ai vu quelque chose... comme un ours, murmura-t-il, incertain, plein de tendresse.

L'enfant prit une expression de surprise et de joie.

— Maman! Maman! cria-t-il vers la cuisine. Michele l'a vu, lui aussi! Il a vu l'ours polaire! Tu vois que c'est vrai? Tu vois que je ne raconte pas de mensonges?

Luce apparut à la porte du salon et regarda Michele, contrariée. Il baissa les yeux et haussa les épaules, comme pour dire «Qu'est-ce que je pouvais faire?».

— Je suis prête. Je prends les clés de la voiture et on y va, dit-elle, sérieuse.

Michele rendit les jumelles à Gianni et le regarda sauter de joie, heureux. Cette euphorie exhibée sans pudeur, cette joie irrépressible qui s'exprimait sur son visage et dans son regard, le firent penser à Elena, à sa façon de ne pas réussir à cacher ses sentiments. Elle lui manquait, il aurait voulu l'appeler. Mais Luce était prête. Il était temps d'y aller.

16

Tandis que le soleil luttait avec les nuages gris, Luce conduisait prudemment sur la route gelée. Sur le siège passager, Michele l'observait sans mot dire. Concentrée, elle affrontait les virages qui contournaient la montagne vers Piana Aquilana. Soudain la voiture se retrouva derrière un tracteur et Luce dut ralentir.

— Avec ces pachydermes, il n'y a plus qu'à se résigner à rouler à dix kilomètres-heure, dit-elle. Tant que ça tourne, impossible de les doubler.

Michele acquiesça mécaniquement, distrait par les mille questions qui se pressaient dans son esprit et qu'il n'osait pas formuler.

— Tu as cherché ton mari? demanda-t-il enfin en prenant son courage à deux mains.

Luce baissa sa vitre, puis le regarda de biais.

— Ça te dérange si je fume en voiture? demanda-t-elle en fouillant dans son sac.

— Non, pas du tout.

Il était gêné, il craignait d'avoir été intrusif et que Luce ait éludé sa question.

Elle sortit son paquet de cigarettes, en glissa une entre ses lèvres puis la tendit à Michele.

— Excuse-moi, je ne t'ai pas demandé si tu fumes. Tu veux ?

— Non, je ne fume pas, merci.

Luce alluma sa cigarette, prit une grosse bouffée puis recracha la fumée en direction de la fenêtre ouverte.

— Je l'ai cherché par tous les moyens. Le soir même, voyant qu'il ne rentrait pas et que son portable était sur répondeur, j'ai appelé tous les hôpitaux de la région. Le lendemain je suis allée voir les carabiniers à Piana Aquilana et j'ai signalé sa disparition. Ils l'ont cherché, du moins c'est ce qu'ils disent, mais en vain. Disparu.

Michele soupira, solidaire et soulagé qu'elle lui ait répondu.

— Imagine..., reprit-elle, amusée. Les carabiniers m'avaient dit de ne pas m'inquiéter, que dès qu'il retirerait de l'argent ils le repéreraient. Or il n'y avait pas un euro sur son compte. Qu'aurait-il pu retirer ?

— Ils auraient pu tracer son portable : j'ai lu qu'on peut localiser l'endroit précis où...

— Ouiiii, c'est ça! l'interrompit Luce. Tu crois vraiment qu'ils vont perdre du temps et de l'argent pour localiser le portable d'un type qui est parti de chez lui ? Et puis il avait un vieux téléphone qui marchait quand il voulait...

Elle accéléra et doubla le tracteur, profitant d'une petite ligne droite.

La voiture reprit une vitesse normale. Luce

éteignit sa cigarette dans le cendrier et remonta sa vitre.

— Tu l'aimais ? demanda Michele en regardant la route.

— Je te jure, je n'arrive pas à te comprendre, répondit Luce en secouant la tête. Je t'emmène voir notre mère et toi tu parles de tout sauf d'elle. Tu m'interroges sur mon mari... Comme si elle ne te concernait plus !

— C'est faux. J'essaie juste de ne pas y penser... Ça m'aide à rester calme.

Elle acquiesça, baissa sa vitre et alluma une autre cigarette.

La voiture attaqua la descente. Michele regarda les mains de Luce, qui étaient identiques à celles de sa mère. Il pensa à tout ce qu'il se rappelait d'elle. Sa voix, sa façon de parler et de raisonner, les mille façons dont elle était mère. Puis une pensée émergea et il essaya de la chasser, comme il avait l'habitude de le faire avec les illusions. Mais cette pensée revenait sans cesse, tandis qu'ils descendaient vers Piana Aquilana. Elle s'insinua dans son esprit et prit des airs d'espoir. L'espoir que, en le voyant, elle le reconnaîtrait. Qu'elle guérirait et se souviendrait de tout. Alors, grâce à lui, Luce aurait à nouveau sa mère.

Ils arrivèrent à Piana Aquilana quand le soleil avait perdu sa lutte contre les nuages et avait disparu derrière les montagnes. La voiture parcourut la rue déserte où, la veille au soir, Michele avait rencontré Erastos. La vieille Fiat 127 n'avait pas bougé, une roue en moins et une fenêtre cassée. Michele sourit en la voyant. Ils gagnèrent la place médiévale de la petite ville et Luce prit une montée que Michele avait parcourue la veille, puis elle tourna à droite dans une ruelle sinueuse qui les conduisit à une construction à trois étages plongée dans la végétation d'un parc couvert d'un manteau de neige. C'était une maison de soins pour personnes âgées. Sur le portail une grande plaque dorée portait l'inscription « Villa Francesco Cilea ». Michele avait vu ce bâtiment la veille. Il se demanda pourquoi il l'avait exclu de sa recherche, comme si une maison de soins ne pouvait appartenir au monde de sa mère. Luce l'informa que cette construction avait été autrefois une maison de retraite pour musiciens. Ce qui expliquait qu'elle portât le nom du compositeur calabrais.

— Ensuite l'argent a manqué et elle a été transformée en une sorte d'hôpital psychiatrique..., conclut-elle en se garant près de l'entrée.

Le cœur de Michele se mit à battre la chamade. Il blêmit, son expression se tendit. Luce s'en aperçut.

— Ça va aller? demanda-t-elle doucement.

— Oui, murmura Michele en ouvrant sa portière avant de plonger dans le froid du début d'après-midi.

Luce sortit à son tour de la voiture. Ils regardèrent le bâtiment qui se dressait devant eux, puis se dirigèrent en silence vers l'entrée.

Le hall de la villa était grand et chauffé. Aux murs, des estampes représentaient des visages de musiciens célèbres. Michele sentit sur lui les regards de Giuseppe Verdi et Franz Schubert, comme s'ils le scrutaient depuis une dimension lointaine. Pour le reste, il n'y avait personne. Des bruits ouatés provenaient des étages, quelques plaintes indéchiffrables et l'écho lointain d'une télévision. Et puis l'odeur douceâtre des médicaments et celle, plus intense et âcre, des désinfectants. Luce se dirigea vers un comptoir en bois. Elle se pencha et fit sonner une cloche en cuivre. Michele remarqua qu'elle évitait de le regarder, comme si elle se sentait encore plus tendue et mal à l'aise que lui. Peu après, une infirmière vint à leur rencontre en souriant à Luce.

— Bienvenue, madame, lui dit-elle avec un fort accent slave.

Luce s'approcha et lui parla à voix basse. L'infirmière l'écouta avec attention, tout en fixant Michele, étonnée. Puis elle se dirigea vers lui et lui tendit la main avec une expression qu'il prit pour de la compassion.

— Enchantée, dit-elle. Je m'appelle Lena. Je vous accompagne tout de suite auprès de Mme Puglia.

Michele bredouilla son nom en lui serrant la main. L'infirmière lui fit signe de la suivre. Il se tourna vers Luce comme pour lui demander de l'aide, du soutien et de la force.

— Tu veux que je vienne ? lui proposa-t-elle.

Michele avait imaginé que Luce l'accompagnerait. Il acquiesça, la gorge sèche, incapable de déglutir.

Ils montèrent l'escalier qui menait aux étages supérieurs.

— C'est au premier, dit l'infirmière comme pour le rassurer.

Ils montèrent sans un mot, lentement, marche après marche, battement après battement du cœur, le regard rivé au sol, jusqu'à un long couloir sur lequel donnaient des portes en bois blanc. Ils avancèrent de quelques mètres, puis Lena s'arrêta devant une des portes et regarda Michele.

— Mme Puglia est ici, annonça-t-elle en jetant un coup d'œil à Luce comme si elle attendait un signal.

Luce hocha la tête, remercia à voix basse et l'infirmière s'éloigna.

Michele la suivit du regard avant de poser les yeux sur la porte blanche, fermée.

— Tu es prêt? demanda Luce.

Michele fit signe que oui, la respiration coupée. Luce tendit la main et la posa sur la poignée. Michele lui toucha instinctivement le bras.

— Attends…, dit-il en tremblant.

Luce retira sa main et la posa sur l'épaule de Michele.

— C'est toi qui ouvres, quand tu veux, dit-elle simplement.

Michele ferma les yeux et prit une grande inspiration. Puis il appuya sur la poignée.

17

La chambre était carrée, petite mais accueillante. Les murs étaient peints en blanc crème ; un lit une place se trouvait sur la gauche, perpendiculaire au mur, occupant la moitié de l'espace. Sur la droite, une armoire murale aux portes en bois marquetées de dessins géométriques et un fauteuil en tissu marron foncé. Michele regarda autour de lui avant de trouver le courage de poser les yeux sur la femme qui se tenait debout et regardait par la fenêtre. Elle portait une robe de chambre en laine d'un bleu passé et des pantoufles de la même couleur. Ses cheveux longs étaient totalement blancs, comme si une couche de givre avait recouvert leur teinte châtain. Son corps semblait avoir rapetissé, même si elle était toujours mince et bien proportionnée. Michele resta immobile sur le seuil, doutant que cette femme puisse être sa mère. S'il l'avait vue ainsi, sans préavis, sans avoir monté l'escalier avec Luce et l'infirmière, il ne l'aurait pas reconnue. Il s'agrippa à ce doute, à l'espoir d'avoir été victime d'un quiproquo. Il sentait son sang battre contre ses tempes et dans ses oreilles, il se demanda comment ce rythme pouvait dépendre des battements de son cœur, qui lui semblait s'être arrêté à l'instant où il avait mis les pieds dans la chambre. Il chercha Luce du regard, comme pour l'appeler à l'aide. Elle referma la porte derrière lui et fit un pas vers la femme qui regardait toujours par la fenêtre, immobile, silencieuse.

— Maman..., murmura Luce.

Michele sentit une explosion dans sa poitrine, qui coïncida avec la reprise des battements de son cœur.

Mais cette fois il battit vite et de façon déstructurée, comme si la circulation de son sang avait soudain changé de sens et suivait des parcours improvisés, ignorant les veines et les artères, totalement anarchiques.

La femme à la fenêtre ne bougea pas, n'eut aucune réaction. Luce s'approcha encore, posa une main sur son épaule et répéta :

— Maman...

Cette fois, la femme se tourna lentement, sans aucun étonnement. Ses yeux suivaient le mouvement de rotation de son buste et de son cou, sans le précéder. Michele vit son profil, puis son visage de face qui se tournait vers sa fille. Il était inexpressif, glacial, comme s'il n'avait plus ni conscience ni sentiments. Michele la reconnut et poussa un gémissement. Il s'appuya à la porte fermée pour tenir sur ses jambes, qui semblaient prêtes à céder d'un moment à l'autre.

— Maman... regarde qui est là..., dit Luce avec douceur et tranquillité.

Elle indiqua Michele. La femme réagit en suivant du regard le doigt de Luce, avant de poser ses yeux sur Michele. Ils ne s'attardaient plus sur les contours des choses et des personnes, comme il se le rappelait. Ses pupilles étaient immobiles, elles scrutaient le centre exact du néant. Mais elles se posèrent sur Michele, qui joignait ses mains devant son visage, comme pour prier. Ses lèvres tremblaient, il n'arrivait pas à les immobiliser. La femme le fixait toujours sans le voir, comme si elle le traversait du regard et cherchait quelque chose derrière la porte fermée.

— Michele, maman... c'est Michele... Tu te souviens de Michele? demanda Luce en regardant son frère, comme pour l'inviter à approcher. Dis quelque chose, Michele, essaie...

Michele tenta de parler, d'émettre un son. Il lui sembla qu'il n'existait plus de mots, qu'ils n'avaient jamais existé, que «parler» était un verbe inconnu et privé de sens. Il fit un pas, puis un autre. Il voyait maintenant le visage de sa mère de près. S'il avait tendu la main, il aurait pu le toucher. Mais «toucher» avait également perdu son sens. Puis il sentit son odeur. C'était l'odeur de la peau de sa mère, comme il se la rappelait. Mais elle n'avait plus de vie. Elle ressemblait plutôt à l'odeur de renfermé de tiroirs contenant le linge de quelqu'un qui est parti depuis longtemps. La femme se retourna, lentement, vers la fenêtre. Michele sentit que, si elle se retournait complètement, il la perdrait à nouveau, pour toujours. Alors il trouva la force de tendre le bras et de lui toucher l'épaule, le cœur suspendu. Elle se tourna vers lui. Cette fois elle semblait exprimer un doute, comme si elle se posait une question : «Que se passe-t-il? Qu'y a-t-il?» Michele se plongea dans ses yeux, chercha leur contact. Puis il fouilla dans son sac et en sortit son journal intime. Il le montra à sa mère, le lui tendit. La femme posa les yeux dessus. Michele l'approcha et elle, lentement, leva une main. Elle le saisit. Michele et Luce se regardèrent, la même lueur d'espoir dans les yeux. Puis il sentit sa voix et les mots pénétrer soudain sa conscience.

— C'est mon journal. J'avais sept ans. Tu te rappelles, maman? Je suis... je suis Michele. Ton fils. Tu me reconnais?

La femme laissa tomber le cahier sur le sol et sembla ne pas s'en apercevoir. Puis elle se tourna vers la fenêtre, plongée dans le silence de son absence. Luce soupira, accablée et résignée. Michele resta immobile, regarda le cahier sur le sol, puis leva les yeux vers le dos et la nuque de sa mère, et il comprit qu'elle ne le reconnaîtrait jamais. Ce fut comme un deuxième abandon, comme si cette fois encore elle le laissait sans explication.

Alors, enfin, il sentit les larmes monter. Les larmes que sa mère avait emportées avec elle, des années auparavant, lui furent restituées, comme une récompense pour l'avoir retrouvée.

Il plongea son visage dans ses mains et sanglota, comme quand il était petit, comme il ne l'avait pas fait depuis des années.

Luce le serra dans ses bras, jusqu'à ce que les pleurs se calment.

— Je dois y aller, dit-elle. Dans une demi-heure je reprends le travail.

Michele acquiesça, fit mine de ramasser son sac pour la suivre, mais elle l'arrêta.

— Si tu veux, tu peux rester : je reviendrai te chercher ce soir. Comme ça tu passes un peu de temps avec elle. Je crois que tu en as besoin, ajouta-t-elle sur un ton maternel.

Michele regarda sa mère, qui n'avait pas bougé. Il décida de rester.

— Il y a un bouton sur la table de nuit, tu le vois ? Si tu as besoin de quoi que ce soit, tu peux appeler une infirmière. Oh, et si tu ne la fais pas asseoir ou allonger sur le lit, elle est capable de passer la nuit à la fenêtre. C'est plus simple que tu ne crois : tu la prends par la main et elle te suit. Compris ?

— Compris, répondit Michele après une brève hésitation.

— Bonne chance, dit Luce en souriant, avant de sortir de la chambre.

Ils se retrouvèrent seuls, comme des années auparavant. Michele s'approcha de sa mère à pas lents. Il s'arrêta à côté d'elle, sentit son contact contre son épaule. Il regarda avec elle par la fenêtre la cour enneigée, déserte et immobile. Il aperçut Luce qui marchait vers sa voiture, dans le petit parking. Il la vit ouvrir la portière et se tourner vers la fenêtre. Quand leurs regards se croisèrent, elle fit un petit signe de la tête, auquel Michele répondit à l'identique. Peu après, les phares de sa voiture s'allumèrent et elle s'éloigna.

Michele regarda sa mère et aperçut les rides sur son visage, la ligne de son cou qui s'était ramollie, le petit duvet sur son menton. Il effleura ce visage de la paume de sa main, timidement. Elle n'eut aucune réaction. Alors il sentit le besoin qu'elle le caresse. Il prit sa main dans les siennes. Elle regardait toujours par la fenêtre. Il porta lentement cette main à son visage et la posa sur sa joue. Il ferma les yeux. Il sentait, des années plus tard, la chaleur de cette caresse qu'il se rappelait nettement, le sentiment d'amour et de protection que cela lui procurait, il parcourut à nouveau les sentiers d'une sérénité lointaine et redevint enfant.

« Tu es brûlant, mon amour. Maman va prendre ta température et rester avec toi. Tu as mal à la gorge quand tu tousses ? Alors on va prendre le sirop. Pourquoi pas ? Tu ne l'aimes pas ? Mais tu sais que chaque fois que tu tousses, moi je la vois, ta toux ? Elle sort de ta bouche, tombe par terre et se cache sous ton lit. Mais si tu prends le sirop, la toux aura peur et elle s'en ira, elle ne reviendra plus... »

L'enfant, convaincu, avale le sirop. Sa mère lui sourit puis regarde sous le lit.

« La toux n'est plus là ! Elle s'est enfuie ! »

L'enfant rit, sa mère caresse son visage, jusqu'à ce que, lentement, il s'endorme.

Michele entendit frapper à la porte, qui s'ouvrit. Il lâcha la main de sa mère qui retomba, sans vie, le long de son corps. Il sentit une pudeur et une honte instinctives et s'éloigna d'elle. Lena apparut à la porte avec un sourire gentil.

— Excusez-moi mais il faut qu'elle s'allonge un peu, dit-elle.

Elle alla à la fenêtre, prit délicatement le bras de la mère de Michele et la guida vers le lit. La femme s'étendit, docile. Lena lui retira ses pantoufles, les posa par terre puis lui installa les jambes sous la couverture, avant de dire à Michele :

— Si vous avez besoin de quoi que ce soit, je suis là. Il suffit d'appuyer...

— Sur le bouton de la table de nuit, je sais, l'interrompit Michele, encore gêné.

— Bien, répondit Lena en s'en allant.

Elle referma la porte derrière elle.

Allongée sur le lit, sa mère fixait maintenant le plafond en respirant régulièrement. Elle avait l'air sereine. Ses joues étaient plus souples, moins rugueuses, bien que légèrement creusées. Ses yeux semblaient plus grands et noirs que dans le souvenir de Michele. Il la regarda encore puis alla s'asseoir sur le fauteuil, face à elle.

— Maman..., murmura-t-il. Maman...

Elle n'eut pas la moindre réaction. Ses yeux

étaient des abîmes et Michele sentait le poids des mille questions qu'il aurait aimé lui poser.

—Vraiment, tu ne m'entends pas? Vraiment, tu n'entends pas ce que je dis? insista-t-il avec un espoir obstiné.

Il quitta le fauteuil pour s'approcher du lit, se pencha sur elle et la regarda droit dans les yeux, à quelques centimètres de son visage. La femme réagit par un léger battement de paupières et, l'espace d'un instant, sembla lui rendre son regard. Mais ensuite ses yeux fixèrent Michele, totalement absents, le transpercèrent pour se poser sur le plafond. Ils étaient absolument vides. Michele comprit qu'il n'avait retrouvé sa mère que pour découvrir qu'il n'existait plus ni lieu, ni temps, ni espoir où cette rencontre aurait pu être possible. Il comprit que ses questions – pourquoi tu m'as laissé; pourquoi tu n'es pas revenue; que voulais-tu; que cherchais-tu; qu'est-ce qui t'a empêchée de m'emmener; comment as-tu fait pour m'oublier, m'as-tu vraiment oublié; as-tu pensé à moi; t'ai-je manqué; as-tu été heureuse; as-tu regretté; as-tu eu envie de me serrer encore une fois dans tes bras ou de savoir comment j'allais, si j'étais heureux, comment j'avais grandi – demeureraient à jamais sans réponse. Que lui restait-il d'autre? Être près d'elle et respirer son absence? Attendre et espérer une lueur de présence, un instant de lucidité?

D'un coup, il sentit le passé arriver. Il se rappela qu'il y avait les questions restées en suspens, mais aussi toute une vie, sa vie, à raconter. Alors il se rassit dans le fauteuil et il commença à parler, comme si elle pouvait l'écouter.

« Après ton départ, maman, il y avait de la cendre dans les assiettes. Et la maison, notre maison, semblait ne plus être abritée. Il y avait du vent même quand les fenêtres étaient fermées. Un vent de tempête. Il y avait de la cendre dans les assiettes, à la fin du dîner. Papa ne parlait pas, il mâchait en silence, le regard rivé sur la télévision allumée. Il fumait et buvait, comme si chaque nuit pouvait être la dernière. Courbé sur son verre, il laissait la cendre tomber et les éclairs frapper toute tentative de ma part de parler. Je restais à côté de lui dans l'attente d'un regard, un geste, une caresse. Il y avait de la cendre dans les assiettes quand il se décidait enfin à parler. Alors les éclairs étaient ses mots. Il me disait de ne me fier à personne, même pas au soleil et au ciel serein. Il me disait de ne pas faire confiance aux femmes, à aucune femme. Même pas aux amis. « Même à moi, tu ne dois pas me faire confiance », me disait-il en versant du vin dans son verre. Il me disait de ne pas faire confiance à la vie, parce qu'il t'avait fait confiance. Alors je comprenais que tu étais toute sa vie, même après ton départ. Je comprenais qu'il avait déjà décidé de mourir, dès que je serais en mesure de continuer seul, sur le chemin de la défiance. Puis il y avait le samedi. Et chaque samedi une femme différente, qu'il payait pour lui tenir compagnie dans le lit, pour supporter sa barbe drue et la puanteur de vin de ses mots obscènes. Moi je m'enfermais dans ma chambre et j'essayais de faire mes devoirs. Mais j'entendais des grognements et des jurons qui explosaient sur votre lit, le sommier qui grinçait. Puis le silence arrivait, et avec le silence le soulagement. J'entendais l'eau couler à la salle de bains. Puis les pas dans le couloir, le bruit obstiné des talons aiguilles portés sans élégance, la porte de la maison qui s'ouvrait le temps d'un rapide salut puis se refermait. C'était ça, mon samedi soir, maman. Un samedi après l'autre, jusqu'à ce que j'aie vingt ans et qu'il décide que le moment était venu de partir pour de bon. J'avais mon bac et il n'a eu aucun mal à supplier la direction générale de me refiler son travail, sa douleur, sa méfiance, le train et la gare. Tu te rappelles combien de trains arrivaient et combien partaient de nos quais, quand tu étais là ? Tu me disais que les départs et les retours se ressemblent, qu'ils alternent, que les rôles s'échangent, comme la vie et la mort. J'étais petit, je ne comprenais pas bien ce que cela signifiait. Mais maintenant je sais que ton départ n'a pas alterné avec ton retour, que tu n'as échangé ton rôle qu'avec la mort, maman. Il n'y a plus eu de vie. Il n'y a pas eu d'alternance. Juste de la cendre dans les assiettes et les putes du samedi soir. À la fin, seul un train est resté. Un seul train. Celui que j'ai vu partir et revenir chaque jour, durant ces années, dans mon uniforme de cheminot. Avec le temps, j'ai appris à faire confiance à ce train. Uniquement à ce train, parce qu'il fallait bien que je fasse confiance à quelque chose, pour ne pas devenir fou. J'ai rempli ma maison d'objets, parce qu'ils ne peuvent partir que si je le décide. J'ai cherché, chaque matin, ton visage dans le miroir, parce que nos yeux se ressemblent. Dans mes yeux, je cherchais les tiens. Puis seuls les yeux, mes yeux, sont restés dans le miroir, parce que ton visage s'effaçait de ma mémoire, jour après jour, ses contours s'estompaient, comme un rêve qu'on a oublié au réveil. »

La femme toussa, puis passa la pointe de sa langue sur ses lèvres. Michele comprit qu'elle avait soif. Il se leva et lui servit un verre d'eau, puis il souleva sa tête de sa main gauche et porta le verre à ses lèvres. Tandis qu'elle buvait, il sentit sa nuque fine dans sa main. Elle était menue, légère, sans défense. Il éloigna le verre pour la laisser reprendre son souffle. Elle leva la main, lentement, et la posa sur celle de Michele, comme une caresse. Il ferma les yeux, jusqu'à ce que la main de sa mère retombe, fatiguée, le long de son corps. Alors il posa le verre sur la table de nuit et s'assit au bord du lit, à côté d'elle.

Peu après la femme s'endormit et le soir posa ses volets sur les fenêtres. Michele ne dit pas un mot, jusqu'à ce que la porte de la chambre s'ouvre lentement dans son dos. Il se tourna et découvrit une femme sur le seuil. D'un âge indéfinissable, la peau de son visage, tonique et brillante, contrastait avec ses cheveux teints en noir à la racine argentée, à la base du front. Elle portait une jupe longue et un pull, tous deux noirs, et des chaussures fermées, en cuir, couleur lie-de-vin. Ses yeux d'un bleu passé et aqueux, agrandis par des verres épais, fixèrent Michele.

— Qui êtes-vous? demanda-t-elle en entrant dans la chambre.

— Je... hum... Michele, Michele Airone, enchanté, répondit Michele en se levant et en lui tendant la main.

— Ce n'est pas l'horaire des visites, énonça-t-elle en le regardant d'un air sévère, sans lui serrer la main.

Michele lui expliqua qu'il avait demandé la permission de venir. Il fit allusion à Lena, l'infirmière qui l'avait accompagné, il assura qu'il partirait bientôt et...

— Donc vous êtes de la famille de Laura? l'interrompit la femme avec un fort accent du Nord.

Cela fit bizarre à Michele d'entendre le prénom de sa mère prononcé par une étrangère. Il acquiesça et, avec une certaine pudeur, précisa qu'il était son fils. La femme sourit.

— Michele, mais oui, bien sûr. Laura m'a souvent parlé de vous.

Michele sursauta en se tournant instinctivement vers le lit où elle dormait.

— Que voulez-vous dire? demanda-t-il, circonspect. Quand vous a-t-elle parlé de moi?

— Elle le fait de temps en temps, quand on bavarde.

— Mais... je ne comprends pas... comment est-ce possible ?

La femme s'approcha et baissa la voix pour adopter un ton confidentiel, voire conspirateur.

— Vous savez, votre mère va très bien. Elle fait semblant de ne pas comprendre, c'est tout. Vous l'ignoriez ? Elle fait ça pour rester ici, en sécurité. Elle n'a pas envie de rentrer chez elle. Elle a peur. Et elle n'a pas tous les torts. La vie est difficile, dehors... Laura, dit-elle ensuite à la mère de Michele, tu as vu que ton fils est là ? Dis-lui, dis-lui que tu vas bien...

Michele regarda sa mère, toujours immobile, les yeux fermés. À ce moment-là Lena entra, essoufflée.

— Excusez-moi, dit-elle à Michele en prenant la femme par le bras. Angela, il faut retourner dans votre chambre, dit-elle sur un ton à la fois doux et ferme.

— Mais je ne peux pas. Je dois attendre que Laura se réveille, ensuite on s'en va. On part en voyage de noces, vous savez ? répondit la femme avec conviction.

— Bien sûr, alors allons préparer les valises, répondit Lena en souriant.

Elle regarda Michele, comme pour s'excuser, puis Angela se laissa emmener par le bras, docilement.

Michele soupira et se détendit. Étonnamment, il fut soulagé que sa mère ne fasse pas semblant d'être malade, parce que dans ce cas il se serait senti doublement trahi, méprisé, encore une fois rejeté. Il sourit en pensant à sa naïveté. N'importe qui aurait compris que la femme était une patiente de la clinique.

«Dans le fond», admit-il, «ma vraie vie n'a pas recommencé depuis longtemps. J'ai encore beaucoup à apprendre et à comprendre.» Pour la première fois, il ressentit de la tendresse pour lui-même, un sentiment de pardon qui lui était inconnu. Il sentit qu'il lui serait possible de se débarrasser du poids de cette étrange vie, de cette pénitence à laquelle il s'était soumis, sans s'en rendre compte, au fil des ans. Peut-être la confiance en les autres, tôt ou tard, ne lui apparaîtrait-elle plus comme un seuil infranchissable. Peut-être pourrait-il recommencer à vivre, à risquer la douleur et la déception, s'il cessait de défendre son âme, d'ériger autour de lui des frontières imaginaires et de creuser des tranchées pour se protéger de l'imprévu. Il regarda à nouveau sa mère, qui avait ouvert les yeux et fixait le plafond et ses pensées, telles des ombres mystérieuses qu'elle seule pouvait voir. Puis il alla à la fenêtre. Dehors, la neige qui recouvrait le sol était si lisse et compacte qu'on aurait dit un voile de pâte feuilletée étalée par un pâtissier. Des flocons impalpables tombaient du ciel sombre, absorbaient la lumière des lampadaires et tournoyaient dans l'air comme les grains de poussière d'un vieux tapis battu à la main. Michele se demanda comment la fatigue pouvait être aussi douce qu'à ce moment-là, comment son épuisement pouvait ressembler à une envie de trêve, à une caresse sur les yeux qui l'invitait à les fermer. Il les ferma. Et il sentit qu'il n'avait pas fini de parler à sa mère.

« C'est le train qui me l'a amenée. Elle est entrée chez moi et dans ma vie au même moment, maman. Je lui ai rendu une poupée qu'elle avait perdue et en échange elle m'a donné l'espoir. Quand elle est entrée dans la cuisine, en un éclair elle a balayé le souvenir de la cendre dans les assiettes et le silence des années où j'ai vécu seul. Elle parle des couleurs d'une drôle de façon, tu sais ? Elle dit que je suis rouge et elle porte la joie avec elle. Souvent elle s'énerve, mais elle ne connaît pas la tristesse. Je pense que c'est la tristesse qui garde ses distances, elle a peur d'Elena. Si la tristesse avait un corps, Elena serait un cancer dans sa poitrine. Elena, oui, elle s'appelle Elena. Je sais qu'elle a une sœur jumelle qui porte le même prénom que la poupée perdue, je sais qu'elle travaille dans un bar et je sais que je n'arrive pas à ne pas l'aimer. J'ai fait tout mon possible pour ne pas l'aimer, maman. J'ai été dur avec elle, j'ai fermé les portes, les fenêtres, les portails et même mon cœur. Mais elle a tout ouvert, chaque porte, chaque fenêtre, chaque portail, et puis elle a trouvé un passage secret que je ne connaissais pas et elle s'est frayé un chemin dans mon cœur, ce cœur que je croyais fermé. Elle a dressé la table sur le quai et elle m'a servi son amour. Puis, quand le train m'a rapporté mon journal intime, elle m'a convaincu de monter dedans pour te chercher. Elle m'a donné l'adresse pour venir ici, où j'ai découvert que j'ai une sœur et où je t'ai retrouvée. Maintenant, je dois réfléchir à ce que je peux lui donner en échange, parce que je ne veux pas la perdre. Je dois comprendre comment être sûr qu'elle ne me quittera pas du jour au lendemain, sans explication. Je dois apprendre, maman. Parce que c'est ça, ma peur. La digue qui contient l'amour. Le nœud qui me serre le cœur. Je veux apprendre à lui faire confiance et ne plus avoir peur. Je veux apprendre à la croire, maman. Je veux la croire et je sens que je réussirai. Peut-être parce que c'est le train qui me l'a apportée... »

Il entendit des pas derrière lui et reconnut l'odeur de Luce. Il se retourna et elle lui sourit, comme s'ils avaient l'habitude de se voir, comme si c'était rassurant et ancien.

— Comment ça s'est passé ?

Michele haussa les épaules et soupira.

— Disons que... j'ai essayé de lui parler. Et que ça m'a sans doute fait du bien. Je ne sais pas. Je ne comprends pas encore ce qui se passe, avoua-t-il avec sincérité.

Luce acquiesça, borda sa mère, lui caressa le visage.

— Ils vont bientôt t'apporter ton dîner..., murmura-t-elle. Nous, en attendant, on y va. On se voit demain, d'accord ?

Elle le dit comme si sa mère pouvait l'entendre, et Michele sentit une légère envie en déchiffrant cette habitude dont sa sœur faisait preuve par rapport à sa mère.

Ils sortirent de la chambre et la femme resta seule avec son silence. La porte se referma. Laura se secoua à peine, son regard quitta le plafond et erra sur les murs, absent, vide. Puis elle regarda le journal sur le sol, et ses yeux semblèrent briller d'une lueur différente. La femme leva la tête, prit appui sur ses coudes et s'assit. Puis elle se leva et se dirigea lentement vers le cahier rouge. Elle se pencha et le prit dans ses mains. Quand ses doigts effleurèrent la couverture passée, ses yeux se remplirent de larmes.

18

— Comment était notre mère avec toi? lui demanda Michele quand ils prirent la route du retour.

Luce se gratta le nez avec son index gauche, puis le pria de lui passer une cigarette. De toute évidence elle aimait prendre le temps de fumer avant de répondre à des questions personnelles. Michele attrapa le paquet dans son sac et lui en tendit une.

— Ça t'embête de me l'allumer? dit-elle en franchissant un dos-d'âne enneigé, qui précédait le premier virage serré.

Michele hésita puis chercha le briquet, plaça le filtre entre ses lèvres et approcha la flamme de son visage. Il aspira prudemment la fumée chaude et aromatique, la sentit parcourir son palais avant de lui envahir les poumons, puissante et décidée. Puis la fumée explosa dans ses tempes et sa vue se brouilla. Quand il retrouva une respiration normale, pour la première fois de sa vie il éprouva l'appel de la cigarette.

Jusque-là il avait détesté ces petites bougies de tabac recouvertes de papier blanc et léger, qui lui rappelaient les longues soirées en compagnie de son père et de ses silences, mais maintenant, en tendant la cigarette allumée à Luce, il se sentit soudain attiré.

— Je peux ? demanda-t-il en indiquant le paquet qui était toujours dans ses mains.

— Tu... tu as envie ? répondit-elle d'un ton étonné et complice qui plut beaucoup à Michele.

— C'est bizarre, répondit-il, mais oui, en effet.

— Essaie de ne pas prendre le vice. C'est con de commencer à fumer à ton âge, précisa Luce.

Michele porta une cigarette à ses lèvres et l'alluma. Quand il aspira la fumée, l'effet fut décidément agréable, comme une douleur bénéfique, rassurante, semblable à la désagrégation des fibres musculaires qu'il ressentait quand il s'allongeait sur son lit après avoir nettoyé le train. Il baissa sa vitre et l'air froid pénétra la voiture.

— Elle était douce, elle était heureuse... et elle pleurait souvent, dit Luce à voix basse en regardant la route.

Michele tira une autre bouffée et sentit que déjà la fumée ne lui explosait plus dans les tempes, mais lui donnait l'impression de lui éclaircir les idées.

— Je sais qu'elle était douce... je m'en souviens bien, dit-il à son tour. Mais moi je ne l'ai jamais vue pleurer.

Luce l'écoutait, pensive.

— Maintenant que j'y pense, ajouta Michele,

je ne l'ai jamais vue heureuse non plus. C'est-à-dire, je me rappelle qu'elle souriait et riait souvent quand nous étions ensemble... Mais peut-être que rire ne signifie pas être heureux.

— Ça, elle le disait souvent, répondit Luce en regardant Michele avec étonnement. Elle disait que rire ne signifie pas être heureux.

— Pourquoi elle disait ça?

— Peut-être... Peut-être parce que papa lui faisait remarquer qu'elle ne riait jamais.

Michele termina sa cigarette et l'éteignit dans le cendrier.

— Donc elle était douce, avec toi comme avec moi. Avec toi elle était heureuse mais elle pleurait... avec moi elle n'était pas heureuse mais elle riait..., dit-il, amer.

— J'ai toujours pensé qu'elle était heureuse, parce que je n'ai jamais vu personne s'aimer comme elle et mon père, affirma Luce avant de regarder Michele, comme pour s'excuser. Et maintenant que je sais que tu existes... je pense qu'elle pleurait parce que tu lui manquais.

— Si je lui manquais, alors pourquoi elle n'est jamais revenue? Pourquoi elle ne m'a jamais cherché? lança Michele, fâché.

Luce inspira, passa une vitesse, la cigarette entre les lèvres, puis la reprit dans sa main.

— Parfois à la télé je vois des gens qui se retrouvent des années plus tard. Maris et femmes, anciens fiancés, mais surtout des enfants qui cherchent leurs parents ou des parents qui veulent retrouver leurs enfants... apparemment ça arrive plus souvent qu'on ne croit. Mais ce qui est bizarre, c'est qu'ils posent toujours la même question : «Pourquoi tu ne m'as pas cherché, pendant toutes ces années?» Et ils répondent tous la même chose : «J'ai essayé, mais je ne pouvais pas»... «Une fois j'ai téléphoné mais tu n'étais pas là»... «Mes beaux-parents ne voulaient pas, ils me détestaient»... un tas d'excuses absurdes, jamais une vraie réponse.

— Peut-être qu'ils ne veulent pas la donner, la vraie réponse, suggéra Michele.

— Parfois je pense que mon mari pourrait revenir, admit Luce avec une pointe de mélancolie. C'est un espoir qui ne nous quitte jamais... tu le sais mieux que moi.

— Oui, c'est vrai.

— Ensuite j'essaie d'imaginer son visage, poursuivit Luce. Son expression, au moment où il rentre à la maison... et je n'y arrive pas.

— Que veux-tu dire?

— Je veux dire qu'il est difficile de rentrer, quand on est parti longtemps, quand on a blessé les personnes qu'on aimait. On trouve le courage de partir... mais on risque de ne jamais trouver le courage de rentrer. C'est peut-être ça, la vraie raison. Dans tous les cas, on ne saura jamais. Inutile de se poser des questions, conclut Luce en rétrogradant pour affronter la montée qui menait au faux plat de la nationale.

Ils fumèrent chacun une autre cigarette, sans rien dire. Quand les lueurs du bourg apparurent au loin Luce ralentit.

— Il y a une surprise pour toi à la maison, dit-elle à Michele. Ma famille veut faire ta connaissance.

Michele ne dit pas un mot. Les doigts tremblants, il alluma sa troisième cigarette.

La maison était pleine de gens et sur les flammes de la cheminée cuisaient des côtes de porc alignées sur une grande grille en acier. L'odeur de la viande aux épices envahissait le salon, la fumée était dense comme du brouillard dans la bruyère. Michele hésita avant d'entrer. Il sentit les regards des convives sur lui, brillant d'une curiosité affectueuse.

— Ils sont tous de la famille de mon père, lui expliqua Luce avant d'entrer dans le salon pour le présenter.

— Enchantée, je suis Caterina, la sœur d'Angelo, dit une femme d'environ quatre-vingts ans en serrant la main de Michele.

— Angelo était mon père, précisa Luce tandis que Caterina regardait Michele avec affection.

Elle lui caressa les cheveux, maternelle. Puis ses enfants s'approchèrent : un homme d'une cinquantaine d'années avec son épouse, et une femme, un peu plus jeune, accompagnée de son mari. Puis ce fut le tour des petits-enfants de Caterina : deux jeunes filles robustes et un gros garçon de dix-huit ans. Michele serra des mains et rendit leurs sourires aux présents. Il se sentait dépaysé et gêné, mais en même temps il avait un certain plaisir à être au centre de l'attention.

Chaque convive donna son nom, mais personne n'ajouta quoi que ce soit. Ils lui souriaient mais évitaient de faire des commentaires. Comme si l'histoire de Michele était un fait implicite qui se passait de questions et d'explications.

Quand le groupe se dispersa, Michele aperçut un vieil homme penché sur la cheminée, qui retournait les côtes de porc sur la grille. Il était grand et mince malgré son âge et ressemblait à Angelo, le père de Luce. Ses joues étaient rougies par la chaleur de la braise. Il se tourna pour regarder Michele mais ne bougea pas, comme s'il attendait que le jeune hôte se déplace. Michele hésita et esquissa un sourire qui se dissipa immédiatement devant l'expression circonspecte, quasi méfiante, du vieux.

— Voici l'oncle Roberto, le frère de mon père, dit Luce.

Michele lui tendit la main en murmurant son nom, Roberto la lui serra rapidement. Puis il retourna à ses côtes de porc, comme pour éviter tout échange.

— Le dîner est prêt. Michele, assieds-toi en bout de table…, intervint Caterina en lui indiquant une chaise.

Michele rougit et prit place. Gianni, qui jusque-là était resté à l'écart, près de la fenêtre, courut vers la table pour se placer à côté de lui. L'enfant regarda Michele avec une complicité mêlée de timidité. Michele lui sourit. Puis, devant ses yeux, il vit se matérialiser le concept de famille. Il s'annonça avec une senteur d'arômes qui couvrirent bientôt l'odeur intense de la viande grillée : celle, décidée, des fromages de chèvre, l'essence terrienne des légumes sautés, les levures, la puissance douce des charcuteries. Le tout voyageait dans les plateaux apportés à table par Luce, Caterina et ses enfants. On aurait dit qu'ils dansaient ; les mouvements fluides, les pas autour de la table, les courbes douces des plateaux suspendus dans les airs, passés de main en main puis posés sur la table blanche, dessinaient des chorégraphies rituelles exécutées avec grâce et naturel. Michele observait chaque geste, chaque coup d'œil, chaque regard échangé entre les présents. Il accueillit avec stupeur l'attention que tout le monde lui portait, le servant de tout ce que contenaient les plateaux, admira le synchronisme avec lequel chacun prit place, la course pour remplir les verres de ses voisins d'eau et de vin. Puis Roberto quitta la cheminée pour rejoindre sa place.

Le silence tomba.

Tous les regards se posèrent sur Caterina, qui leva lentement son verre de vin, comme pour l'offrir à l'avenir.

— La vie ne finit jamais de nous faire des cadeaux, dit-elle d'une voix pétrie de tranquillité et de vieillesse. Parfois elle nous apporte des douleurs dont nous nous serions passés. D'autres fois elle nous fait goûter de grands moments de bonheur. Cette fois elle a voulu nous faire une surprise... une grande surprise. Elle nous a amené Michele.

Caterina le regarda et sourit. Il baissa les yeux, ému et embarrassé.

— Personne d'entre nous ne savait que Laura avait un fils, poursuivit Caterina. Personne ne pouvait l'imaginer, parce qu'elle n'en a jamais parlé...

Michele sentit un vide dans sa poitrine, l'étrange sensation de ne pas avoir existé avant ce moment, de n'avoir eu ni nom ni visage, ni temps partagé avec le monde réel.

— Angelo non plus ne nous en a jamais parlé, même si j'imagine qu'il était au courant, continua la femme. Ce n'est pas à nous de juger, étant donné que nous ne connaissons pas les raisons de ce choix. Nous ne pouvons faire qu'une chose : accueillir Michele parmi nous chaque fois qu'il le voudra. Et espérer que tôt ou tard il trouve ses réponses... et qu'il nous considère comme sa famille.

Michele bafouilla un «merci» timide. Il avait du mal à respirer. À l'intérieur de lui des sentiments contrastés s'agitaient : les gens qui l'entouraient étaient liés à l'homme qui lui avait pris sa mère, qui lui avait nié une vie normale, une famille comme les autres. Pourtant, ces personnes lui offraient maintenant un sentiment d'appartenance. Elles lui offraient d'entrer dans leur famille. Rancœur et gratitude alternaient en lui, comme les mains d'un accordéoniste qui s'approchent et s'éloignent sans jamais se toucher. Pourtant elles jouent la même musique. Des applaudissements le sortirent de ses pensées : il regarda tous les présents qui tapaient dans leurs mains, lui souriaient et levaient leurs verres. Seul Roberto s'abstint. Il vida son verre de vin, puis retourna s'occuper de la cuisson de la viande.

Michele eut l'impression que cet homme nourrissait envers lui une rancune qu'il ne s'expliquait pas. «Dans le fond», pensa-t-il, «je suis la partie lésée, c'est moi qui ai été abandonné. Pourquoi m'en veut-il? Peut-être que ce n'est pas de la rancune, peut-être qu'il se sent coupable que son frère ait emmené ma mère...»

— Allez, maintenant goûte et dis-moi si ça te plaît, lui murmura Luce.

Michele compta mentalement les convives : ils étaient onze. Il ne s'était jamais assis à une table aussi peuplée.

Le dîner se poursuivit entre bavardages, rires et anecdotes de la vie quotidienne. Roberto apporta les côtes de porc à table et Michele fut servi le premier. Il les trouva exquises, magistralement cuites, légèrement croquantes à l'extérieur mais veloutées à l'intérieur, douces sous la dent. Le vieux répondit d'un grommellement aux compliments qui lui étaient adressés, puis alla s'asseoir et remplit son assiette de légumes parce que, comme Michele le découvrit grâce aux commentaires, il était végétarien depuis longtemps, malgré son talent pour cuire la viande. Il regarda son assiette en mâchant lentement, sans parler.

— Michele aussi a vu l'ours polaire! dit soudain Gianni, profitant d'un moment de silence.

Il avait attendu pour lancer sa révélation, comme une revanche personnelle face à la méfiance générale des adultes.

— Ce n'est pas vrai? Dis-leur, que tu l'as vu, supplia-t-il en regardant Michele. Il était grand, pas vrai? Grand et tout blanc. Exactement comme a dit papa..., insista le petit.

Michele perçut les regards gênés et entendus, un peu moqueurs, des convives. Il se sentit uni à Gianni par un destin commun, par le même fol espoir de retour, par la recherche d'une raison, d'un motif pour expliquer le pourquoi d'un abandon.

— Oui, il était énorme... et tout blanc, dit-il.

Le regard de l'enfant s'éclaira de gratitude. Puis Michele remarqua que Roberto le fixait. Il avait cessé de manger, il tournait et retournait son verre entre ses mains en le regardant, les yeux rougis par la fumée, les lèvres serrées.

— Pourquoi n'es-tu pas venu plus tôt? demanda soudain le vieux.

Il avait parlé à voix basse, pourtant il avait couvert les murmures et le tintement des couverts dans les assiettes. Tout le monde s'était tu.

Michele eut du mal à avaler.

— Pourquoi as-tu attendu tout ce temps pour chercher ta mère? insista Roberto.

Michele quêta le regard de Luce avant de répondre.

— Je... je ne savais pas où la chercher, dit-il enfin, surmontant son embarras.

— Je t'ai expliqué l'histoire du journal intime,

Roberto, intervint Caterina comme pour épauler Michele. Il l'a trouvé dans le train, et ensuite…

— Et ensuite quoi ? l'interrompit le vieux. Moi, si je perds ma mère, je vais tout de suite la chercher, je n'attends pas vingt ans.

Tout le monde se regarda, gêné. Michele sentit monter en lui un sentiment de rébellion. Les paroles qu'il adressa à Roberto le surprirent lui-même.

— Alors pourquoi n'est-ce pas elle qui m'a cherché ? Moi je ne savais pas où était ma mère. Mais elle, elle savait bien ! Et au lieu de revenir elle est restée ici, avec ton frère ! C'est lui qui me l'a prise !

Dans le salon un silence glacial et tendu s'abattit. Caterina tenta de temporiser.

— Michele a raison, murmura-t-elle à Roberto. Il faut le comprendre…

— Oui, oui, ça va, s'exclama brusquement le vieux avant de se lever, de se diriger vers la porte et de sortir de la maison.

Caterina regarda Michele et elle secoua la tête, comme pour excuser son frère.

— Il est comme ça. Il est revêche, mais il a un cœur d'or. Et puis, cette histoire l'a bouleversé, comme nous tous… nous croyions tout savoir de Laura. Le silence d'Angelo nous a également blessés. Peut-être que Roberto se sent coupable vis-à-vis de toi. Cela expliquerait sa réaction.

Michele but une gorgée de vin, pour se donner une contenance et pour faire comprendre que l'incident était clos.

Le dîner toucha à sa fin, poussé vers le gâteau et le café par des silences gênés et quelques mots échangés pour tenter d'alléger l'ambiance. Puis les adultes s'empressèrent de débarrasser et Michele essaya de se rendre utile ; il rapporta quelques assiettes à la cuisine, aida Luce à secouer la nappe et à la replier.

Peu après, les autres enfilèrent manteaux et blousons pour rentrer chez eux. Caterina s'enveloppa dans une grosse écharpe en laine jaune, puis serra tendrement Michele dans ses bras.

— Quand repars-tu ?

— Demain c'est dimanche et j'ai encore deux jours de congé. Je pense rester jusqu'à lundi pour passer encore un peu de temps avec ma mère, répondit Michele avant de demander à Luce : Au fait, il y a un petit hôtel dans le coin ?

— Non. Mais de toute façon cette nuit tu dors ici, annonça-t-elle sur un ton qui n'admettait pas de réponse.

Michele soupira, un peu embarrassé. Il était content d'avoir trouvé un endroit sûr où passer la nuit et aussi les suivantes, mais il craignait de déranger.

— Regarde comme Gianni est ravi…, constata Caterina comme si elle avait lu dans ses pensées, en indiquant l'enfant qui avait l'air tout excité.

Michele sourit, puis exprima sa déception de n'avoir pu saluer Roberto, qui n'était pas revenu.

— Ne t'en fais pas, vous vous croiserez sans doute au village demain, le rassura Caterina en se dirigeant vers la sortie.

— Demain c'est toi qui m'emmènes à ma répétition ? demanda Gianni à Michele.

Luce était en train de coucher l'enfant. Michele les regardait, debout à la porte de la chambre.

— Demain matin il a une répétition pour la pièce de théâtre de l'école, expliqua-t-elle en bordant son fils.

— Si tu veux, je l'accompagne, dit Michele.

Luce hésita, puis regarda Gianni qui la suppliait du regard.

— D'accord. Tu me rends service parce que demain la fromagerie est ouverte, bien qu'on soit dimanche. Ça m'évitera de le déposer en avance et je pourrai aller au travail sans courir, admit la femme.

— Pas de problème, assura Michele.

Le petit exulta et il sentit un pincement au cœur. Il était clair que Gianni voyait en lui une figure paternelle et que, pour cette raison, il s'attachait à lui, comme un chiot errant qui pense avoir trouvé un maître. Il mesura à quel point il serait difficile de repartir et de le laisser à nouveau seul avec sa mère. Il profiterait, décida-t-il, des heures d'école, quand l'enfant serait occupé en classe, pour lever le camp en évitant des adieux déchirants. Cette pensée fut comme une décharge électrique. « Exactement ce qu'a voulu faire ma mère, le matin où je l'ai surprise avec sa valise », constata-t-il. « Faire ses bagages et partir pendant que j'étais à l'école, pour ne pas me dire au revoir. Elle m'a peut-être transmis ça dans le sang. L'instinct de fuir pour ne pas affronter la réalité...» Du reste, n'avait-il pas lui-même fui la vie réelle pour ne pas l'affronter?

— On fume une cigarette?

La proposition de Luce le tira de ses pensées. Il accepta. Ensemble, ils laissèrent Gianni s'endormir et s'éloignèrent sans un bruit.

Ils sortirent dans le jardin. Il faisait nuit noire. Le ciel était gris, dense de la promesse de pluie et de neige. Assis l'un à côté de l'autre sur la marche en marbre de l'entrée, ils allumèrent deux cigarettes qui, dans l'obscurité, prirent la place des étoiles. Luce avait emporté une bouteille de vin et deux verres. Elle les servit, puis ils burent en silence.

— Tu m'as demandé si je l'aimais, dit-elle soudain.

Michele se rappela la question qu'il lui avait posée dans la voiture, dans l'après-midi, sur la route de Piana Aquilana. Il s'était déjà habitué aux réponses à retardement de sa sœur.

— J'aimais Gerardo plus que tout au monde, si tu veux savoir, poursuivit-elle.

— Que... qu'aimais-tu de lui?

— C'est une question de femme, ça, tu sais? dit-elle en le regardant avec étonnement.

Michele rougit.

— C'est un compliment, idiot! Tu as eu l'air vexé, comme le plus classique des mecs. Tu as honte d'être sensible, ou quoi?

Michele n'avait pas honte. Il était simplement

surpris de découvrir, à travers les jugements de sa sœur, des aspects de sa personnalité qu'il n'avait jamais soupçonnés. En réalité, il avait posé cette question pour essayer de comprendre ce qu'on ressent quand on aime. Il voulait faire le parallèle avec ce qu'il ressentait pour Elena.

Luce but une gorgée de vin puis le regarda comme si elle réfléchissait à la réponse qu'elle allait lui donner.

— J'aimais la façon dont il me prenait, murmura-t-elle enfin en observant les nuages comme s'ils portaient sa nostalgie. Il avait quelque chose dans les yeux, pendant qu'on faisait l'amour... quelque chose à mi-chemin entre une menace et une promesse. Comme s'il avait décidé de me faire mal avec ses caresses, comme si je devais accepter la douleur avant de ressentir du plaisir. Et le plus drôle, c'est que je désirais cette douleur comme on désire être heureux. Tu comprends ce que je veux dire?

— Un peu..., répondit Michele. C'est-à-dire, peut-être que je commence à comprendre.

— Tu es amoureux? Tu as une femme? demanda Luce en allumant une autre cigarette.

Michele sourit, chercha courage dans la dernière bouffée de la sienne, puis raconta comment il était tombé amoureux de la première femme qui était entrée chez lui après des années et des années de solitude.

Il lui décrivit Elena, sa façon de parler et de se fâcher, son euphorie contagieuse, sa générosité imprudente. Luce rit, puis regarda le sol.

— Pour comprendre si tu l'aimes, tu dois répondre à quelques questions..., dit-elle enfin.

Michele la regarda avec curiosité.

— La première est : est-ce que tu arrives à imaginer ta vie sans elle ?

— Bien sûr que je l'imagine, répondit Michele. Elle serait pareille qu'avant.

— Et laquelle des deux vies préfères-tu ?

— Celle avec elle, murmura Michele comme s'il découvrait lui-même la réponse.

— Bien. La deuxième est... est-ce que tu la baiserais ? Je ne t'ai pas demandé si tu ferais l'amour avec elle. Je t'ai demandé si tu la baiserais. Elle t'excite ?

— Elle... elle me plaît, bien sûr. Mais j'ai du mal à faire la différence entre faire l'amour et baiser, admit Michele, étant donné que je n'ai jamais fait aucun des deux.

— En effet..., répondit Luce, pensive. C'est un problème. Mais rassure-toi, reprit-elle en voyant l'air alarmé de son frère. Pour l'instant, sache que tu dois avoir envie de la baiser. Ensuite, tu verras bien si tu as baisé ou fait l'amour avec elle, quand ce sera fait.

Il lui lança un regard interrogateur.

— Si après avoir couché avec elle tu as envie d'être ailleurs, alors tu as baisé. C'est simple, précisa-t-elle.

— Hum..., dit-il en tentant de tout se rappeler.

— Enfin, il y a la troisième question, ajouta Luce : est-ce que tu lui fais confiance ?

Michele soupira : la confiance était son grand

problème depuis qu'il avait sept ans. Pourtant, il dut l'admettre, il commençait à avoir confiance en Elena. Il *voulait* faire confiance à Elena.

— Bien, dit Luce. Alors fais attention, parce que ceci est la réponse complète à ta question d'avant. Ce que j'aimais de Gerardo... Je n'arrivais pas à imaginer ma vie sans lui, je voulais le baiser et je voulais qu'il me baise, parce que j'aimais ça, j'aimais son regard, j'aimais son odeur, j'aimais sa peau et je le trouvais terriblement excitant. Et puis... j'avais confiance en lui, dit-elle en jetant son mégot d'un geste brusque. C'est justement ça qui m'a eue, au final. Et tu sais quoi ? Quand tu te fais avoir, quand tu te fais trahir ou tromper, c'est toi qui perds quelque chose d'important, parce que tu as l'impression de perdre la confiance en les autres, mais en fait tu la perds en toi-même. Tu penses que tu l'as mérité, parce que tu as fait confiance, comme une idiote. Parce que tu n'as pas compris la personne qui était à tes côtés. Tu n'as pas réussi à voir les choses comme elles étaient vraiment. Et si tu avais un peu d'estime de toi, elle s'effrite. Résultat ? C'est toi qui ne vaux rien. Voilà, c'est ça qui se passe. Et tu sais ce qui m'a fait le plus mal ? C'est qu'il soit arrivé la même chose à mon fils, qui a inventé l'ours polaire des montagnes, qui insiste en disant qu'il l'a vu et que son père avait raison, juste pour ne pas se sentir nul. C'est ça que je ne pourrai jamais pardonner à Gerardo. Et toi, demanda-t-elle en le regardant intensément, qu'est-ce que tu as inventé, quand maman est partie?

Michele avait écouté Luce et s'était senti comme si elle creusait à mains nues le terreau de son âme, jusqu'à trouver les racines de son insécurité, de ses limites et de ses peurs.

— Les objets perdus dans le train. Je les ai tous chez moi. Ils me tiennent compagnie.

Le regard de Luce lui indiqua qu'il n'était rien besoin d'ajouter.

Elle lui prit la main et ils laissèrent le silence s'installer. Ils continuèrent de se parler, mais sans les mots. Les yeux vers le ciel de plomb, ils considérèrent leurs vies comme s'ils lisaient ensemble le récit des années vécues séparément pour les faire devenir enfin un unique récit, une unique vie.

Puis Luce retira sa main, se leva et s'étira.

— Je vais me coucher, dit-elle. Demain je me lève très tôt. Viens, je te montre ta chambre.

Michele se leva, ramassa la bouteille et les verres et la suivit, comme s'il l'aimait comme sa sœur depuis toujours.

Une fois seul, il ouvrit grand la fenêtre de sa chambre et sentit la Légèreté. Elle semblait apportée par le vent froid. Elle entra dans la pièce, voleta au plafond puis vint sur lui comme un jet d'eau tiède, à travers la laine de son pull, elle se glissa sous sa peau, entre les fibres de ses muscles et de ses vaisseaux sanguins, elle roula autour de ses os et l'envahit, tout simplement.

Il sentit l'odeur des montagnes, crue et épicée, si différente de la douceur dense de la mer et du sel. Il sentit la nostalgie de chez lui, l'envie d'un lent retour à sa vie.

Puis, dans son esprit, il n'y eut plus qu'Elena.

La troisième vibration l'arracha au sommeil. La mer agitée où elle tentait de flotter de toutes ses forces s'évapora soudain et elle se réveilla dans son lit. Elena bâilla, surprise, puis chercha à tâtons son portable qui continuait de vibrer. Elle découvrit que c'était Michele. Le sommeil céda la place à la décharge d'adrénaline qu'elle sentit dans son sang. Elle avait combattu toute la journée son irrésistible envie de l'appeler pour savoir s'il avait trouvé sa mère. Mais son amour-propre l'en avait empêchée. Qu'il aille au diable, avait-elle dit à Milù, lui et son envie d'être seul, lui et sa peur de tout, lui et sa solitude obstinée, lui et l'amour qu'il lui refusait, lui et ses yeux noirs comme des puits de pétrole, lui et ses lèvres rouges et charnues qui lui donnaient des frissons, lui et ses bleus au visage, lui et sa timidité. Lui et… elle, qui n'arrivait pas à l'oublier, à ne pas l'aimer, à ne pas le désirer.

Maintenant la présence de Michele pulsait dans la vibration obstinée du téléphone, interrompait ses rêves, accélérait les battements de son cœur, arrêtait sa respiration, lui glaçait les mains, lui tordait les viscères et ouvrait la porte au retour de l'espoir.

Elle poussa le bouton vert qui clignotait et porta le téléphone à son oreille.

— Michele…, murmura-t-elle.

— Excuse-moi. Je sais qu'il est tard, dit-il sans parvenir à cacher l'émotion qui lui faisait trembler la voix.

— Peu importe… que s'est-il passé ?

— J'ai trouvé ma mère.

— Raconte, implora Elena en s'asseyant sur son lit.

Michele raconta. À travers ses mots, Elena vit la fromagerie perchée dans les montagnes enneigées ; elle eut la frayeur de retrouver, vingt-cinq ans plus tard, une mère qui semblait aussi jeune que le jour où elle était partie ; elle s'étonna en découvrant que cette femme s'appelait Luce et qu'elle était la sœur de Michele.

Elle rencontra un enfant qui cherchait l'ours polaire dans les montagnes des Apennins et sentit sa douleur, elle éprouva du mépris pour l'excuse absurde avec laquelle Gerardo l'avait abandonné, elle admira le courage de Luce qui se retrouvait seule, si jeune, avec son fils.

Puis elle monta l'escalier d'une clinique avec Michele ; le cœur battant aussi vite que le sien, elle entra dans la chambre et vit sa mère à la fenêtre. Elle sentit le vide et l'angoisse de ne pas être reconnu, son silence et l'abîme de son regard perdu dans le néant.

Elle regarda par la fenêtre de cette chambre avec lui et elle vit la neige qui semblait avoir été étalée sur le sol, elle éprouva la même fatigue et le même sentiment de paix qui éloigne le tourment. Elle écouta le récit de la cendre dans les assiettes et frissonna au grincement du sommier chaque samedi soir.

Elle ressentit la tiédeur familière d'une table dressée et s'émut au toast de Caterina, elle soutint la réponse de Michele aux accusations de Roberto et, enfin, sentit le goût des cigarettes fumées sous un ciel de plomb avec Luce.

Puis Michele la ramena à la clinique, assise à côté de lui dans le fauteuil.

Et elle entendit son nom : Elena, prononcé par lui à voix basse, révélé à sa mère, comme un nouveau baptême.

Les yeux brillants, elle écouta le récit de l'amour.

C'était l'amour silencieux et secret que Michele ressentait pour elle et qu'il avait trouvé le courage de lui déclarer.

Elle accueillit la confession de ses peurs, tandis que la rage accumulée durant la journée se dissipait définitivement.

Elle lui jura qu'elle balaierait ces peurs pour toujours. Qu'ils mordraient dans la vie, leur vie, ensemble, jour après jour, à partir de cette nuit-là.

Ils regardèrent ensemble par la fenêtre et l'obscurité céda la place à l'aurore qui amenait un jour nouveau.

C'était dimanche.

19

Gianni vint le réveiller avec un café. La joie se lisait dans ses yeux.

— Tu as bien dormi? lui demanda le petit garçon.

— Très bien! répondit Michele.

Il sirota le breuvage, qu'il trouva meilleur que jamais. Puis il se leva. Dehors il neigeait et les montagnes semblaient planer sur la ville. Il se lava, s'habilla à la hâte et constata avec satisfaction que les petites blessures sur son visage avaient presque disparu. Il restait encore quelques traces sur ses mains, quasi imperceptibles, qu'il couvrit tout de même de pansements propres. Puis il rejoignit Luce qui l'attendait à la cuisine.

— Quand tu étais dans la salle de bains, mon oncle Roberto a téléphoné, dit-elle en préparant un autre café. Il a dit qu'il voulait te parler... Il t'attend chez lui. Il veut peut-être simplement s'excuser pour hier soir, le rassura-t-elle en voyant son expression perplexe.

— Mais... comment je vais trouver ? demanda Michele au moment où Gianni arrivait pour prendre son petit déjeuner.

— Gianni te montrera où il habite pendant que tu l'amènes à l'école. C'est sur le chemin.

— Oui, je sais où c'est, je te montrerai, insista l'enfant, ravi de se rendre utile et de se sentir important.

Ils burent le café, puis Luce se prépara pour aller au travail.

— Gianni, dépêche-toi de prendre ton petit déjeuner, dans dix minutes vous partez, précisa Luce avant de demander à Michele : Tu pourras aller le chercher vers 11 heures ?

— Bien sûr, répondit Michele.

— Merci. Les clés de la maison sont dans la serrure. Ensuite, si tu veux, cet après-midi on ira ensemble voir maman.

Michele la remercia et accepta sa proposition. Puis il se retrouva seul avec l'enfant.

Pendant que Gianni finissait son bol de lait, il eut envie d'une cigarette. Il devenait fumeur sans s'en rendre compte et il s'en inquiéta, non pas à cause des dangers du tabac mais par superstition : son père fumait et il avait été malheureux. Même quand ils étaient trois à la maison, il ne se rappelait pas l'avoir vu sourire, l'avoir vu de bonne humeur. Il fumait. Il fumait et il ruminait ses soucis, dans une sorte d'incapacité à s'adapter à la mosaïque de la vie, comme s'il était une pièce déformée. Il ne voulait pas reproduire cette image, pourtant il regretta de n'avoir pas demandé de cigarette à Luce avant qu'elle parte. Il regarda autour de lui en cherchant des yeux un paquet. Gianni l'observait, attentif, et il sembla lire dans ses pensées.

— Si tu cherches des cigarettes, maman les range dans ce tiroir, dit-il en indiquant un buffet à côté du réfrigérateur.

Michele sourit, ouvrit le tiroir et trouva deux paquets de Camel. Il en sortit une de celui qui était déjà ouvert, prit les allumettes posées sur la gazinière et se dirigea vers la fenêtre. Il l'ouvrit et aspira la première bouffée de tabac. La fumée lui explosa à nouveau dans les tempes et il accueillit cet étrange étourdissement avec soulagement.

— Tu m'accompagnes chercher l'ours blanc?

— Je dois t'accompagner à l'école pour ta répétition! Pas chercher l'ours blanc, lui répondit-il calmement.

— Oui, mais je voulais dire après. Tu passes me prendre à 11 heures et on y va après?

Michele ne répondit pas.

— Alors?

— Je ne crois pas que ta mère serait d'accord.

— Si j'y vais avec toi, elle ne se fâchera pas. Je sais où il est…, dit l'enfant en indiquant un endroit par la fenêtre.

Les montagnes semblaient d'énormes palissades de pierre qui obstruaient l'horizon.

— Il y a une petite route qui part de là, tu la vois? Elle mène au col du Sasso. C'est ce que m'a dit papa. Et c'est là que se trouve l'ours blanc. Celui qu'on a vu hier.

Michele tira sur sa cigarette, gêné. Il n'arrivait pas à comprendre pourquoi cette demande d'aide le dérangeait, faisait naître en lui une sorte de ressentiment indéfinissable qu'il ne pouvait ni contrôler ni apaiser.

— On en parlera tout à l'heure, dit-il pour couper court. Maintenant allons-y, tu vas être en retard.

Gianni s'agrippa à cette sorte de vague promesse, sourit puis courut enfiler son blouson.

Ils traversèrent ensemble le village et la barrière blanche de flocons de neige qui tombaient du ciel, devant leurs yeux, aussi épaisse qu'une pluie d'été. Les empreintes de leurs chaussures qui s'enfonçaient dans la couche blanche disparaissaient quelques minutes après leur passage, recouvertes par de nouveaux flocons. Michele remarqua que Gianni, bien que le sol soit glissant et glacé, avançait en paradant, avec fierté, comme si son oncle était un trophée à exposer en public. Les gens qu'ils croisaient les observaient, attirés par la présence de l'adulte qui accompagnait l'enfant, avec ces regards faméliques et silencieux des habitants des petits villages de montagne, chargés de curiosité et de questions qu'ils n'osent formuler. À quelques dizaines de mètres de l'école, Gianni s'arrêta et indiqua une petite tour à deux étages coincée entre l'église et un escalier en pierre qui menait à la partie haute du bourg.

— C'est là qu'habite l'oncle Roberto, dit-il

ému de l'importance de son rôle, fournir une information aussi fondamentale.

Michele regarda la maison et acquiesça, puis ils poursuivirent jusqu'à l'école. Quand ils s'arrêtèrent, le groupe d'enfants qui s'était moqué de Gianni la veille les doubla en accélérant le pas. Le petit garçon aux yeux verts se retourna et fixa Gianni avec un air de défi.

— Attention à l'ours, menteur ! cria-t-il.

Tous les autres rirent à gorge déployée puis coururent vers l'entrée. Michele regarda Gianni et remarqua sa rage réprimée, mêlée de frustration.

— Ce sont des crétins, lui dit-il.

Une fois encore il reconnut dans le regard de son neveu sa propre rage d'enfant quand ses camarades se moquaient de lui après le départ de sa mère, emplis de cette cruauté innocente des enfants qui ne mesurent pas la douleur des autres.

— Si on trouve l'ours blanc et que tu le leur dis, tu verras qu'ils vont arrêter de me traiter de menteur, murmura Gianni.

— Maintenant file, il est tard, dit Michele pour changer de sujet.

— Tu m'as promis qu'on irait.

— Je ne t'ai rien promis. J'ai simplement dit qu'on en parlerait. On doit d'abord demander à ta mère ce qu'elle en pense, répondit Michele.

Le petit garçon acquiesça, mi-satisfait mi-résigné. Puis il se dirigea vers l'école mais au bout d'un mètre il s'arrêta, revint vers son oncle et se jeta à son cou. Michele ressentit une tendresse douce et langoureuse, comme une douleur bénéfique. Il l'étreignit en lui caressant les cheveux. Puis il le suivit du regard jusqu'à ce qu'il soit entré.

À la porte de la petite tour à deux étages, il n'y avait ni sonnette ni heurtoir. Michele hésita, regarda autour de lui puis frappa, et lentement la porte s'ouvrit. Les gonds grincèrent légèrement. Un rayon de lumière artificielle filtrait de l'intérieur de la maison et une odeur de bois brûlé flottait dans l'air. Il resta planté sur le seuil, n'osant aller plus loin.

— Il y a quelqu'un ? demanda-t-il.

Sa voix lui sembla amplifiée, comme quand il parlait tout seul dans la salle d'attente déserte de la gare. Juste après il entendit les pas traînants de Roberto.

— Entrez et fermez la porte, annonça-t-il, sec et décidé.

Michele s'exécuta. Un long couloir éclairé par deux appliques murales s'étendait devant lui.

— Je suis là. Première porte à droite, s'exclama Roberto.

Il entra et vit l'oncle assis à un vieux bureau recouvert d'une épaisse plaque de verre verte. Une lampe était posée dessus et s'unissait à la lueur du feu qui brûlait dans la cheminée pour lui éclairer le visage et les mains. Le vieux lui fit signe de s'asseoir en face de lui. Michele s'installa dans un petit fauteuil et admira les murs tapissés de livres disposés sur les étagères d'une vieille bibliothèque épurée et fonctionnelle. La seule fenêtre était cachée par de lourds rideaux de velours côtelé, bleu-gris, qui transformaient la lumière du jour en légère pénombre. Roberto regardait Michele sans rien dire, l'air concentré, comme s'il répétait mentalement un discours longuement préparé. Soudain une odeur de café annonça l'entrée d'une domestique, qui apportait un petit plateau en argent sur lequel étaient posées deux tasses et une cafetière fumante. Michele calcula que la femme mesurait à peine plus d'un mètre cinquante ; elle était maigre et voûtée, les cheveux blancs relevés en chignon sur la nuque, elle portait un tablier noué à la taille et des lunettes en culs de bouteille.

— Merci, Matilde. Pose-le ici et va-t'en, dit Roberto comme si la présence de la femme risquait de le distraire de ses pensées.

La domestique posa le plateau sur le bureau et, sans accorder un regard à Michele, elle se retira à pas légers et silencieux.

Le vieux prit une tasse et fit signe à Michele de se servir. Ils sirotèrent le café, plongés dans un silence obstiné, à peine troublé par les bruits de la rue ouatés par la fenêtre fermée et les gros rideaux.

— Donc tu ne savais pas où était ta mère..., dit soudain Roberto en fixant le fond de sa tasse.

Michele acquiesça, étonné.

Le vieux fit tourner sa tasse dans sa main, comme s'il voulait mélanger le sucre aux dernières gouttes de café.

— Je n'ai pas compris. Tu as perdu ta langue ? reprit Roberto, en dialecte.

— Non, je ne le savais pas.

— Sûr ? insista le vieux en le regardant droit dans les yeux.

— Oui...

— Jure-le !

— Je le jure.

Le vieux poussa un profond soupir.

— Moi je connaissais ton existence... Je savais que Laura avait un fils, annonça-t-il.

Michele sentit son cœur battre plus vite.

— Ça fait deux ans que je le sais... seulement deux ans.

Mille pensées se pressèrent dans l'esprit de Michele, il entrevit une petite lumière au fond de la galerie infinie de mystères qu'il avait traversée durant les derniers jours.

— Alors... c'est toi qui as mis mon journal intime dans le train ? demanda-t-il en posant sa tasse sur le plateau.

— Non, je ne savais même pas qu'il existait, ce journal... Je l'ai appris hier, quand ils m'ont dit que tu étais arrivé.

Michele se passa une main sur le visage, exaspéré.

— En revanche, il y a quelque chose de plus important que tu dois savoir, ajouta le vieux.

Il ouvrit un tiroir de son bureau, à sa gauche. Il en sortit une enveloppe jaunie, la posa sur la plaque en verre et la couvrit d'une main.

— Quand Angelo, mon frère, est mort, ta mère

était malade depuis deux ans. Cela faisait deux ans qu'elle ne parlait plus, qu'elle ne comprenait plus... Angelo est mort de douleur, à mon avis, parce qu'il vivait pour Laura. Mais ce qui est étrange c'est qu'un jour, sans prévenir, il est venu chez moi. Je n'ai jamais compris pourquoi ce jour plutôt qu'un autre. Peut-être qu'il sentait qu'il ne vivrait plus longtemps. Il s'est assis là, à ta place. Et il m'a donné cette lettre, expliqua-t-il en agitant l'enveloppe. Jusque-là, je ne savais rien. Je ne savais pas que Laura avait un fils, je ne savais pas qu'elle était mariée. Personne ne le savait. Mais ça, c'est parce que mon frère Angelo a toujours été un type... comment dire? Un type bizarre. Il avait une tête bien faite, mais il raisonnait à sa façon. Et gare à qui le provoquait! Bref, dans la mesure où Laura et lui ne voulaient pas se marier, personne ne s'est demandé si elle l'était déjà... Et puis, quand il m'a apporté cette lettre, Angelo m'a expliqué que ton père avait tout fait pour leur mettre des bâtons dans les roues. Il avait créé trop d'embrouilles légales. Avocats, tribunaux, confusion... alors ils avaient renoncé.

— C'est-à-dire? sursauta Michele. Qu'est-ce que ça veut dire? Que ma mère et mon père étaient en contact?

Roberto lui fit signe de se taire et d'attendre. Il marqua une pause : il semblait tendu, indécis. Puis il soupira et reprit :

— Quoi qu'il en soit... Ceci est la lettre qu'Angelo m'a donnée en me demandant de ne rien dire à personne. Mais maintenant que tu es arrivé jusqu'ici, il me semble juste que tu la lises, déclara-t-il en la lui tendant. C'est une lettre de ton père.

Cette dernière phrase résonna dans la tête de Michele comme un écho qui se multiplie à l'infini. Il saisit l'enveloppe et reconnut l'écriture de son père.

Elle était adressée à Laura Puglia, sa mère. 3 Vico Mercadante, Borgo Sale.

— C'est la maison où habitaient Angelo et Laura, précisa Roberto.

Michele ouvrit la bouche mais les mots ne parvinrent pas à sortir et le vieux acquiesça, comme s'il avait compris ce que Michele craignait.

— Oui, ton père savait où était ta mère. Il savait tout.

Michele le regarda fixement. Son cœur pulsait au bout de ses doigts, qui tenaient l'enveloppe. Il en sortit une feuille, par le côté déjà ouvert, et la déplia lentement.

Miniera di Mare, 18 octobre 1995

Michele calcula que sa mère était partie depuis environ trois ans.

En réponse à ta lettre, je te communique que Michele va bien. Il grandit et travaille bien à l'école. Il est tranquille. Et puisque tu insistes, je te dis qu'il n'a pas besoin de toi. Pas plus que moi, d'ailleurs. Je lui ai dit que tu avais eu une fille de ton amant et que tu voulais le voir, mais il a refusé. Il ne veut pas te voir et il dit que vu que tu as eu une fille il vaut mieux que tu restes avec elle et que tu nous oublies.

Le sang monta à la tête de Michele. Tout le sang qui circulait dans ses artères et dans ses veines abandonna ses tissus, ses organes, ses bras, ses mains, ses membres inférieurs et se reversa dans la partie du cerveau qui amplifie la douleur et bloque la respiration. Il essaya de prendre de l'air, mais il se sentait plongé au fond d'un océan inconnu. La chaleur des mains noueuses de Roberto qu'il sentit sur ses épaules, paternelles, solidaires, lui permit de reprendre son souffle et de continuer sa lecture.

Quoi qu'il en soit, je lui ai donné ton adresse, quand il sera plus grand il décidera. S'il veut venir te voir, il sera libre de le faire. Mais pour l'instant je pense moi aussi que tu dois garder tes distances, vu que tu as causé tous les dégâts possibles et imaginables. Et si tu aimes vraiment Michele laisse-le tranquille, il a trouvé son équilibre et il n'est pas juste de rouvrir une blessure qui a guéri pour le faire souffrir davantage.

Tu as fait ton choix, ceci en est la conséquence. Je te préviens que si tu m'envoies d'autres lettres je te les renverrai. L'avocat dit que je suis dans mon droit, vu que c'est toi qui as abandonné le domicile conjugal avec un enfant pour partir avec ton amant.

— Ton père ne t'a jamais rien dit, n'est-ce pas ?

La voix de Roberto secoua Michele et le ressortit de l'abîme où il avait plongé. Il regarda autour de lui, comme s'il ne se rappelait plus où il se trouvait, puis il croisa le regard du vieux et s'y accrocha, cherchant de l'aide.

« Pourquoi mon père m'a-t-il fait ça ? Pourquoi ne m'a-t-il pas dit qu'il savait où était ma mère ? Pourquoi ne m'a-t-il jamais dit qu'elle voulait me voir ? Pourquoi m'a-t-il tout caché ? » aurait-il voulu demander. Mais il replongea, cette fois dans une faiblesse soudaine. Il sentit son sang s'écouler vers le bas et son estomac se glacer. Un grumeau amer affleura dans sa gorge et se dilua dans sa bouche.

Roberto souleva Michele de sa chaise et le conduisit à une salle de bains. Michele vomit longuement, suffoquant entre deux jets. Puis il se dirigea vers le lavabo et fit couler l'eau, se rinça la bouche et le visage. Il se regarda dans le miroir et sentit de la peine pour l'homme qui s'y reflétait. C'était un homme perdu, plus que tous les objets qu'il avait ramassés dans le train.

Quand il revint, Roberto l'attendait debout à côté de la cheminée. Le jeune homme alla vers le bureau, saisit la lettre de son père et la jeta dans les flammes. Puis il frissonna, sans aucun regret pour son geste : il voulait que les mensonges inscrits sur ce papier brûlent pour toujours, avec le souvenir de son père. Il le maudit en hurlant et lui souhaita l'enfer.

Le vieux lui mit une main sur la bouche.

— Tais-toi. Tais-toi..., murmura-t-il. Il y a des choses qu'il ne faut pas dire, parce que ensuite elles ne nous quittent plus. Elles restent à l'intérieur, comme une mauvaise herbe. Elles s'accrochent au cœur et le rendent amer. Ne les dis pas, mon garçon...

Puis il le serra dans ses bras. Mais cette étreinte n'apporta aucun réconfort à Michele, qui s'écarta lentement. Il regarda le vieux, puis sentit qu'il avait besoin de sortir, d'affronter la neige.

Au réveil, Elena s'était sentie heureuse. Le soleil brillait, l'odeur du café lui chatouillait les narines et tout autour c'était dimanche. C'était dimanche dans son bâillement de chatte, dans ses bras qui s'étirèrent dans le lit, dans le coussin tiède de ses cheveux, dans le jet d'eau fraîche qu'elle porta à son visage avant de se regarder dans le miroir. C'était dimanche dans le sourire qui éclairait ses yeux, dans l'appel de ses proches qui l'attendaient à la cuisine pour le petit déjeuner. C'était dimanche dans le tee-shirt propre qu'elle enfila avec son jean, dans la brosse qui courut sur sa tête, dans le pas léger qui l'éloigna de sa chambre. Et ce serait dimanche pour toujours et pour toute la vie, parce que Michele était son dimanche, un jour de fête sans fin, son rêve réalisé, le bonheur parfait. Elle s'était assise à la table de la cuisine et avait posé son téléphone devant elle, avec l'espoir de recevoir bientôt un appel de lui, tout en écoutant la musique qui provenait du poste de radio. Puis sa mère lui avait préparé une orange pressée, à siroter après son café sucré brûlant. Elle avait pris la tasse dans ses mains et avait imaginé que le bord chaud et épais était la bouche de Michele, elle l'avait portée à ses lèvres, les avait entrouvertes et la première gorgée avait été une révélation. Elle était si heureuse qu'elle ne s'était pas aperçue que son bonheur débordait de toutes les composantes de son être. Il n'y avait plus de place que pour l'amour déclaré de Michele. Aussi, quand la première gorgée de café avait atteint son estomac, elle l'avait trouvé serré, fermé par la joie. Au lieu de s'étendre sur les parois internes, parmi les sucs gastriques, il avait été repoussé avec force vers le haut, à la recherche d'une échappatoire. Elena s'était levée et avait couru à la salle de bains, retenant le jet soudain. Puis elle s'était penchée sur les toilettes et elle avait vomi, avec le café, toute la déception accumulée les jours précédents avec la rage et la douleur. Son corps n'avait plus la place pour ces sensations tristes et amères. Elle vomit donc à l'instant précis où Michele vomissait, lui aussi. Lui de douleur, elle de joie. Des sentiments si puissants qu'ils se révélaient insupportables. Puis elle avait entendu les pas de Milù dans son dos, elle avait senti sa main chaude sur son front. Et sa voix cristalline, en riant, lui avait dit qu'à partir de maintenant il lui faudrait s'habituer à une vie faite de dimanches. Elena avait souri et sa nausée s'était calmée. Puis elle avait fait couler l'eau pour se laver les dents.

Michele avait accueilli la neige qui tombait du ciel comme le feu accueille l'eau quand il veut s'éteindre pour toujours. Il avait regardé autour de lui et tout avait pris les traits de la douleur. Les passants pressés étaient la douleur, de même que le contour des toits colorés de blanc, la fumée dense qui sortait des cheminées. Sa respiration était douleur, de même que les mots de son père, le gel qui saisissait les doigts et les teintait de bleu. La haine qu'il sentait dans sa poitrine était douleur. Ses pas qui foulaient la neige étaient douleur. Pour ne pas devenir fou, il s'assit au bord de la route et essaya de se rappeler que c'était dimanche et qu'Elena était son dimanche, son seul refuge, son seul espoir de réconfort. Il chercha son portable dans sa poche, le serra dans ses mains puis décida de l'appeler.

Le téléphone d'Elena vibra sur la table de la cuisine. Elle était encore dans la salle de bains, occupée à se rincer le visage et la bouche et à observer dans le miroir son teint pâle qui détonnait avec le rouge de ses lèvres et le bleu du dentifrice qu'elle venait d'utiliser.

À la troisième vibration, sa mère regarda le téléphone. En voyant le nom qui s'affichait sur l'écran, elle sentit un frisson le long de son dos. Elle attrapa ce nom qui clignotait d'une lueur métallique, hésita puis répondit, la voix tremblante de surprise et d'émotion.

— Allô...

Michele entendit une voix inconnue, qui

appartenait à une femme plus âgée, sans doute la mère d'Elena. Il fut tenté de raccrocher.

— Allô..., insista-t-elle.

— Allô, dit enfin Michele.

La femme s'assombrit en entendant une voix masculine.

— Qui êtes-vous? Qui est à l'appareil? demanda-t-elle.

— Bonjour, madame. Je... Je suis Michele, un ami d'Elena, répondit-il circonspect. Nous ne nous connaissons pas mais...

— Comment avez-vous eu ce téléphone? l'interrompit la femme.

— Ce téléphone?

— Le téléphone dont vous appelez. Comment l'avez-vous eu?

— Mais... c'est Elena qui me l'a prêté.

— Elena vous a donné le téléphone de Milù? demanda la femme, incrédule.

Michele fut étonné. Elena ne lui avait pas dit que c'était le téléphone de sa sœur.

— Mais je... je ne savais pas qu'il était à Milù, se justifia-t-il. Dès que je rentre, je le lui rends.

Il entendit la respiration de la femme, son silence. Michele tenta de se montrer gentil et respectueux.

— D'ailleurs, reprit-il, remerciez Milù de ma part, dites-lui qu'elle a été très aimable...

Il y eut un bref silence, durant lequel Michele sentit la tension de la femme.

— Milù est morte il y a trois ans, murmura-t-elle enfin.

Elle ne prononça pas ces mots pour lui donner une information, ni pour lui reprocher de ne pas savoir que sa fille était morte. Michele comprit au ton de sa voix que c'était une véritable déclaration de douleur, d'une douleur sans fin. Si elle avait répété la phrase cent, mille fois par jour pendant mille jours, sa voix aurait été imprégnée de la même souffrance profonde, de cette incrédulité déchirante devant quelque chose qui n'avait ni explication logique, ni raison, ni moyen de devenir supportable.

— Je suis désolé, dit Michele avec un filet de voix. Je suis vraiment désolé. Je ne savais pas.

— Vous voulez parler à Elena ? demanda la femme avec douceur. Elle est peut-être dans la salle de bains, je lui dis de vous rappeler ?

Michele raccrocha sans répondre.

Une voiture arriva sur lui et il ne bougea pas d'un millimètre, l'obligeant à freiner pour l'éviter, au dernier moment. Il n'entendit pas les jurons du conducteur. Il leva les yeux vers lui et un sourire ironique, amer, se forma sur son visage. Il n'avait plus de questions, il ne voulait pas savoir pourquoi Elena aussi l'avait trompé, pourquoi elle ne lui avait pas dit que Milù était morte. Il savait juste qu'elle était comme les autres, au final, pleine de silences prémédités et de mensonges. Il fit quelques pas et sentit sa vue se brouiller. La neige qui tombait de plus en plus épaisse formait un écran blanc devant ses yeux, sur lequel il revit le visage d'Elena, qui se mêla à celui de son père, puis à l'image de sa mère montant dans le train, à la cendre dans les assiettes et aux regards fuyants des putains du samedi soir, aux mots écrits dans la lettre qui brûlait dans la cheminée et se recroquevillait, devenait noire, se désintégrait, jusqu'à se transformer en minuscules particules de douleur qui volaient maintenant autour de lui avec les flocons de neige. Il jeta son portable par terre et le piétina avec rage, jusqu'à le briser en morceaux. Elena ne pourrait plus le rappeler, elle ne pourrait pas lui infliger ses explications tardives, elle ne le reverrait jamais.

Lentement, un calme irréel s'empara de lui. Il se blottit à nouveau dans un coin, sur une marche. Il détacha deux pansements de ses doigts et les jeta, puis il regarda ses mains et il vit ses petites blessures passer du rose pâle au violet intense, sous l'effet du gel. Il laissa ce gel envahir son âme, sans opposer de résistance. Il ferma les yeux et se laissa recouvrir par la neige pendant un temps indéfini, immobile comme une statue de sel, tandis que son dimanche cédait la place à un hiver définitif.

C'est Gianni qui le trouva, un peu après 11 heures. Il venait de sortir de l'école, il regarda autour de lui à la recherche de son oncle et il l'aperçut assis sur une marche, le regard perdu dans le vide. Il courut vers lui, ignorant tout ce qui était arrivé.

— La répétition s'est bien passée, tu sais ? dit-il

alors que son souffle se transformait en nuage de fumée.

Michele acquiesça à peine.

— Je dois jouer Témélaque... Télécame... Bref, le fils d'Ulysse, ajouta l'enfant avec une pointe d'orgueil.

Michele sourit intérieurement. « Il te va bien, ce rôle », pensa-t-il. « Un fils qui attend son escroc de père. Courageux, mais escroc. »

— Alors, on monte au col voir l'ours polaire? commença l'enfant en se frottant les mains.

— Gianni, écoute-moi... Il est temps que tu arrêtes, avec cette histoire d'ours polaire.

— Mais...

— Il n'y a pas d'ours polaire dans la région. Nous ne sommes pas au pôle, l'interrompit Michele. Tu dois savoir ce qu'il en est. Ton père est parti, personne ne sait pourquoi, mais il est parti. L'ours polaire dans la montagne n'était qu'une excuse.

— Ce n'est pas vrai! cria l'enfant.

— Si. Ton père est un menteur. Il vous a bernés, toi et ta mère, et il est parti. Mais tout le monde est comme ça, tu sais? C'est un monde de menteurs. Ma mère est une menteuse, mon père était un menteur, la fille à qui je voulais faire confiance est une menteuse. Même moi, j'ai menti quand je t'ai dit que j'avais vu l'ours blanc. Ce n'était pas vrai. Je l'ai dit pour te faire plaisir, mais ce n'était pas vrai.

L'enfant secoua la tête et se boucha les oreilles

pour ne pas entendre ces paroles. Mais Michele attrapa ses petites mains et les retira.

— Je dis ça pour toi. Mieux vaut que tu comprennes ce qu'il en est, vu que ta mère n'a pas le courage de te le dire. Maintenant, rentrons, conclut-il avant de se lever, de secouer la neige qui s'était accumulée sur lui et de prendre le petit Gianni par la main.

Ils marchèrent jusqu'à la maison sans dire un mot. Michele ouvrit la porte, fit entrer Gianni et lui demanda s'il avait froid. L'enfant secoua la tête en faisant la moue. L'oncle raviva tout de même le feu dans la cheminée, puis alla à la salle de bains se laver les dents et se rincer le visage. Quand il revint au salon, Gianni regardait les montagnes par la fenêtre. Il sentit à nouveau cet étrange embarras mêlé de rancœur contre l'enfant, puis il prit son sac.

—Toi, reste ici. Sois sage, fais tes devoirs, si tu en as, dit-il sèchement. Dis à ta mère de ne pas m'attendre. Je vous donnerai des nouvelles...

L'enfant ne répondit pas, il regardait toujours par la fenêtre, comme si ces mots ne lui étaient pas adressés.

Michele soupira et regarda autour de lui, comme pour imprimer dans sa mémoire cette maison qu'il ne reverrait sans doute jamais. Puis il posa les clés sur un meuble, se dirigea vers la porte et partit sans se retourner.

20

La neige tombait maintenant moins fort, en gros flocons qui semblaient resplendir de leur propre lumière. Michele avançait lentement vers Piana Aquilana. Il était déterminé à se rendre à pied à la clinique où se trouvait sa mère ; il avait besoin de la revoir avant de rentrer chez lui, à sa vie de toujours et à la solitude qui devenait désormais son unique demeure. Le froid était piquant. Il remonta jusqu'à son cou la fermeture de son blouson, tandis qu'un vent soudain faisait voltiger les flocons avant de les pousser vers les montagnes à l'ouest. Il marcha plus d'une heure avant d'apercevoir au loin les toits de la petite ville. Entre-temps, le soleil s'était frayé un chemin entre les nuages et formait un halo métallique et ouaté autour du paysage. Ses chaussures étaient trempées de boue et de neige, elles pesaient, il avait mal aux jambes. Les rares voitures qui passaient soulevaient des éclats de glace noire qu'il traversait, se moquant de mouiller son pantalon trop léger pour ce climat. C'était comme si ses sens étaient anesthésiés par le tourbillon de ses pensées, par l'amertume mêlée à la résignation. Un pas après l'autre, il avançait au sein d'une défaite qu'il savait mériter, comme s'il était né pour la subir, comme si son unique mission dans la vie était de se préparer au pire et de l'affronter, jour après jour, sans alternative possible. Quatre jours auparavant, quand il était parti, il était convaincu de pouvoir changer son destin : trouver des réponses, comprendre le pourquoi de son abandon. Maintenant il savait. Il voulait juste aller dire à sa mère qu'il avait capturé une vérité qu'il avait toujours refusé de saisir.

Quand le soleil commença sa descente, il atteignit Piana Aquilana. Il traversa la place de la gare, qui à cette heure était quasi déserte, et se dirigea vers la clinique en montant la ruelle sinueuse qu'il avait parcourue la veille en voiture avec sa sœur.

En entrant dans le hall, il fut accueilli par la chaleur des radiateurs et les visages muets des musiciens sur les murs. Derrière le comptoir se tenait un jeune infirmier, les cheveux relevés en une crête enduite de gel et un petit diamant brillant à sa narine gauche. Michele lui accorda à peine un regard avant de se diriger vers l'escalier.

— Euh, excusez-moi... où allez-vous ? demanda le jeune homme.

Michele se retourna, épuisé. Il était tellement dans ses pensées qu'il n'avait aucune perception de ce qui se passait autour de lui. Il le contempla un instant puis poursuivit son chemin. Il monta les premières marches, quand il sentit la main de l'infirmier se poser sur son épaule.

— Monsieur, ce n'est pas l'heure des visites.

Michele sursauta, comme s'il se réveillait d'un sommeil profond. Il avisa le jeune homme, éberlué.

— Je dois parler à ma mère, dit-il.

— Les visites commencent à 16 heures. Revenez plus tard, répondit l'infirmier.

Michele secoua la tête puis monta quelques marches. L'infirmier le dépassa et se planta devant lui.

— Vous n'avez pas compris ? Je vous ai dit que ce n'était pas l'heure des visites.

Michele le poussa sur le côté mais l'autre, sans perdre l'équilibre, l'attrapa par son blouson, menaçant.

— Écoutez-moi…

— Arrêtez ! Qu'est-ce que vous faites ?

Lena était apparue en haut de l'escalier, blême, inquiète. La femme et l'infirmier se lancèrent dans une discussion agitée. Michele ne comprenait pas ce qu'ils disaient. Leurs voix se superposèrent dans sa tête, formant une sorte de ronronnement gênant qui ne le concernait pas. Il comprit en regardant Lena qu'elle avait réussi à intercéder en sa faveur. Il vit le jeune homme retourner derrière le comptoir, à la fois contrarié et résigné. Puis il monta les dernières marches, repéra la chambre de sa mère et y entra sans hésiter.

Elle était assise sur le lit, les yeux rivés sur l'armoire. Dans ses mains, une petite assiette contenait une pomme épluchée et coupée en fines tranches. Michele s'approcha et elle lui tendit l'assiette, comme un geste mécanique, comme pour la lui rendre. Il la posa sur la table de nuit puis s'assit dans le fauteuil en face d'elle. Elle lui sembla d'une beauté absolue, malgré son regard perdu et ses cheveux tressés comme du chanvre. La lumière extérieure éclairait son profil, faisait ressortir la fossette au milieu de son menton et la ligne de son nez légèrement recourbé, ses petites narines rondes parfaitement symétriques. Michele pensa qu'il était facile de tomber amoureux d'elle, que même le temps n'avait pas réussi à cacher cette lueur qui émanait d'elle. Il ferma les yeux et respira l'air imprégné d'elle, s'en emplit les poumons et le retint à l'intérieur, jusqu'à ce qu'il sente son sang circuler plus vite, grâce au même oxygène que celui que respirait sa mère. Quand il rouvrit les yeux, elle était toujours assise sur le lit, mais cette fois elle regardait le sol, comme si elle cherchait un pardon. Michele regarda dans la même direction qu'elle et trouva un enchevêtrement de mots à prononcer.

— Je m'étais habitué à l'idée que tu m'avais oublié. Et cette habitude me faisait du bien, parce que se sentir oublié c'est un peu comme mourir. On ne se rebelle plus. On se résigne, parce que de toute façon on ne peut rien y faire. Mais ça nous permet de survivre, de continuer. Se sentir oublié, c'était l'explication de ton absence et aussi la fin de tout espoir. Dans le fond, il est beau de ne pas avoir d'espoir, tu sais, maman? C'est comme éteindre l'interrupteur de la douleur. Et moi j'avais réussi, jusqu'à il y a quelques jours.

Il se leva, s'approcha du lit et s'assit à côté d'elle. Il serra les poings, puis prit la main de sa mère dans la sienne.

— Or tu ne m'avais pas oublié. Maintenant je le sais. Néanmoins, je pense qu'aucun mensonge n'aurait dû t'arrêter. Tu aurais dû trouver la bonne tête à faire en rentrant, comme dit Luce. Tu aurais dû te poster devant la porte de chez nous, à la sortie de l'école, me traquer comme un chien de chasse, attendre dans le noir, te cacher dans l'ombre à côté de moi, pour ensuite te révéler... Tu aurais dû trouver un moyen, n'importe lequel, pour me faire savoir que j'étais encore dans tes pensées. Mais tu ne l'as pas fait, et maintenant je sais pourquoi. C'est parce que je ne le mérite pas. Je ne mérite même pas d'être oublié.

La femme leva les yeux vers la porte et posa dessus son regard vide, peut-être attirée par un bruit, des pas dans le couloir.

Michele l'embrassa sur une joue.

— Adieu, maman, murmura-t-il.

Puis il se leva et ramassa son sac, au moment où le bruit de pas cessait. La porte s'ouvrit, Michele aperçut Lena et, derrière elle, la silhouette d'une femme.

— Excusez-moi, il y a quelqu'un qui a insisté pour vous voir, dit l'infirmière en s'écartant.

La femme derrière elle était Elena.

Michele pâlit de surprise.

— Je peux y aller? demanda Lena.

Michele fit un signe de tête et l'infirmière sortit en refermant la porte derrière elle.

— Que fais-tu ici? lui demanda-t-il, épuisé.

Elena fit un pas en avant. Elle portait le blouson vert, trop léger pour la température du lieu, et tremblait de froid. Après le coup de téléphone de Michele, elle avait essayé de le rappeler, en vain. Alors elle avait pris sa voiture et roulé jusqu'à Piana Aquilana. Elle savait qu'il était blessé qu'elle lui ait tu la vérité sur Milù et elle voulait s'expliquer. Une fois arrivée en ville, elle n'avait eu aucune difficulté à se faire indiquer la clinique dont Michele lui avait parlé et elle avait décidé que, si elle ne l'y trouvait pas, elle l'attendrait sur place. Avant de poursuivre, elle regarda tendrement la mère de Michele et esquissa un sourire et un geste de salut. La femme n'eut aucune réaction. Elena tenta de freiner l'émotion qui l'envahit.

— Je suis désolée..., dit-elle à Michele, les lèvres tremblant légèrement.

— Pourquoi es-tu venue?

— J'ai essayé de t'appeler mais le portable était éteint.

— Il n'est pas éteint. Je l'ai cassé. Exprès.

Michele fit mine de sortir, poussé par la

défiance et la douleur que lui procurait la présence d'Elena. Mais elle lui saisit un bras.

— Attends !

— Nous n'avons rien à nous dire.

— Si, moi j'ai beaucoup de choses à te dire. Et toi, tu vas m'écouter. Ensuite, tu décideras si tu ne veux plus me voir. Mais d'abord laisse-moi parler.

— Essaie de faire vite, répondit-il, glacial.

— Non, pas comme ça, Michele. Assieds-toi. Assieds-toi et écoute-moi.

Michele regarda vers la porte, à la fois impatient et résigné. Puis il s'installa dans le fauteuil. Elena s'assit à ses pieds, les bras croisés sur sa poitrine pour se réchauffer. En la voyant trembler, Michele ferma les yeux un instant, puis il prit une couverture sur le lit de sa mère, la tendit à Elena et reprit sa place.

— Merci, dit-elle en s'enveloppant dedans et en souriant.

Il évita de regarder ce sourire qui pouvait le rendre à nouveau faible, en proie aux rêves et à toute une théorie de l'espoir qu'il voulait effacer de sa vie.

— Nous formions une seule chose, Milù et moi. Ou plutôt, nous sommes une seule chose. Depuis que nous sommes nées, à quelques minutes d'écart, nous n'avons jamais cessé de nous accompagner, de grandir ensemble, de pleurer, de rire, de tout nous confier... Il n'y a pas une respiration que nous n'ayons partagée. Milù t'aurait plu. Tu lui aurais plu. Quand quelque chose ou quelqu'un me plaît, il lui plaît aussi. Tout ce qu'elle aime, je l'aime aussi. J'en parle au présent parce que je la vis chaque jour, depuis l'instant où j'ouvre les yeux jusqu'à ce que je m'endorme, le soir. Elle avait vingt et un ans quand elle est tombée malade. Et quand elle est morte, je suis morte moi aussi. Mais tu sais le problème, Michele ? Le problème, c'est que j'ai senti que je mourais et ensuite je me suis aperçue que je respirais. J'ai maudit l'air qui entrait dans mes poumons parce que je le volais, cet air, parce que de droit il appartenait aussi à Milù. La musique que j'entends lui appartient, l'eau fraîche que je bois, le vent qui me décoiffe lui appartiennent. Alors tu sais ce qui s'est passé ? Je me suis sentie une voleuse, parce que je regardais seule un coucher de soleil qu'elle aurait dû regarder avec moi, parce que je savais que ce coucher de soleil était aussi le sien. Voilà. Tout ça, je n'ai pas pu le supporter. Je voulais continuer à tout partager avec Milù. Alors j'ai espéré avoir la même maladie qu'elle et mourir pour qu'on soit quittes. J'ai espéré tomber malade comme elle, chaque jour. Je priais pour tomber malade, j'essayais de toutes mes forces de tomber malade parce que la seule chose que je voulais, c'était la rejoindre, où qu'elle soit. Tu comprends ce que je veux dire ?

Michele acquiesça. Il regarda sa mère, qui s'était levée et était lentement allée jusqu'à la fenêtre, le regard perdu derrière la vitre, vers une promesse de crépuscule sur les montagnes.

— Maintenant, ce que je veux te dire, c'est qu'à un moment est arrivé un jour de mai, poursuivit Elena. Mai de cette année, tu te souviens ? Il faisait tellement chaud et beau que c'en était atroce. J'ai détesté mai de toutes mes forces. Je l'ai détesté parce que je ne le méritais pas. Ce jour de mai, le 18, pour être précise, après avoir travaillé au café je suis allée sur la petite place de Prosseto et je me suis assise sur un banc. Je regardais le sol, la pointe de mes chaussures, parce que je savais qu'autour de moi le printemps était partout et je ne voulais pas lui donner la satisfaction de m'apercevoir de sa présence. Voilà, je ne sais pas comment c'est arrivé, mais à un moment j'ai senti une douleur dans ma poitrine et un élancement dans mon dos. J'ai eu peur, Michele. Et j'ai compris que c'était la peur de mourir. Je me suis levée, j'ai essayé de respirer, parce que je n'y arrivais plus, à cause de la douleur. Et quand j'ai réussi, j'ai crié. J'ai poussé un cri animal. Avec tout le souffle et toute la force que j'avais à l'intérieur, j'ai crié fort fort fort. Et même si je n'ai pas crié de mots, ce cri voulait dire que je voulais vivre. Que j'avais le droit de vivre. Et puis j'ai aussi compris quelque chose d'important... que jusque-là je n'avais fait que trahir Milù, elle et son souvenir, parce que vouloir mourir signifiait renoncer à ce qui lui avait été retiré, alors que j'avais le devoir d'aller de l'avant, pour elle. Bref, je devais vivre, et je devais le faire pour deux. Pour elle et pour moi. Je devais prendre ses rêves en charge, ses espoirs, tous les projets qu'elle avait laissés en suspens, je devais les traîner avec moi comme un bagage, comme… comme une mission, voilà. Et c'est ce que j'essaie de faire chaque jour, tu sais ? Je traîne sa vie avec moi et ce n'est jamais un poids. J'ai appris à ne pas sentir l'ennui, à aimer la vie à chaque moment, quoi qu'il se passe. J'ai appris que je peux me mettre dans une colère noire, mais que je n'ai pas le droit d'être triste, parce que si je suis vivante je ne peux pas être triste. Voilà ce que je pense. Et tu sais quoi ? Je crois que quand je serai vieille je ne me plaindrai jamais de mes cheveux blancs, de mes rides et de toutes ces conneries. Parce que vieillir est un privilège, Michele. Milù n'a pas pu vieillir. Donc c'est un privilège, ça me semble logique. Et bref, pour finir, parce que tu sais que quand je commence à parler je ne m'arrête plus… donc pour finir, depuis que j'ai compris tout ça, Milù est vraiment avec moi. Elle est arrivée ce jour-là, sur le banc, elle m'a rappelé qu'ensemble, quand on était petites, on avait conclu un pacte. On l'appelait le «pacte du bonheur» et c'était notre engagement à être heureuses, quoi qu'il advienne. «Tu as trahi notre pacte», m'a-t-elle dit. Et j'ai compris que c'était vrai, qu'elle avait raison et que je n'avais pas le droit de trahir ce pacte, au risque de la perdre pour toujours. Ainsi, depuis ce moment je l'entends, je lui parle et elle me parle. Même si elle n'est pas là. Peut-être que c'est sa force qui me permet ça. Je ne sais pas. C'est-à-dire, je sais que c'est une illusion, bien sûr. Ou peut-être pas. Mais… mais c'est comme ça et ça me fait du bien. Et moi je veux aller bien, pour moi et pour elle. Voilà, et maintenant je vais retirer cette couverture parce que j'ai chaud.

Elle la replia soigneusement et la reposa sur le lit.

— Pourquoi ne me l'as-tu pas dit plus tôt ? demanda Michele, méfiant.

— Parce que tu avais déjà tes problèmes, Michele. Et parce que je ne l'ai jamais dit à personne avant. Même ma mère ne sait pas que je parle avec Milù. Ni mon père. Bref, ce n'est pas facile d'évoquer ces choses-là. Et on n'a jamais vraiment eu l'occasion de le faire, tous les deux…

— Ce n'est pas vrai, l'interrompit-il. Quand je t'ai interrogée sur Milù, tu aurais pu.

— Oui, en effet, mais j'avais l'impression qu'il n'était pas temps. Ou peut-être que j'attendais le bon moment, ou que je n'y ai pas pensé, ou que j'ai eu honte, ou que… Michele, maintenant je t'ai tout raconté, mais je ne sais pas pourquoi je ne te l'ai pas dit plus tôt. C'est ça la vérité. Il peut y avoir mille raisons ou aucune. Je me suis trompée, j'ai fait une connerie. Et je ne peux plus rien y faire. Mais toi, tu dois accepter que les personnes fassent des erreurs, hein ? Nous ne sommes pas des machines parfaites. Tout le monde ne peut pas agir comme tu l'attends uniquement parce que tu as souffert, tu sais ? Tu n'es pas le seul au monde à avoir souffert. La vie est difficile. Mais ta vie doit dépendre de toi, pas de ce que font ou disent les autres. Et puis je te demande vraiment de m'excuser. Ça te suffit ?

Michele sentit qu'Elena avait raison et qu'il suffirait d'un « oui » pour récupérer au moins une partie de la sérénité à laquelle il avait goûté la veille au soir. Mais il s'était enfoncé dans son gouffre et il ne savait pas comment en sortir. Il prononça donc la seule réponse qui lui semblait possible.

— Non ! Ça ne me suffit pas, cria-t-il.

Sa voix fit sursauter sa mère qui se retourna, étonnée.

Puis il prit la poupée Milù dans son sac et la rendit à Elena.

— Il vaut mieux que ce soit toi qui la gardes. Bonne chance, dit-il sur un ton glacial.

Elena prit la poupée et le regarda, incrédule. Michele était absent, il lui sembla complètement différent de la personne qu'elle avait connue, comme si le changement qu'elle avait perçu était arrivé à son terme.

Il sortit et Elena comprit qu'il avait décidé de revenir à sa vie de toujours. Elle comprit qu'elle ne trouverait jamais le chemin pour le rejoindre, alors elle renonça à le suivre. Ce ne serait jamais plus dimanche.

Puis elle s'aperçut du regard de Laura.

La femme, qui fixait la poupée avec étonnement, s'approcha lentement et tendit les bras vers la petite Milù avec un sourire de petite fille. Ses yeux s'étaient remplis de tendresse, elle frôla les doigts d'Elena qui, après un instant d'hésitation, la laissa prendre la poupée. Laura la serra contre son torse, caressa ses cheveux et son petit visage en caoutchouc. Puis elle la berça, maternelle, et chantonna une berceuse qui fit frissonner Elena. Le son de sa voix était à la fois doux et désespéré, comme si elle produisait des notes jamais écoutées auparavant. Ces notes composaient un hymne à la vie, racontaient les images et les souvenirs d'un passé lointain et désormais inaccessible.

Soudain la berceuse s'arrêta, mais un éclair persista dans les yeux de Laura et elle s'approcha de l'armoire, en face du lit. Elle l'ouvrit et se pencha sur une petite caisse en bois peinte à la main. Le couvercle convexe était orné de chevaux galopant sur un pré vert, ternis par le temps, striés de petites rayures et de fins sillons. Elena s'approcha et Laura ouvrit la caisse. Elle était pleine de linge décoloré. La femme souleva des draps et dévoila le journal intime rouge de Michele, caché entre des pulls et des vieilles housses en flanelle. Elena le reconnut et sentit son cœur se serrer. La femme caressa le journal, puis déposa la poupée à côté. Elle recouvrit les deux objets avec le linge, puis referma la caisse et l'armoire.

Quand Elena croisa son regard, elle y lut à nouveau l'absence. Elle avait repris possession de Laura et, peut-être, de sa douleur.

21

Michele sortit de la clinique et s'engagea sur la route. Il n'avait pas de but. C'était dimanche après-midi, il lui fallait attendre le lendemain pour prendre le train de 14h15 et rentrer chez lui. La neige tombait à nouveau et, l'espace d'un instant, il envisagea de rentrer à pied. Marcher des kilomètres ne l'effrayait pas, il avait besoin d'être seul et de s'annuler par la fatigue, par la succession rythmée et rassurante de ses pas. Dans le fond, il avait plus de deux jours devant lui avant de reprendre le travail, il trouverait bien un bus pour le rapprocher de Miniera di Mare.

Mais, au bout de la ruelle qui débouchait sur la place de la gare, il vit la voiture de Luce débouler à toute allure et freiner juste devant lui. Il remarqua tout de suite que sa sœur était tendue, inquiète. Il pensa qu'elle était en colère contre lui, à cause de sa disparition soudaine. Elle baissa sa vitre et le regarda, agitée, fébrile.

— Gianni est avec toi? demanda-t-elle en fouillant du regard la ruelle derrière Michele.

— Non. Je l'ai laissé chez vous..., répondit-il comme pour se justifier.

— Il n'est pas à la maison. Il a disparu, annonça Luce, désespérée, en lui faisant signe de monter dans la voiture. Nous l'avons cherché partout. J'espérais qu'il était avec toi, je suis venue ici pour voir. Il n'a jamais fait ça. Je ne comprends pas...

Michele se sentit écrasé par la culpabilité d'avoir laissé Gianni seul après lui avoir parlé si durement. Il avait été sans pitié, pourtant il avait revu en lui l'enfant qu'il avait été, le même espoir absurde de remettre la vie en marche, cette fois en prouvant que l'ours polaire existait vraiment dans ces montagnes, parce que son père l'avait dit.

Il comprit.

— Tu sais comment aller au col du Sasso ?

— Bien sûr ! Tu crois que...

— Gianni m'avait demandé de l'accompagner et je lui ai dit non, admit Michele. Je l'ai même réprimandé, je suis désolé...

Luce fit demi-tour et appuya à fond sur l'accélérateur. Les roues tournèrent à vide quelques secondes dans la neige. Puis elles prirent appui sur l'asphalte et la voiture démarra.

Sur la route, ils établirent un plan d'action. Luce appela sa famille et les informa de la possible fugue de Gianni vers le col. Ils lui promirent de s'y rendre au plus vite pour commencer les recherches. Durant le reste du voyage, Michele et Luce se turent, le regard rivé sur la route, comme s'ils pouvaient la raccourcir par la seule force de leur désespoir.

— À partir d'ici il faut continuer en marchant, dit Luce en arrivant au pied du Gran Sasso.

Elle arrêta la voiture. Au loin on apercevait les silhouettes des cousins et des oncles et tantes de Gianni qui avançaient déjà vers les hauteurs. Ils s'étaient disposés en éventail, dans le but de couvrir la portion de territoire la plus vaste possible, amplifiés et multipliés par l'écho produit par les parois rocheuses.

Michele et Luce coururent les rejoindre. Mais bien vite leurs pieds s'enfoncèrent dans la neige fraîche et chaque pas en avant devint lourd et fatigant. Michele avait la sensation d'avancer au ralenti, comme si ses jambes répondaient en retard aux stimulations de son cerveau. Plus il essayait d'accélérer, plus il se sentait lent, en retard par rapport à sa conscience qui lui imposait d'aider Luce à retrouver son fils.

Au bout de quelques minutes, ils arrivèrent à la hauteur du groupe et unirent leurs voix aux appels des parents.

Le soleil était encore visible dans le ciel, mais bientôt sa lumière baisserait, avalée par un crépuscule ignorant les dégâts qu'il causerait en cédant la place au soir.

Ils s'arrêtèrent pour reprendre leur souffle. Roberto, écarlate, la respiration coupée par la fatigue, suggéra que quelqu'un redescende au village prévenir la police ou les carabiniers.

— Il n'y a pas de réseau, dit-il en indiquant son téléphone portable, et bientôt il fera nuit. Au moins ils ont les moyens d'aller plus haut, bientôt il faudra escalader…

Le fils de Caterina s'offrit à y aller et à donner l'alarme dès que son portable capterait.

— Nous, il vaut mieux nous séparer, au cas où Gianni chercherait un passage autour de la montagne, suggéra Roberto.

— Mais comment on arrive au col du Sasso ? demanda Michele, haletant.

— Pour monter au col il faut tourner autour de la montagne, il y a trois ou quatre sentiers, ça prend une heure, une heure et demie… et sinon il y a ce passage, tu le vois ? répondit le vieux en indiquant à Michele un sentier raide comme une échelle. Mais cette voie est trop difficile. Elle est raide, trop raide. Et avec cette neige c'est encore pire, ça glisse, on risque de tomber. Un enfant ne peut pas y arriver, au bout de deux mètres il revient sur ses pas. C'est pour ça que je dis qu'à mon avis Gianni a fait le tour de la montagne, ajouta-t-il.

Luce acquiesça et tous les autres se sentirent encouragés par ce geste. Ils se répartirent les zones à passer au crible. Chacun s'engagea dans le blanc immaculé et aveuglant. Michele aussi, avec sa sœur et Roberto, le long du versant est du pic.

Au bout d'une centaine de mètres, il ralentit. Il regarda les silhouettes de Luce et des autres qui s'éloignaient lentement, puis le sentier raide qui grimpait vers le ciel. C'était celui-là même que Gianni lui avait indiqué, ce matin-là, par la fenêtre. Il poussa un soupir et cessa de refréner son instinct qui lui suggérait de grimper par ce côté, malgré les conseils avisés de Roberto et toute forme de bon sens.

Il partit dans cette direction et au bout de quelques mètres il sentit la montée lui agripper les chevilles. Il constata que Roberto avait très probablement raison : Gianni n'aurait jamais réussi à parcourir ce chemin, trop raide et difficile pour un enfant si petit et si gracile. Pourtant il continua.

Il se sentait poussé par une rage profonde et il comprit que cette rage était la fille de cet étrange embarras qui l'avait saisi quand Gianni lui avait annoncé son intention d'aller chercher l'ours polaire sur les traces de son père. À quoi était due cette gêne? D'où venait cette rage? Il s'arrêta. Là-haut le sommet du Gran Sasso s'enfonçait dans le ventre du ciel. Il frissonna et comprit que pour continuer à monter il lui faudrait s'aider de ses bras et de ses mains. Regrettant de ne pas avoir de gants, il enfonça les doigts dans la neige et se hissa vers le haut.

Il progressait à quatre pattes, un mètre après l'autre, un centimètre après l'autre, et au bout d'un moment il découvrit l'autre visage du vent, celui qui rugit et qui menace, frappe et maudit celui qui ose l'affronter. Il sentit que quand on escalade le temps s'arrête. Il cesse d'avancer, il tourne en rond, clouant le présent à la respiration.

Et chaque souffle marque une seconde qui va à l'envers, avale le futur et l'épuise, le contraint à se rendre.

Mais Michele n'arrivait pas à s'arrêter. Un pas après l'autre, il s'agrippait à sa rage sans nom et gagnait des centimètres de roche. Au bout de quelques minutes, il atteignit une petite anfractuosité et y reprit son souffle. Ses doigts brûlés par le gel, livides, étaient sourds au contact. En se tenant en équilibre sur la neige glacée et glissante, il sortit de son sac deux tee-shirts qu'il avait portés les jours précédents, les enroula autour de ses mains et sentit un léger soulagement. Il reprit son souffle et rassembla ses forces pour décider s'il devait repartir ou se laisser glisser vers la vallée.

Il contempla le vide sous lui et, l'espace d'un instant, il se sentit attiré. Le vertige semblait le pousser à voler vers le bas, à se laisser engloutir par le néant pour trouver enfin l'oubli. Il regarda vers le haut, et le ciel aux épais nuages gris lui apparut plus menaçant que le gouffre blanc de glace et de neige qui s'étendait sous ses pieds.

Puis il se tourna vers la paroi derrière lui et aperçut un signe dans le blanc absolu.

C'était l'empreinte d'un petit pied chaussé de bottes de neige.

— C'est lui. Il est passé par ici..., murmura-t-il comme si quelqu'un pouvait l'entendre.

Il trouva le courage de continuer. Il utilisa l'anfractuosité comme un tremplin pour se hisser à nouveau vers le haut, il s'agrippa à la roche qui semblait dormir sous la glace, jusqu'à retrouver dans son dos le cercle opaque du soleil qui pointait entre deux pics enneigés. On aurait dit qu'il s'efforçait de flotter dans le ciel, de résister au contrepoids de la lune qui, encore invisible, avançait de l'autre côté du jour.

Puis le sentier s'adoucit soudain. Il tourna vers la droite, dessina une courbe entre la montagne et le ciel : Michele arriva sur un petit plateau.

On aurait dit une terrasse creusée dans le gel, coincée entre les parois. Le vent se leva dans son dos et souleva des nuages de neige qui l'enveloppèrent comme un manteau. Il essaya d'avancer en balayant la poussière de glace avec la force de ses bras, jusqu'à ce qu'il vît plus clair. Le vent s'était soudain calmé. Au bout de cette terrasse, en direction du soleil, il vit une petite silhouette obscurcie par le contre-jour.

C'était Gianni. Il s'était recroquevillé contre un rocher et son visage était plus blanc que la neige. Michele courut vers lui. Il eut envie de le frapper.

— Gianni! hurla-t-il d'une voix chargée de rancœur.

L'enfant se secoua et leva la tête, il lui sourit, tremblant. Puis il ferma les yeux. Michele l'attrapa par les épaules, le souleva de force.

— Mais qu'est-ce qui t'est passé par la tête? Tu te rends compte de ce que tu as fait?

— C'est ma faute..., murmura l'enfant.

— Bien sûr que c'est ta faute! Tu aurais dû rester chez toi au lieu de faire l'idiot!

— C'est ma faute si papa est parti, précisa l'enfant, la voix brisée par les larmes. Je ne sais pas ce que je lui ai fait, mais c'est ma faute...

Michele sentit tout le gel qu'il avait dans le cœur depuis le matin fondre d'un coup. Il revit dans les yeux de Gianni le regard de l'enfant qui attendait le train, chaque soir, à la fenêtre de chez lui, scrutant les silhouettes des passagers qui arrivaient, dans l'espoir de revoir sa mère. Il revit son regard déçu quand la gare se vidait et que son père rentrait. Il refermait la fenêtre et pensait que c'était sa faute si sa mère était partie. Et que c'était sa faute si elle ne revenait pas.

— Qu'est-ce que tu racontes..., murmura-t-il. Ce n'est pas ta faute. Ce n'est la faute de personne.

Cette phrase se planta dans son âme comme une absolution, comme le premier pardon adressé à lui-même.

— Maman est fâchée ?

Michele sourit.

— Elle est inquiète, pas fâchée. Moi j'étais fâché contre toi... mais je ne sais pas pourquoi.

— Peut-être parce que tu savais déjà que l'ours polaire n'était pas là. En effet, tu me l'avais dit.

— Tu as peut-être raison, dit Michele pour le consoler.

L'enfant baissa les yeux, cherchant le courage de parler.

— Je n'ai jamais vu l'ours polaire dans mes jumelles. Je l'ai inventé, avoua-t-il enfin.

Michele fronça les sourcils, incrédule.

— Tu ne l'as jamais vu ? Alors pourquoi tu es monté jusqu'ici ?

— Parce que j'espérais le voir ! s'exclama Gianni, les yeux remplis de larmes. Et que mon père ne soit pas un menteur ! Qu'il soit toujours ici en train de chercher l'ours polaire ! hurla-t-il entre deux sanglots.

Michele serra Gianni dans ses bras et sentit dans ses mains glacées la consistance de la peine et de la tendresse. Il repensa aux paroles de Roberto durant le dîner de la veille : « Pourquoi as-tu attendu tout ce temps pour chercher ta mère ? » Il comprit que le vieux avait raison. Il avait passé toutes ces années immobile, attendant un retour. Gianni, lui, avait eu le courage de sortir de sa coquille et d'affronter les glaciers pour trouver son père. C'était l'espoir qui avait donné la force à l'enfant de monter jusque-là, alors que lui avait été poussé par la rage. Alors il comprit que sa rage sans nom était dirigée contre lui-même, contre son renoncement, son apitoiement sur son sort, par rapport à la volonté d'agir de l'enfant. Il lui caressa le visage et sécha ses larmes.

— Il faut essayer de redescendre, dit-il. Il va bientôt faire nuit, on ne peut pas rester ici.

Le petit garçon acquiesça, Michele le prit par la main et ils se dirigèrent ensemble vers la lumière du crépuscule. Ils trouvèrent une pente douce à flanc de montagne et la parcoururent sur quelques mètres, avant de se caler lentement dans une dépression escarpée dans la roche, d'où ils gagnèrent un autre plateau, plus grand que le précédent. Ils aperçurent une crête qui menait à un replat qui semblait descendre vers la vallée. Ils tentèrent de la rejoindre. La neige crépitait sous leurs pas et soudain ils sentirent une odeur âcre sous celle du gel. Puis ils entendirent le bruit de la neige qui explosait sous un pas lourd et un vent chaud souffla dans leur dos.

Quand ils se retournèrent, ils le virent.

Un ours blanc avançait dans leur direction.

Ils se figèrent sur place. L'ours s'arrêta, courba l'échine en arrière, ouvrit la gueule et grogna vers le ciel. Puis il fonça sur eux, se balançant sur ses quatre pattes, menaçant.

Michele se secoua et tira Gianni pour prendre la fuite.

— Cours! Cours, Gianni! Cours! cria-t-il tandis que l'ours blanc gagnait du terrain.

Ils bondirent vers la crête rocheuse, dans l'espoir de trouver un refuge, soulevant la neige et la glace. Ils coururent à en perdre le souffle, poussés par la force du désespoir. Mais ils sentaient toujours le souffle chaud de l'ours dans leur dos.

Ils sautèrent par-dessus un tas de neige, coururent encore quelques mètres quand soudain la glace s'ouvrit sous leurs pieds avec un bruit sec. Ils glissèrent tous les deux. En essayant de garder l'équilibre ils furent déportés sur le côté puis se remirent à courir. Les muscles de leurs jambes puisaient leur énergie dans le désespoir. Michele serrait la main de Gianni dans la sienne, il la serrait comme si c'était sa seule prise pour rester accroché à la vie. Les gémissements de peur de l'enfant se mêlaient à sa respiration.

— Ne t'arrête pas! Courage! lui cria-t-il.

Il eut l'impression d'avoir consumé sa dernière réserve de souffle, d'avoir vidé ses poumons.

Ils atteignirent le bout du plateau et s'arrêtèrent net. Il donnait sur le vide. Sous leurs yeux, à une petite dizaine de mètres, s'étendait un névé en forme de coquillage, entouré de parois rocheuses.

Michele ferma les yeux. La respiration de Gianni sembla s'arrêter net, puis il se mit à sangloter.

— Qu'est-ce... qu'est-ce qu'on fait?

La voix de l'enfant secoua Michele au moment où le bruit sourd des pattes de l'ours dans la neige derrière eux annonçait l'assaut imminent.

Il rouvrit les yeux sur le petit gouffre, puis serra la main de Gianni et il vola avec lui, vers le bas.

22

Tomber, c'est comme ne plus saisir la vie. On la sent encore courir dans son sang, pulser dans son cœur, briller dans ses yeux, mais on ne respire pas. C'est l'instant où on aurait besoin de sa volonté et de sa conscience pour activer les poumons. Parce que quand on respire on le fait sans réfléchir, la respiration est comme la pensée : elle se produit. Elle se produit quand on est distrait et qu'on vit.

Tomber, ça fait frôler la frontière de la vie. Et pendant qu'on pense, en tombant, à comment ça a pu se passer et à ce qui se passera, la vie discute avec le destin pour décider de notre sort. Entre-temps, on ne respire pas. Et ce n'est qu'au dernier moment qu'on le regrette.

Il reprit son souffle après l'impact au sol, avec la neige moelleuse. Son instinct le poussa avant tout à tâtonner autour de lui, dans le blanc absolu d'ouate gelée, pour chercher le contact de l'enfant. Puis il sentit une main saisir son coude : Gianni était à côté de lui. Et ils étaient vivants.

Le manteau doux de neige tombée lors des dernières heures les avait sauvés.

Au-dessus de leurs têtes, ils entendirent l'ours grogner, immobile au bord du gouffre dans lequel ils venaient de plonger. Autour d'eux, les parois semblaient disposées à les protéger.

— Tu vas bien ? demanda Michele à l'enfant après avoir craché la boulette de givre qui était entrée dans sa bouche au moment de l'impact.

Gianni acquiesça, encore effrayé. Michele lui tâta les bras, les jambes et le thorax, il lui demanda de bouger ses articulations et l'enfant s'exécuta, fier de prouver qu'il était indemne.

— On a eu de la chance, soupira Michele en le serrant contre lui.

Gianni lui rendit son étreinte et le regarda, les yeux brillants.

— Mais... c'était un ours polaire ?

— On dirait bien que oui.

— Il n'était pas couvert de neige... il était vraiment blanc, n'est-ce pas ?

— Oui, il était vraiment blanc, admit Michele. Et je ne comprends pas comment c'est possible...

— Tu diras à tout le monde qu'on l'a vu ? Si c'est moi qui le dis, ils ne me croiront pas.

— Je te jure que c'est la première chose que je ferai, dès qu'on sortira d'ici.

Ils regardèrent autour d'eux, cherchant un passage pour redescendre dans la vallée.

Puis ils se relevèrent. La main de Gianni chercha celle de Michele et y trouva à nouveau refuge, comme si c'était la chose la plus naturelle du monde.

C'est alors qu'au loin ils entendirent les voix de Luce et des autres, leurs appels désespérés. Ils se regardèrent, heureux et soulagés, puis leurs yeux se tournèrent vers la source des appels, comme l'aiguille d'une boussole qui pointe vers le nord.

Michele poussa un sifflement qui avala la distance qui les séparait du salut et de la chaleur de la maison. Alors les voix des autres chevauchèrent les vagues de l'écho, les appels réciproques alternèrent avec des cris de joie.

Ils avancèrent lentement, leurs pieds s'enfonçant dans la neige, jusqu'à ce que soudain Gianni s'arrête et touche sa jambe.

— Que se passe-t-il ? lui demanda Michele. Tu as mal à la jambe ?

L'enfant secoua la tête et indiqua le trou dans la neige où son pied s'était enfoncé.

— Mon pied est coincé. Je n'arrive pas à le retirer.

Michele se pencha et creusa autour du mollet du petit garçon. Il déplaça la neige, enfonça ses bras pour lui libérer la cheville.

À ce moment-là, au fond quelque chose brilla. C'était la boucle métallique d'une sangle en cuir, enfouie dans la neige. En s'enfonçant, le pied de Gianni s'était pris dedans.

Michele libéra la chaussure de l'enfant puis, lentement, tira sur la sangle et regarda l'objet recouvert de neige qui y était accroché et qui avait soudain fait son apparition, se balançant comme un pendule. Puis il se tourna vers Gianni, qui avait les yeux écarquillés et la bouche grande ouverte, dans une expression de stupeur absolue.

— C'est l'appareil photo de papa…, affirma-t-il dans un souffle.

23

Les hélicoptères volèrent longuement autour du col du Sasso. Le soir, les restes de Gerardo furent retrouvés au fond du névé, récupérés et transportés à l'hôpital de Carvagnaso pour être soumis, les jours suivants, à l'autopsie requise par la procédure.

Luce et Gianni, accompagnés de Michele et de leurs proches, suivirent la dépouille jusqu'à l'hôpital.

Quelques heures plus tard, les autorités rendirent à Luce l'appareil photo que son mari avait emporté avec lui au col. Et la mémoire contenue dans la carte numérique raconta certaines vérités sur Gerardo.

L'homme avait vraiment réussi à photographier l'ours blanc. Il ne s'agissait pas d'un ours polaire mais d'un ours albinos des Abruzzes. Un spécimen très rare, compatible avec l'habitat de ces montagnes. Ce qui comptait avant tout, c'était que Gerardo n'avait pas menti et que photographier l'ours n'avait pas été une excuse pour abandonner les siens. Il espérait peut-être s'enrichir grâce à ces photos, ou alors il rêvait d'un moment de gloire. En tout cas, il n'était pas un menteur et il aimait sa famille.

Les autres photos avaient été prises les jours précédents. Elles représentaient Luce et Gianni. Des clichés volés : le sourire de Luce embrassant son petit garçon ; Gianni endormi sur le canapé dans une drôle de posture ; mère et fils rentrant à la maison, photographiés par la fenêtre. Enfin, Luce endormie dans le lit, plongée dans l'aube que son mari avait choisie pour s'aventurer sur les glaciers avec son appareil photo.

Il l'avait immortalisée dans son objectif et dans son cœur avant de partir, comme s'il avait voulu la prendre avec lui.

Ces photos atténuèrent la douleur de Luce et de son fils. Ils sentirent tous deux que Gerardo, au moment où il avait été retrouvé sans vie, était revenu pour toujours parmi eux.

Puis il y eut une nuit de silences, d'étreintes et de prières. Gianni s'assoupit, épuisé, sur les genoux de sa mère, qui lui caressa la tête jusqu'à l'aube en le regardant dormir. La grande salle de l'hôpital réchauffa la famille et la protégea des regards étrangers, tandis que la nouvelle de la découverte se propageait dans la vallée comme un torrent de mots murmurés. Les doigts des vieilles femmes égrenèrent des rosaires de souvenirs et de mélancolie, tandis que les hommes se racontaient les histoires de la vie avec la stupeur intacte des enfants.

Michele sortit pour fumer. Les étoiles emplissaient le ciel. Il vit aussi celles qui étaient déjà tombées, des milliers d'années auparavant. Le ciel, dans le fond, ne les avait pas perdues parce qu'il en conservait la lumière et la mémoire. Enfin, pour la première fois, Michele pleura sans raison. Il sentit les larmes courir sur son visage et elles avaient le goût d'une paix retrouvée. Les yeux brillants, il regarda vers une nouvelle vie tandis qu'en haut, peut-être à cause des larmes et des reflets, une deuxième lune apparut, soudaine et violente.

Le lendemain matin, ils retournèrent au village. Sur le chemin de la maison, les enfants de l'école firent une haie d'honneur à Gianni avec le respect que mérite un héros. Luce, Michele et les autres passèrent la matinée ensemble, encore empreints du souvenir de Gerardo, et Michele sentit qu'il faisait partie de cette grande famille. Le lendemain il repartirait, mais il savait qu'il reviendrait bientôt. Il décrivit à Gianni sa maison et la gare qui l'entourait, il lui raconta que la mer était tout près et il lui arracha la promesse de passer l'été ensemble, une fois l'école terminée, pour faire de longues promenades sur la plage et se faire bronzer sur la digue après avoir nagé vers le large. Il vola à Roberto le secret des côtes de porc grillées et sécha les larmes de Luce en lui promettant de venir chaque fois qu'elle en aurait besoin.

L'après-midi, il monta dans le bus pour Piana Aquilana. Une fois arrivé, il alla tout droit vers la clinique où se trouvait sa mère. Tout lui sembla différent, par rapport à la veille, même la lumière, qui rendait les contours des choses plus clairs et plus nets. Dans le hall tapissé des tableaux de musiciens, il demanda à voir Lena et se fit accompagner jusqu'à la chambre de sa mère.

Il la trouva à la fenêtre, le regard dans le vague. Il s'approcha et lui entoura les épaules, l'invitant à se tourner vers lui. Puis il la serra doucement contre lui et il sentit son odeur qui n'avait pas encore fané. Il lui demanda pardon de ne pas l'avoir cherchée plus tôt et il lui raconta à voix basse tout ce qu'il avait compris durant la dernière semaine, et surtout durant les dernières heures. Il lui parla d'Erastos, le Grec, et du paradis terrestre qu'à son avis nous cherchons tous depuis l'instant où la vie nous en a éloignés. Et d'Antonio, avec ses langues de feu et son envie de s'entendre dire «je t'aime» et «va te faire foutre» dans toutes les langues du monde. Il lui parla d'un olivier et de la trace d'ongle qui striait son tronc comme une blessure, d'une jeune fille aveugle qui lui avait révélé les mille façons de voir le monde sans le regarder. Il lui parla de Gerardo, qui avait vu dans l'ours polaire un paradis terrestre à reconquérir et à offrir à sa famille aimée. Et il lui raconta le courage de

Gianni, qui avait défié le froid des sommets et qui avait rendu justice à son père et même à l'existence de l'ours.

Il lui avoua qu'il avait compris que tout le monde a le droit de suivre un ours blanc, parce que renoncer à le faire signifie simplement renoncer à vivre. Et que la vie n'est pas une balance qui pèse les torts et les raisons, mais un enchaînement d'événements qui souvent n'ont pas d'explication, ou bien qui en ont trop pour qu'on puisse repérer la vraie.

Ainsi, si Angelo avait été l'ours blanc de sa mère, elle avait bien fait de le suivre. Son père, avec sa lettre pleine de mensonges, voulait peut-être protéger Michele d'un retour qu'il craignait provisoire et qui l'aurait fait souffrir encore plus. Ou bien il voulait se protéger lui-même et rendre honneur, par la vengeance, à son orgueil blessé de mari abandonné.

Personne ne saurait jamais.

— Or n'est-ce pas cela la beauté de la vie, maman ? lui demanda-t-il en lui caressant le visage.

La femme cligna des paupières durant quelques secondes. Un instant, ses yeux fixèrent Michele comme si elle le reconnaissait. Mais il ne saurait jamais si cela avait été une impression ou la vérité.

Ce que Michele avait compris, c'était que, quelle que soit l'explication, bonne ou mauvaise, d'un événement ou d'une action, ce qui comptait vraiment était le résultat final. En outre, il savait maintenant que ce résultat est toujours incertain, jusqu'à la dernière respiration. Et qu'en ce qui nous concerne ce sont nos actions qui décident, pas celles des autres, même si on a parfois l'impression que c'est le contraire.

— Là-dessus, Elena a entièrement raison. C'est elle qui me l'a fait comprendre.

Au moment où il murmurait ces mots à sa mère, Michele saisit que la seule chose qui lui restait à faire, c'était de partir au plus vite.

Pas pour rentrer chez lui, mais pour suivre son ours blanc.

24

Le lendemain, le train interrégional de Piana Aquilana en direction de Miniera di Mare s'arrêta à la gare de Prosseto à 18h45 précises. Elena l'attendait sur le quai, après sa journée de travail. Cosimo avait acheté un savon de mauvaise qualité pour les toilettes et elle se reniflait les mains à tout bout de champ parce qu'elle sentait encore sur ses doigts le café et la chicorée. Les portes des wagons s'ouvrirent avec leur bruit métallique habituel et elle monta dans le train. Elle se dirigea vers sa place en cherchant dans son sac ses lingettes à la lavande. Occupée à fouiller entre son portable, son porte-monnaie, les clés de chez elle, quelques bonbons, du rimmel et autres babioles, elle aperçut à peine l'homme assis à côté d'elle, la tête cachée derrière un journal qu'il tenait des deux mains. Elle trouva ce qu'elle voulait au moment où elle s'assit ; elle en sortit une et se frotta les mains avec. Elle soupira, puis elle se tourna vers l'homme au journal et en resta bouche bée, comme si elle avait vu un rhinocéros en costume cravate. Michele, lui, continua la lecture du quotidien comme si de rien n'était. Elle regarda droit devant elle en direction d'un vieil homme assis en face. Elle ne le voyait même pas, mais il se sentit tout de même flatté et réajusta son nœud de cravate.

Le train avança. Michele lisait toujours son journal, imperturbable, tandis qu'Elena faisait tout pour éviter de fixer son voisin d'en face et, électrique, regardait par la fenêtre la mer agitée par le vent.

— Tu es bleue, dit alors Michele sans quitter son journal des yeux.

Elena se tourna vers lui, abasourdie.

— Tu es bleue comme le sable, ajouta-t-il.

Elena pencha la tête et fronça les sourcils.

— Tu es rouge comme le café, poursuivit Michele.

Enfin il replia son journal et la regarda droit dans les yeux.

— Tu es violette comme le miel.

Et il sourit.

— Michele, dit-elle. Je crois que tu es daltonien.

— Non. C'est toi qui changes les couleurs de ma vie, murmura-t-il, sincère.

Le sourire d'Elena fit cesser le vent et calma la mer.

— Tu es fou de me dire ça? demanda-t-elle, un éclair de bonheur dans ses yeux verts.

Il lui prit la main, sans répondre. Et elle posa la tête sur son épaule.

Puis leurs doigts entrelacés, avec mille petites caresses, laissèrent le désir monter en silence, tandis que le train roulait vers le crépuscule.

Les objets étaient encore recroquevillés dans la pénombre de la pièce. Le train interrégional de 19 h 45 en provenance de Piana Aquilana traversa l'obscurité de décembre et entra en gare de Miniera di Mare, parfaitement à l'heure.

Silencieux et un peu poussiéreux, ils restèrent à leur place, même quand les lames en bois du sol grincèrent, comme toujours, secouées par le freinage et le souffle puissant et définitif du moteur qui, cette fois encore, allait pouvoir se reposer.

Puis la porte de la maison s'ouvrit et l'homme du train fit son entrée. Il avait mille émotions dans le regard et il tenait par la main une jeune fille qui éclaira la pièce par sa présence, avant même que la lumière s'allume et projette les ombres des objets sur les murs.

Immobiles, bien rangés, ils semblèrent observer Michele et Elena qui se regardaient dans les yeux, plongés dans un silence qui sentait le bonheur pur.

Ils ne firent aucun commentaire, ne montrèrent aucun signe d'étonnement, quand la femme approcha ses lèvres de celles de l'homme. À ce moment-là les deux jeunes gens découvrirent que leurs baisers avaient aussi une couleur et que la couleur de chaque baiser avait elle-même une saveur. Ainsi, Michele et Elena sentirent que le rouge de leurs baisers était doux et bouillant, que le vert était savoureux, le bleu intense comme de l'alcool, le jaune sentait le fruit confit et le bleu clair le ciel et la mer. L'orange avait le goût de menthe et de safran, le violet de sauge, le bleu ciel de sucre et de glace et le rose de pain.

Les objets ne protestèrent pas quand la lumière s'éteignit à nouveau et qu'ils entendirent le frottement des vêtements qui finirent sur le sol, les uns après les autres.

Ils restèrent muets et sans ombre, tandis que dans la fraîcheur automnale des draps l'homme et la femme entrouvraient leurs corps au centre du lit.

Puis il se passa quelque chose de magique. Dans le ciel une lune montante apparut, petit croissant fin. Au même moment, Michele vit le dos d'Elena se courber vers l'arrière et dessiner, au-dessus de lui, un autre croissant qui coïncidait parfaitement avec celui de la lune et qui s'éclaira soudain, comme un arc-en-ciel. Ils fermèrent les yeux, craignant de se dissoudre tous deux dans cette lumière aveuglante.

Alors la lune s'éclipsa en silence. Puis un vent léger secoua les feuilles des arbres, annonçant le calme. Quand ils rouvrirent les yeux, la lune remonta lentement dans le ciel. Mais cette fois elle était pleine, ronde, limpide et parfaite.

Tandis qu'ils se reposaient, épuisés, Michele fut assailli par un doute et se rappela les mots de Luce : « Si après avoir couché avec elle tu as envie d'être ailleurs, alors c'est que tu l'as baisée. »

Il regarda Elena, un peu tendu, mais comprit qu'il n'existait pas d'autre endroit où il voulait être, à partir de ce moment, qui ne soit pas ses yeux.

Il la serra contre lui, caressa ses cheveux mouillés de sueur et la laissa s'endormir dans ses bras.

Il se réveilla au milieu de la nuit. Elle dormait encore profondément, la tête sur sa poitrine. Il s'écarta délicatement, sans la réveiller, et alla au salon. Il ramassa son jean, l'enfila, puis passa un pull et sortit.

Le train était immobile devant ses yeux, éclairé par les rayons de la lune. Il le regarda longuement et sentit qu'il lui avait manqué, même si à partir de cette nuit sa vie ne serait plus jamais comme avant. Il comprit ce qu'il devait faire pour être enfin l'homme qu'il avait décidé de devenir.

Il rentra dans la maison, prit les objets trouvés, un par un, et les porta dans le train. Parapluies, cannes, lunettes de soleil et de vue, bonnets en laine et chapeaux divers, montres, petite pendule, briquets chromés, blousons et chemises, petits transistors, boîtes en métal coloré, vieux appareils photo, pelotes de laine avec leurs aiguilles, gourdes, vieille clarinette, lance-pierres et pistolets en plastique...

Il disposa chaque objet sur un siège, comme si c'était un passager prêt pour le voyage et pour l'imprévu.

Il ne garda que le gant de boxe, parce qu'il conservait à l'intérieur la chaleur de la main d'Elena et la magie de leur première rencontre. Il ne s'en séparerait jamais.

À 7 h 15, ses objets trouvés partiraient avec les passagers du train.

Peut-être que beaucoup d'entre eux seraient pris par quelqu'un, puis utilisés ou offerts.

Peut-être que certains retourneraient à leur propriétaire d'origine, comme le cahier rouge, placé dans le train par on ne savait qui, on ne savait comment.

Peut-être que d'autres encore reviendraient à Miniera di Mare, le soir même.

Alors peut-être que Michele les reprendrait. Pour les faire repartir le lendemain.

Qui pouvait le savoir ?

— C'est la vie, murmura-t-il.

Il sourit en rentrant chez lui, retrouver Elena.

QUELQUES JOURS PLUS TÔT

Laura est assise sur le lit. Elle fixe une balle de feu qui rebondit entre le sol et le plafond. La chaleur lui brûle la poitrine, elle accueille cette douleur sans rien dire. Puis son esprit s'éclaircit. Cela arrive de temps à autre mais, plus le temps passe, plus c'est rare. À ce moment-là, le souvenir revient, devient solide, comme un écran de la mémoire sur lequel est projeté le visage d'un enfant. Elle se lève et prononce un prénom.

— Michele.

Le son de ce mot lui rappelle la succession des vagues sur les rochers, la claque douce de l'eau salée sur la pierre. Presque une autre vie. Mais c'est encore sa vie.

— Michele, répète-t-elle, et elle a hâte de rentrer.

Elle va vers l'armoire, l'ouvre, soulève le couvercle de la caisse en bois. Elle prend le cahier rouge et repense à une vieille promesse. Maintenant le rideau de sa vie est grand ouvert et sur la scène elle assiste à la comédie des années passées. Elle enfile son manteau, cache le cahier contre sa poitrine, ouvre la porte et se glisse dehors, en faisant attention que personne ne la voie.

Elle doit retourner à lui, parce qu'elle lui a promis de lui rendre son journal.

Elle doit retourner, juste pour un moment, ou peut-être pour toujours.

Elle gagne la sortie, puis la route. Le froid du sol lui fait comprendre qu'elle a oublié de retirer ses pantoufles et de mettre ses chaussures. Mais elle n'a pas le temps de revenir sur ses pas.

Elle court, maintenant, elle court dans la ruelle sinueuse. Elle court jusqu'à la place de la gare.

Elle monte dans le train, le même train que celui qu'elle a vu mille fois partir et revenir vers ce qui, autrefois, était sa maison.

Elle trouve une place libre, s'assied. Elle cache le cahier rouge derrière son dos, pour le garder en sécurité. Elle ne se lèvera pas avant d'être arrivée à destination.

La destination est une dette, une promesse à tenir, l'espoir d'un pardon.

Le train vibre, se prépare à partir.

Son cœur bat, il bat tellement fort que la boule de feu se remet à rebondir devant ses yeux, entre le sol et le plafond d'une chambre qui lui manque, maintenant, même si elle ne se souvient plus pour quelle raison elle n'est pas assise sur son lit.

Elle regarde autour d'elle, à nouveau perdue. L'écran de la mémoire a pris feu à cause de la boule qui rebondit toujours, comme folle. Elle a peur.

Le visage de l'enfant ne fait plus partie de ses souvenirs.

Maintenant le wagon est un antre qui devient de plus en plus étroit, jusqu'à lui couper le souffle.

Elle doit trouver une sortie, elle se lève d'un bond et s'enfuit.

Elle descend du train, retourne sur la place, à pas lents, la respiration rapide.

Elle regarde autour d'elle et ne sait plus voir.

Elle avance à tâtons dans son absence, jusqu'à ce qu'une main lui saisisse le bras.

Elle ne sait pas, elle ne peut pas comprendre que Lena a couru depuis la clinique pour la chercher.

Elle ne sait pas, elle ne peut pas comprendre que maintenant qu'elle l'a trouvée elle va la ramener dans la chambre de l'absence.

Elle ne sait pas que Lena ne révélera jamais sa fugue, dans la crainte de perdre sa place d'infirmière, grâce à laquelle elle peut offrir à sa famille une vie décente.

Elle ne sait pas, elle ne se souvient pas que le cahier rouge est resté coincé dans le siège du train et que le soir il arrivera à Michele, après tant d'années, et le poussera à partir et à changer sa vie.

Elle parcourt la ruelle sinueuse et sent le froid sous ses pantoufles, suivant avec une confiance aveugle la main qui l'entraîne.

Elle revient dans sa chambre et s'assied sur le lit.

Comme si de rien n'était.

DU MÊME AUTEUR

Aux Éditions Denoël

PETITS MIRACLES AU BUREAU DES OBJETS TROUVÉS, 2017 (Folio n° 6606)

COLLECTION FOLIO

Dernières parutions

6345. Timothée de Fombelle — *Vango, II. Un prince sans royaume*
6346. Karl Ove Knausgaard — *Jeune homme, Mon combat III*
6347. Martin Winckler — *Abraham et fils*
6348. Paule Constant — *Des chauves-souris, des singes et des hommes*
6349. Marie Darrieussecq — *Être ici est une splendeur*
6350. Pierre Deram — *Djibouti*
6351. Elena Ferrante — *Poupée volée*
6352. Jean Hatzfeld — *Un papa de sang*
6353. Anna Hope — *Le chagrin des vivants*
6354. Eka Kurniawan — *L'homme-tigre*
6355. Marcus Malte — *Cannisses suivi de Far west*
6356. Yasmina Reza — *Théâtre : Trois versions de la vie / Une pièce espagnole / Le dieu du carnage / Comment vous racontez la partie*
6357. Pramoedya Ananta Toer — *La Fille du Rivage. Gadis Pantai*
6358. Sébastien Raizer — *Petit éloge du zen*
6359. Pef — *Petit éloge de lecteurs*
6360. Marcel Aymé — *Traversée de Paris*
6361. Virginia Woolf — *En compagnie de Mrs Dalloway*
6362. Fédor Dostoïevski — *Un petit héros. Extrait de mémoires anonymes*
6363. Léon Tolstoï — *Les Insurgés. Cinq récits sur le tsar et la révolution*
6364. Cioran — *Pensées étranglées précédé du Mauvais démiurge*

6365. Saint Augustin	*L'aventure de l'esprit et autres confessions*
6366. Simone Weil	*Pensées sans ordre concernant l'amour de Dieu et autres textes*
6367. Cicéron	*Comme il doit en être entre honnêtes hommes...*
6368. Victor Hugo	*Les Misérables*
6369. Patrick Autréaux	*Dans la vallée des larmes* suivi de *Soigner*
6370. Marcel Aymé	*Les contes du chat perché*
6371. Olivier Cadiot	*Histoire de la littérature récente (tome 1)*
6372. Albert Camus	*Conférences et discours 1936-1958*
6373. Pierre Raufast	*La variante chilienne*
6374. Philip Roth	*Laisser courir*
6375. Jérôme Garcin	*Nos dimanches soir*
6376. Alfred Hayes	*Une jolie fille comme ça*
6377. Hédi Kaddour	*Les Prépondérants*
6378. Jean-Marie Laclavetine	*Et j'ai su que ce trésor était pour moi*
6379. Patrick Lapeyre	*La Splendeur dans l'herbe*
6380. J.M.G. Le Clézio	*Tempête*
6381. Garance Meillon	*Une famille normale*
6382. Benjamin Constant	*Journaux intimes*
6383. Soledad Bravi	*Bart is back*
6384. Stephanie Blake	*Comment sauver son couple en 10 leçons (ou pas)*
6385. Tahar Ben Jelloun	*Le mariage de plaisir*
6386. Didier Blonde	*Leïlah Mahi 1932*
6387. Velibor Čolić	*Manuel d'exil. Comment réussir son exil en trente-cinq leçons*
6388. David Cronenberg	*Consumés*
6389. Éric Fottorino	*Trois jours avec Norman Jail*
6390. René Frégni	*Je me souviens de tous vos rêves*
6391. Jens Christian Grøndahl	*Les Portes de Fer*

6392.	Philippe Le Guillou	*Géographies de la mémoire*
6393.	Joydeep Roy-Bhattacharya	*Une Antigone à Kandahar*
6394.	Jean-Noël Schifano	*Le corps de Naples. Nouvelles chroniques napolitaines*
6395.	Truman Capote	*New York, Haïti, Tanger et autres lieux*
6396.	Jim Harrison	*La fille du fermier*
6397.	J.-K. Huysmans	*La Cathédrale*
6398.	Simone de Beauvoir	*Idéalisme moral et réalisme politique*
6399.	Paul Baldenberger	*À la place du mort*
6400.	Yves Bonnefoy	*L'écharpe rouge* suivi de *Deux scènes et notes conjointes*
6401.	Catherine Cusset	*L'autre qu'on adorait*
6402.	Elena Ferrante	*Celle qui fuit et celle qui reste. L'amie prodigieuse III*
6403.	David Foenkinos	*Le mystère Henri Pick*
6404.	Philippe Forest	*Crue*
6405.	Jack London	*Croc-Blanc*
6406.	Luc Lang	*Au commencement du septième jour*
6407.	Luc Lang	*L'autoroute*
6408.	Jean Rolin	*Savannah*
6409.	Robert Seethaler	*Une vie entière*
6410.	François Sureau	*Le chemin des morts*
6411.	Emmanuel Villin	*Sporting Club*
6412.	Léon-Paul Fargue	*Mon quartier et autres lieux parisiens*
6413.	Washington Irving	*La Légende de Sleepy Hollow*
6414.	Henry James	*Le Motif dans le tapis*
6415.	Marivaux	*Arlequin poli par l'amour et autres pièces en un acte*
6417.	Vivant Denon	*Point de lendemain*
6418.	Stefan Zweig	*Brûlant secret*
6419.	Honoré de Balzac	*La Femme abandonnée*
6420.	Jules Barbey d'Aurevilly	*Le Rideau cramoisi*

6421.	Charles Baudelaire	*La Fanfarlo*
6422.	Pierre Loti	*Les Désenchantées*
6423.	Stendhal	*Mina de Vanghel*
6424.	Virginia Woolf	*Rêves de femmes. Six nouvelles*
6425.	Charles Dickens	*Bleak House*
6426.	Julian Barnes	*Le fracas du temps*
6427.	Tonino Benacquista	*Romanesque*
6428.	Pierre Bergounioux	*La Toussaint*
6429.	Alain Blottière	*Comment Baptiste est mort*
6430.	Guy Boley	*Fils du feu*
6431.	Italo Calvino	*Pourquoi lire les classiques*
6432.	Françoise Frenkel	*Rien où poser sa tête*
6433.	François Garde	*L'effroi*
6434.	Franz-Olivier Giesbert	*L'arracheuse de dents*
6435.	Scholastique Mukasonga	*Cœur tambour*
6436.	Herta Müller	*Dépressions*
6437.	Alexandre Postel	*Les deux pigeons*
6438.	Patti Smith	*M Train*
6439.	Marcel Proust	*Un amour de Swann*
6440.	Stefan Zweig	*Lettre d'une inconnue*
6441.	Montaigne	*De la vanité*
6442.	Marie de Gournay	*Égalité des hommes et des femmes et autres textes*
6443.	Lal Ded	*Dans le mortier de l'amour j'ai enseveli mon cœur...*
6444.	Balzac	*N'ayez pas d'amitié pour moi, j'en veux trop*
6445.	Jean-Marc Ceci	*Monsieur Origami*
6446.	Christelle Dabos	*La Passe-miroir, Livre II. Les disparus du Clairdelune*
6447.	Didier Daeninckx	*Missak*
6448.	Annie Ernaux	*Mémoire de fille*
6449.	Annie Ernaux	*Le vrai lieu*
6450.	Carole Fives	*Une femme au téléphone*
6451.	Henri Godard	*Céline*
6452.	Lenka Horňáková-Civade	*Giboulées de soleil*

6453.	Marianne Jaeglé	*Vincent qu'on assassine*
6454.	Sylvain Prudhomme	*Légende*
6455.	Pascale Robert-Diard	*La Déposition*
6456.	Bernhard Schlink	*La femme sur l'escalier*
6457.	Philippe Sollers	*Mouvement*
6458.	Karine Tuil	*L'insouciance*
6459.	Simone de Beauvoir	*L'âge de discrétion*
6460.	Charles Dickens	*À lire au crépuscule et autres histoires de fantômes*
6461.	Antoine Bello	*Ada*
6462.	Caterina Bonvicini	*Le pays que j'aime*
6463.	Stefan Brijs	*Courrier des tranchées*
6464.	Tracy Chevalier	*À l'orée du verger*
6465.	Jean-Baptiste Del Amo	*Règne animal*
6466.	Benoît Duteurtre	*Livre pour adultes*
6467.	Claire Gallois	*Et si tu n'existais pas*
6468.	Martha Gellhorn	*Mes saisons en enfer*
6469.	Cédric Gras	*Anthracite*
6470.	Rebecca Lighieri	*Les garçons de l'été*
6471.	Marie NDiaye	*La Cheffe, roman d'une cuisinière*
6472.	Jaroslav Hašek	*Les aventures du brave soldat Švejk*
6473.	Morten A. Strøksnes	*L'art de pêcher un requin géant à bord d'un canot pneumatique*
6474.	Aristote	*Est-ce tout naturellement qu'on devient heureux ?*
6475.	Jonathan Swift	*Résolutions pour quand je vieillirai et autres pensées sur divers sujets*
6476.	Yājñavalkya	*Âme et corps*
6477.	Anonyme	*Livre de la Sagesse*
6478.	Maurice Blanchot	*Mai 68, révolution par l'idée*
6479.	Collectif	*Commémorer Mai 68 ?*
6480.	Bruno Le Maire	*À nos enfants*
6481.	Nathacha Appanah	*Tropique de la violence*

6482. Erri De Luca — *Le plus et le moins*
6483. Laurent Demoulin — *Robinson*
6484. Jean-Paul Didierlaurent — *Macadam*
6485. Witold Gombrowicz — *Kronos*
6486. Jonathan Coe — *Numéro 11*
6487. Ernest Hemingway — *Le vieil homme et la mer*
6488. Joseph Kessel — *Première Guerre mondiale*
6489. Gilles Leroy — *Dans les westerns*
6490. Arto Paasilinna — *Le dentier du maréchal, madame Volotinen et autres curiosités*
6491. Marie Sizun — *La gouvernante suédoise*
6492. Leïla Slimani — *Chanson douce*
6493. Jean-Jacques Rousseau — *Lettres sur la botanique*
6494. Giovanni Verga — *La Louve et autres récits de Sicile*
6495. Raymond Chandler — *Déniche la fille*
6496. Jack London — *Une femme de cran* et autres nouvelles
6497. Vassilis Alexakis — *La clarinette*
6498. Christian Bobin — *Noireclaire*
6499. Jessie Burton — *Les filles au lion*
6500. John Green — *La face cachée de Margo*
6501. Douglas Coupland — *Toutes les familles sont psychotiques*
6502. Elitza Gueorguieva — *Les cosmonautes ne font que passer*
6503. Susan Minot — *Trente filles*
6504. Pierre-Etienne Musson — *Un si joli mois d'août*
6505. Amos Oz — *Judas*
6506. Jean-François Roseau — *La chute d'Icare*
6507. Jean-Marie Rouart — *Une jeunesse perdue*
6508. Nina Yargekov — *Double nationalité*
6509. Fawzia Zouari — *Le corps de ma mère*
6510. Virginia Woolf — *Orlando*
6511. François Bégaudeau — *Molécules*
6512. Élisa Shua Dusapin — *Hiver à Sokcho*

6513.	Hubert Haddad	*Corps désirable*
6514.	Nathan Hill	*Les fantômes du vieux pays*
6515.	Marcus Malte	*Le garçon*
6516.	Yasmina Reza	*Babylone*
6517.	Jón Kalman Stefánsson	*À la mesure de l'univers*
6518.	Fabienne Thomas	*L'enfant roman*
6519.	Aurélien Bellanger	*Le Grand Paris*
6520.	Raphaël Haroche	*Retourner à la mer*
6521.	Angela Huth	*La vie rêvée de Virginia Fly*
6522.	Marco Magini	*Comme si j'étais seul*
6523.	Akira Mizubayashi	*Un amour de Mille-Ans*
6524.	Valérie Mréjen	*Troisième Personne*
6525.	Pascal Quignard	*Les Larmes*
6526.	Jean-Christophe Rufin	*Le tour du monde du roi Zibeline*
6527.	Zeruya Shalev	*Douleur*
6528.	Michel Déon	*Un citron de Limone* suivi d'*Oubli...*
6529.	Pierre Raufast	*La baleine thébaïde*
6530.	François Garde	*Petit éloge de l'outre-mer*
6531.	Didier Pourquery	*Petit éloge du jazz*
6532.	Patti Smith	*« Rien que des gamins ». Extraits de Just Kids*
6533.	Anthony Trollope	*Le Directeur*
6534.	Laura Alcoba	*La danse de l'araignée*
6535.	Pierric Bailly	*L'homme des bois*
6536.	Michel Canesi et Jamil Rahmani	*Alger sans Mozart*
6537.	Philippe Djian	*Marlène*
6538.	Nicolas Fargues et Iegor Gran	*Écrire à l'élastique*
6539.	Stéphanie Kalfon	*Les parapluies d'Erik Satie*
6540.	Vénus Khoury-Ghata	*L'adieu à la femme rouge*
6541.	Philippe Labro	*Ma mère, cette inconnue*
6542.	Hisham Matar	*La terre qui les sépare*
6543.	Ludovic Roubaudi	*Camille et Merveille*
6544.	Elena Ferrante	*L'amie prodigieuse (série tv)*
6545.	Philippe Sollers	*Beauté*

6546. Barack Obama	*Discours choisis*
6547. René Descartes	*Correspondance avec Élisabeth de Bohême et Christine de Suède*
6548. Dante	*Je cherchais ma consolation sur la terre...*
6549. Olympe de Gouges	*Lettre au peuple et autres textes*
6550. Saint François de Sales	*De la modestie et autres entretiens spirituels*
6551. Tchouang-tseu	*Joie suprême et autres textes*
6552. Sawako Ariyoshi	*Les dames de Kimoto*
6553. Salim Bachi	*Dieu, Allah, moi et les autres*
6554. Italo Calvino	*La route de San Giovanni*
6555. Italo Calvino	*Leçons américaines*
6556. Denis Diderot	*Histoire de Mme de La Pommeraye précédé de l'essai Sur les femmes.*
6557. Amandine Dhée	*La femme brouillon*
6558. Pierre Jourde	*Winter is coming*
6559. Philippe Le Guillou	*Novembre*
6560. François Mitterrand	*Lettres à Anne. 1962-1995. Choix*
6561. Pénélope Bagieu	*Culottées Livre I – Partie 1. Des femmes qui ne font que ce qu'elles veulent*
6562. Pénélope Bagieu	*Culottées Livre I – Partie 2. Des femmes qui ne font que ce qu'elles veulent*
6563. Jean Giono	*Refus d'obéissance*
6564. Ivan Tourguéniev	*Les Eaux tranquilles*
6565. Victor Hugo	*William Shakespeare*
6566. Collectif	*Déclaration universelle des droits de l'homme*
6567. Collectif	*Bonne année ! 10 réveillons littéraires*
6568. Pierre Adrian	*Des âmes simples*
6569. Muriel Barbery	*La vie des elfes*

6570.	Camille Laurens	*La petite danseuse de quatorze ans*
6571.	Erri De Luca	*La nature exposée*
6572.	Elena Ferrante	*L'enfant perdue. L'amie prodigieuse IV*
6573.	René Frégni	*Les vivants au prix des morts*
6574.	Karl Ove Knausgaard	*Aux confins du monde. Mon combat IV*
6575.	Nina Leger	*Mise en pièces*
6576.	Christophe Ono-dit-Biot	*Croire au merveilleux*
6577.	Graham Swift	*Le dimanche des mères*
6578.	Sophie Van der Linden	*De terre et de mer*
6579.	Honoré de Balzac	*La Vendetta*
6580.	Antoine Bello	*Manikin 100*
6581.	Ian McEwan	*Mon roman pourpre aux pages parfumées* et autres nouvelles
6582.	Irène Némirovsky	*Film parlé*
6583.	Jean-Baptiste Andrea	*Ma reine*
6584.	Mikhaïl Boulgakov	*Le Maître et Marguerite*
6585.	Georges Bernanos	*Sous le soleil de Satan*
6586.	Stefan Zweig	*Nouvelle du jeu d'échecs*
6587.	Fédor Dostoïevski	*Le Joueur*
6588.	Alexandre Pouchkine	*La Dame de pique*
6589.	Edgar Allan Poe	*Le Joueur d'échecs de Maelzel*
6590.	Jules Barbey d'Aurevilly	*Le Dessous de cartes d'une partie de whist*
6592.	Antoine Bello	*L'homme qui s'envola*
6593.	François-Henri Désérable	*Un certain M. Piekielny*
6594.	Dario Franceschini	*Ailleurs*
6595.	Pascal Quignard	*Dans ce jardin qu'on aimait*
6596.	Meir Shalev	*Un fusil, une vache, un arbre et une femme*
6597.	Sylvain Tesson	*Sur les chemins noirs*
6598.	Frédéric Verger	*Les rêveuses*
6599.	John Edgar Wideman	*Écrire pour sauver une vie. Le dossier Louis Till*
6600.	John Edgar Wideman	*La trilogie de Homewood*

Composition Utibi
Impression Maury Imprimeur
45330 Malesherbes
le 4 septembre 2019
Dépôt légal : septembre 2019
1ᵉʳ dépôt légal dans la collection : février 2019
Numéro d'imprimeur : 239553

ISBN 978-2-07-282327-5 / Imprimé en France.

363019